# QUANDO O SR. CACHORRO MORDE

# Brian Conaghan

# QUANDO O SR. CACHORRO MORDE

Tradução de Paulo Reis

ROCCO

Título original
WHEN MR DOG BITES

Copyright do texto © Brian Conaghan, 2014

O direito moral do autor foi assegurado.

Todos os direitos reservados.
Nenhuma parte desta obra pode ser reproduzida ou transmitida por meio eletrônico, mecânico, fotocópia, ou sob qualquer outra forma sem a prévia autorização do editor.

Edição brasileira publicada mediante acordo
com a Bloomsbury Publishing Plc

Direitos para a língua portuguesa reservados
com exclusividade para o Brasil à
EDITORA ROCCO LTDA.
Rua Evaristo da Veiga, 65 – 11º andar
Passeio Corporate – Torre 1
20031-040 – Rio de Janeiro – RJ
Tel.: (21) 3525-2000 – Fax: (21) 3525-2001
rocco@rocco.com.br
www.rocco.com.br

*Printed in Brazil*/Impresso no Brasil

---

CIP-Brasil. Catalogação na publicação.
Sindicato Nacional dos Editores de Livros, RJ.

C74q

Conaghan, Brian, 1971-
  Quando o sr. Cachorro morde / Brian Conaghan ; tradução Paulo Reis. – 1. ed. – Rio de Janeiro : Rocco, 2022.

  Tradução de: When mr dog bites
  ISBN 978-65-5532-221-7
  ISBN 978-65-5595-110-3 (e-book)

  1. Ficção inglesa. I. Reis, Paulo. II. Título.

22-76440
CDD: 823
CDU: 82-3(410)

Gabriela Faray Ferreira Lopes – Bibliotecária – CRB-7/6643

---

O texto deste livro obedece às normas do
Acordo Ortográfico da Língua Portuguesa.

*para Norrie*

# 1
# Listas

Quando eu descobri, a primeira coisa que fiz foi procurar no Google "100 coisas para fazer antes de morrer".

A internet é tipo, uau! Como essa gente do Google consegue fazer o troço deles rodar o mundo de um jeito superacelerado antes de mandar para MIM, Dylan Mint, todas essas infos incríveis? Ninguém conseguia responder a essa pergunta — sei disso com certeza porque eu mesmo já questionei o Google seis vezes e não tem nada sobre o assunto. Nada que eu entenda, pelo menos. Frustrante, né?

Mas há mais uma coisa que é FRUSTRANTE em maiúsculas: eu fiquei superdecepcionado com os resultados que o Google me mostrou, porque na lista tinha um monte de coisas que eu nem queria fazer.

Nunca.

Quem quer *escrever a história da sua vida?*

Ou *andar de camelo no deserto?*
Ou *fazer compras de pijama?*
Ora, quem quer fazer isso?
Eu é que não.
As três coisas mais malucas na lista eram:

1. *Saltar de paraquedas com uma câmera de vídeo presa na cabeça.*
2. *Mergulhar em uma piscina cheia de feijão.*
3. *Fazer sexo com seu parceiro em um trem.*

Todas elas exigiam tirar a roupa, mas nem morto eu ia ficar peladão e deixar todo mundo ver o meu pinto. A número três era a que realmente me deixava confuso: uma cama seria mais confortável para fazer sacanagem. E haveria milhões de pessoas em um trem — indo trabalhar ou fazer compras —, logo não teria muita privacidade.

Acho que quem fez a lista não tinha a menor ideia do que é morrer. O que eu vi no Google era Dire Straits demais, então por iniciativa própria resolvi fazer uma lista. Especial, só para mim. Mas não de cem coisas, isso seria demais, eu jamais conseguiria fazer todas. Não na minha situação — você pirou? Não, eu só queria 3: o número mágico *e* o meu número no time de futebol da Escola Especial Drumhill. Para meninos (o time, não a escola).

Ah, *shizenhowzen!*

Eu menti. Não foi uma mentira das grandes, mas uma mentira é uma mentira é uma mentira.

\*

Quando descobri, a primeira coisa que fiz *na real* foi abraçar minha mãe e enxugar do meu rosto as lágrimas dela. Ela deixou minha cara toda salgada e gosmenta. Nunca entendi por que as mães fazem isso. Amir me contou que a mãe dele também faz o mesmo quando as pessoas gritam "paqui" ou "crioulo" para eles na rua. Mas paqui e crioulo são coisas bem diferentes, então nem que a vaca tussa Amir e sua mãe seriam as duas coisas. E eu falei isso pra ele, falei mesmo. Também falei que pessoas que xingam têm células cerebrais malnutridas e, provavelmente, vão acabar vivendo de pensão, ou trabalhando na seção de jardinagem de uma loja, ou recolhendo carrinhos em supermercados.

Amir é o meu melhor amigo. Sabe tudo sobre mim. Eu também sei tudo sobre ele. Ele frequenta a Drumhill por ter problemas mentais, que são tantos que nem dá para citar, mas digamos que ele vive com o olhar perdido no espaço e fazendo uns barulhos esquisitos. Amir também tem uma pequena ga-ga-gagueira. Mas é um ma-ma-maluco beleza.

Nós temos um pacto secreto de nunca xingar o outro com os nomes horríveis com que as pessoas nos xingam. Principalmente aqueles que odiamos. Que deixam na nossa garganta calombos do tamanho de um ovo. Nós meio que cuidamos um do outro, porque é isso que os melhores amigos fazem, não é? Somos casa um para o outro, embora o lar verdadeiro de Amir fique do outro lado do mundo. Mas, mesmo que ele precisasse voltar para lá, nós continuaríamos sendo melhores amigos, porque temos uma coisa de telepatia em comum.

Ainda não tivemos um papo de homem sobre quem será o melhor amigo dele quando eu me for. Há coisas que a gente não conversa. A mãe de quem chora mais? É sobre isso que falamos. Costumava ser a dele.

Outra vez: ah, *shizenhowzen*!

\*

Quando descobri, uma das primeiras coisas que fiz na real foi apalpar minha pedrinha, esfregando o polegar e o indicador nela. Na verdade, ela parece mais um pedaço de vidro verde. Mas é totalmente lisa e tãooooooo verde que de longe as pessoas poderiam pensar que é uma esmeralda, uma pedra preciosa. Só que ninguém consegue botar a butuca na minha pedra verde, porque ela fica sempre no meu bolso esquerdo. Para mim, ela é uma esmeralda, uma pedra preciosa. O Verde é meio que o meu segundo melhor amigo. Sei que ele não conversa comigo, mas me dá segurança e refresca minhas ideias quando as coisas ficam cabeludas. Mas o Amir é o meu melhor amigo *humano*.

Pensei em deixar Amir fazer algumas das coisas da minha lista.

# 2
# Escola

Quando chegou o dia de volta às aulas, 12 de agosto, percebi que tinha um problemão. Um paradoxo, que é um pouco parecido com uma contradição. Durante as férias, quando eu estava tendo um dos meus dias *normais*, minha mãe costumava dizer, "Dylan, vai lá fora brincar um pouco. Você está sempre no meu pé aqui dentro". Isso me deixava louco, porque eu já tinha dezesseis anos, e todo mundo sabe que caras dessa idade não *brincam* — a gente circula por aí, ou fica de boa. Além disso, e este ALÉM DISSO é com maiúsculas, se eu realmente estivesse "no pé da minha mãe", isso faria de mim um tapete, uma tábua de assoalho, ou um linóleo grudento. Foi assim que minha mãe perdeu um ponto comigo. Só que na manhã da minha volta às aulas, ela perdeu muitos outros pontos por me tirar do sério, cara.

— Exatamente o que você andou fazendo nas últimas sete semanas, Dylan? — disse ela.

Fiquei olhando para ela feito um verdadeiro adolescente rebelde, sem saber como responder.

— Hein? — insistiu ela. — Hein?

Ah, então era uma pergunta real.

— Bom... eu...

— Pois é. Nada.

Não era verdade! Fiz um monte de exercícios de ginástica cerebral, e no *Championship Manager* levei o Albion Rovers até a final, o que me custou várias semanas. Perdemos para o Hertha Berlin por 3-1. Aquela final foi um pesadelo.

— Você não fez nada, Dylan.

— Eu...

— Ficou sentado naquele quarto a maior parte do tempo. Quase não passou pela porta.

— Não foi bem assim, mãe.

— Você vai ficar obeso sentado diante do computador o dia inteiro.

— Não, não vou.

— Vai, sim.

— Acho que não.

— Você vai, Dylan.

— NÃO VOU.

Eu não queria gritar, mas não gosto da sensação que me dá no estômago quando me fazem de bobo. O que minha mãe não sabia é que eu tinha uma Política de Mastigação Zero quando estava na frente do teclado, então esse negócio de obeso era conversa pra boi dormir. Então baixei o queixo até o peito e sussurrei para mim mesmo: "Não vou ficar obeso."

— E você sabe quem eles vão culpar, né?

— Quem?

— A mim, ora essa, e a seu pai... se ele estivesse aqui.

— Quem são *eles*?

— Seus professores, para começar. O pessoal da clínica e os vizinhos.

— Mãe, eu peso cinquenta quilos. Preciso fazer a posição do crucifixo quando passo por cima do bueiro.

Mamãe olhou para o teto.

— Meu Deus! E agora ainda me vem com blasfêmia.

Blá-blá-blasfêmia. Mamãe sempre jogava umas palavras grandes e absurdas quando estava perdendo a discussão e queria me ensinar a lição de que *os mais velhos sempre sabem das coisas*. Mas eu sabia o que a palavra significava.

— Mãe, eu não vou ficar gordo.

— Era isso que a mãe do Tim Thompson pensava.

— O Tim Thompson não é gordo.

— Não? Diga isso às calças dele.

Ha, ha, ha. Era uma piada. Adoro quando minha mãe faz o seu showzinho de stand-up.

— Ele só tem uma barriguinha.

Tim Thompson, também conhecido como Donut. Não porque ele vivia enfiando donuts na boca, mas porque sua barriga parece um donut massudo e redondo. Donut é a pessoa mais horrível da Drumhill: ele é um dos malvados que adoram usar as palavras crioulo, paqui, mongo e especialoide. Isso era outro paradoxo (acho eu), porque ali estava eu, defendendo o Donut loucamente, quando na realidade não aguentava o sujeito. Se ele estudasse em uma escola americana, seria conhecido como o bully do lugar. Já na Drumhill, era simplesmente Donut, o escroto.

— Bom, eu só estou falando, Dylan, que não quero ver você sentado naquele quarto o tempo todo. Isso não é bom para você. Não é saudável.

— Mas eu não estou prejudicando ninguém.

— Você está se dissolvendo.

— Quer se decidir? Primeiro eu sou gorducho, agora estou sumindo.

Às vezes as mães piram; não é à toa que inventaram a cela acolchoada.

— Falei que a sua mente está se dissolvendo, Dylan. Ah, você sabe o que eu quero dizer.

— Olha, mãe, bem que eu queria poder passar o dia todo aqui de papo, mas preciso sair fora pra não chegar atrasado.

— Então por que ainda está parado aí falando? Não é bom chegar atrasado no primeiro dia de aula. Meu Deus do Céu, nem sei!

Tratei de pegar logo minha mochila novinha.

Tecido cinzento.

Sem nome.

Sem logo.

Alça transpassada e cortante.

Zíper duro.

Áspera feito um saco de batatas velho.

Uma assassina nas minhas costas.

Todo mundo ia ver que aquilo foi comprado na Matalan, Primark ou alguma outra loja barata e vagabunda. Mamãe não me falou de onde vinha. Eu nem perguntei.

Eu era um daqueles caras que começam o ano letivo com tudo novo dos pés à cabeça. Só que nunca entendi por quê, já que eu gostava das roupas antigas que tinha. Acho que era apenas para mostrar que nós não éramos pobres *de verdade*, nem tínhamos tapetes de couro ou armários de cozinha vazios. Mesmo assim, eram roupas baratas, de queima de estoque, não importa o ponto de vista. Minhas roupas novas me diziam que nós éramos um pouquinho pobres. Só não tão pobres quanto os garotos megapobres, aqueles que até fedem, os quase miseráveis — estes têm zero. O penico deles está furado. Eles nunca têm mochilas ou camisas novas, nem sapatos... nada. É um pecado. Eu sinto muito por eles.

Minha mãe me ajudou a botar a mochila nas costas.

— Você tem escrito pro papai? — perguntei.

Ela ficou calada.

— Mãe?

— Eu ouvi, Dylan.

— Papai precisa dessas cartas, sabia?

— Vou fazer isso hoje à noite.

— Será que podemos escrever juntos?

— Veremos — disse ela, e eu sabia que isso significava "nem que a vaca tussa". — Pronto, rapazinho. Você vai chegar atrasado.

— Não vou.

— Tente se comportar, Dylan, tá legal?

— Sì, *signora*. — Isso é italiano. Mamãe gosta de me ouvir falando línguas novas.

— Isso, venha cá. — Ela estendeu os braços, em um gesto que eu já vira um monte de vezes. Eu sabia o que estava por vir. Estava acostumado àquilo. — Olhe só para você... é tão bonito.

O "tão" de mamãe parecia mais um "tãããããããããããããããããão".

BEIJAÇO!

Bem no rosto. Pegando os lábios e o queixo ao mesmo tempo. Re-pug-nan-te.

Sal.

Sal.

Sal.

Mal posso esperar que eu fique velho demais para essas babações da minha mãe. Só que pensar em coisas assim me deixa muito triste, e não tenho permissão para ficar muito triste. Daí não pensei mais nisso. Papai tinha me falado que agora eu era o homem da casa, e na minha cabeça os homens da casa nunca ficam tristes; eles devem ser como Hércules ou Sansão (antes de ter o cabelo cortado).

— Tente se comportar, Dylan — repetiu mamãe.

— Eu sempre tento.

— Amo você! — gritou ela depois que eu saí.

Dobrei a orelha para dentro e fiz *Mmmmmmmmmmmm* na minha mente, fingindo não ouvir a voz dela. Então a porta se fechou e sei que em dois minutos ela estaria chorando feito a mãe do Bambi. Eu não queria pensar nisso, é muito difícil, então tentei fazer *todos* os meus dedos tocarem no Verde ao mesmo tempo sem tocarem uns nos outros.

Isso me distraiu, fazendo com que eu pensasse em açúcar, canela e outras coisas belas.

Só que não consegui encaixar todos os meus dedos no Verde.

Droga de mindinhos!

Para que precisamos deles?

# 3
# Carta

Dezembro

Oi, Campeão
Provalvemente você vai acordar e perguntar pra onde eu fui. Esse é o negóço de trabalhar no exército, você tem que estar pronto pra partir na mesma ora, e como minha tropa fas parte de uma mição secreta, dessa vez não pudemos contar pra ninguém quando e pra onde a gente ia. Espero que voçê entenda isso, minino. Não posso falar muito sobre nossa mição, nem sobre a operassão que vamos fazer, porque é pirigoso dimais. Não pra mim, mais pra VOCÊ!!! É ruim que eles não contam quando a gente vai voltar pra casa. Espero no ano que vem. Acho que depende de quantos árabe e homens-bomba a gente pegar. Então, agora voçê é o home da casa: isso quer dizer que precisa manter a casa segura e cuidar da tua mãe, não deixa ela encher o teu saco

dimais. Continue dando duro na escola e não deicha vagabundo nenhum te sacaniar. Lembra o que eu te falei: tenta ser o número 1 sempre. A tua mãe falou que mandaria tuas cartas pra mim, se quizer escrever. Então, se for fazer isso, dá as cartas pra tua mãe, porque ela é a única que sabe o endereço do acampamento aqui, e isso é por razões de seguranssa.
A gente se vê em breve.
Te amo,
Papai.

# 4
# Gatinha

Você acreditaria nisso?

A pergunta não chegou a sair da minha boca em palavras, foi só pensada. E pensei em cockney, não sei por quê, não sou cockney. Não é todo mundo da minha escola que entende gírias cockney. Se soubessem, ficariam falando toda hora, e os garotos grosseiros diriam "cockney, cockney" às gargalhadas porque cockney lembra *cock*, que também significa pau. Mas é a minha gíria e de ninguém mais.

A caminho da escola, eu avistei o Donut com alguns de seus parças. Era a primeira vez que nos encontrávamos desde o fim do ano passado, e eu não tinha sentido falta nenhuma. Sua pança de geleia balançava; ele estava com uma banha extra no corpo. Talvez minha mãe tivesse razão. Provavelmente tinha passado o verão devorando sorvete e gordura. Ela é uma superdetetive, minha mãe. Ele não me viu. Mantive uma distância segura, tipo um ninja. Fiquei na cola dele, vigiando cada movimento. Escutando cada risada, cada comentário perverso sobre todo mundo. Sobre Amir, meu melhor amigo. Amir diz que Donut parece um buraco à procura de um donut. Amir deveria fazer teatro.

Foram os comentários de Donut sobre Amir que provocaram os tremores.

ALERTA: VULCÃO PEQUENO!

A coisa começa com o sr. Olho Direito e rapidamente passa para o sr. Maxilar, depois a lava incandescente flui e sra. Cabeça sacode a uma velocidade super-rápida.

*Whoosh!*
*Whoosh!*
*Whoosh!*

A sra. Cabeça está tonta feito uma barata tonta. Essa é a pior parte.

O sr. Suor chega, com o sr. Fedor e o sr. Pânico.

O sr. e a sra. Olhos começam a se mijar.

A sra. Garganta já se adianta.

Aí vem ele: o sr. Maldito Tremor.

E assim, a vida é uma merda para Dylan Mint.

Logo atrás vem o sr. Tique. Não quero que ele fique.

São os médicos que chamam isso de tique.

Eu prefiro chamar de vulcão, porque a coisa parece uma megaerupção na minha cabeça.

É por isso que não sou respeitado na rua.

Não reprimo o troço, porque os médicos de cérebros grandes me falaram para não fazer isso.

"Sempre deixe tudo sair, Dylan, sempre deixe tudo sair", disse um médico inteligjumento.

Quero gritar.
Quero berrar.
Quero berrar, uivar e urrar.
Isso dóóóói que é a porra.
Dylan, *não* grite, berre, uive ou urre!
Nem balbucie "DONUT, SEU PUNHETEIRO FEIO, GORDO, CABEÇA DE MERDA, BABACA ESCROTO".
Não grite isso!
Faça o que fizer, não grite isso.

A última coisa que eu queria era que Donut se aproximasse e estapeasse minhas orelhas, talvez até me desse uma cabeçada no nariz. Queria que meu nariz ficasse inteiro, de modo que fiz o contrário do que os supercérebros me mandaram fazer. Reprimi o vulcão. Mantive tudo dentro de mim. E trouxe o sr. Rosnado como substituto. Só que o sr. Rosnado não é o irmão caçula do sr. Cachorro. Ele parece mais um urso gentil. Ou um motor de carro nas últimas. Por uma fração de segundo, tive pavor de que o sr. Cachorro fosse se soltar. Mas não. Um momento ufa.

Cacete. Aquilo significava que eu precisaria fazer um percurso mais longo até a escola. Longe de Donut e sua turma. Eu precisava encontrar um local deserto, esfregar o Verde feito um polidor veloz e botar tudo pra fora. O monte Etna ou até o Castelo de Edimburgo, que também é um vulcão, embora pouca gente saiba disso — acho que você precisa ter alguma espécie de poder cerebral para saber coisas assim. Eu tinha acordado legal de manhã, e minha ansiedade por conta da volta às aulas estava diminuindo; eu só continuava um pouquinho ansioso. Agora minhas mãos estavam frias e pegajosas; eu não parava de engolir saliva. Mas tudo bem. Eu ia ficar legal.

Minha mãe também falava que eu era o homem da casa, enquanto papai estivesse fora sendo herói, e que eu precisava começar a agir feito um verdadeiro adulto. Eu tinha feito isso um pouco durante o verão. Principalmente dentro do meu quarto. E já me sentia diferente em relação à mesma época no ano anterior. Mais confiante. Pronto a participar de algumas das conversas que me aterrorizavam no ano passado. Pronto a não aceitar merda. Saber que eu era um homem fazia com que me sentisse muito melhor. Embora fosse um homem de dezesseis anos de idade. Eu tinha bíceps e tríceps. E me sentia melhor, melhor, melhor. Muito melhor.

Outra vez: você acreditaria nisso? Michelle Malloy estava visível mais à frente. Com uma mochila nova, da Converse, pendurada no ombro. Michelle era tããããããããããão sexo ambulante. Era incrível o quanto ela era sexo sobre pernas. Ela exalava sexo em cima daquelas pernas, embora uma perna fosse mais comprida do que a outra. E calçava um sapato maior do que o outro. Acho que eles eram feitos sob medida por um sapateiro especializado em sapatos grandes e pequenos, porque eu nunca tinha visto nada assim nas lojas. Também estava pouco me lixando, já que a dama em questão não passava de sexo em cima de pernas mancas.

Eu queria correr até lá e dizer: "Oi, Michelle. Como foi o seu verão, gatinha?" Mas tinha medo de que a coisa saísse assim: "VOCÊ É UMA PIRANHA DE MOCHILA NOVA, PUTA DE PERNA MANCA, MICHELLE MALLOY." Com isto em mente, mantive uma distância supersegura, para nossa segurança mútua. Além das pernas deformadas, Michelle Malloy tinha TOD, que significa Transtorno Opositivo Desafiador, coisa que na verdade quer dizer que era uma menina abusada e louca varrida, que sempre brigava com os professores e alunos, xingando todo mundo com palavrões cabeludos. Outra boa razão para manter distância dela. Ela tinha TOD, é verdade. Mas também era sexo ambulante nas pernas mancas.

 Uau e uau mais doze! Ela calçava um par novo de Adidas de cano alto. Vermelhos, tipo *Mágico de Oz*. O que poderia ser mais maneiro? Comprados para o primeiro dia de aulas, sem dúvida. Eu também curti as meias pretas, combinando com a minissaia preta. Michelle Malloy entendia tudo de roupas. Aposto que ela barraria qualquer consultor de moda, até o Gok Wan. Parecia uma apresentadora do canal E4.

 Baixei o olhar para os meus tênis novos.

 Meio sapato, meio tênis.

 Números de plástico.

 Sem logo.

 Sem faixas.

 Sem algo a nomear.

 Mãe a culpar.

 Sem transa.

 Sem classe.

 Uma forma lerda.

 Um estilo de merda.

 Doloroso para o olho.

 Doloroso para o sorriso.

 Parecia que eu tinha um pé aleijado, com aqueles tamancos de concreto. Eu precisava tomar cuidado, caso alguém tentasse brincar comigo. Era isso que falavam de Michelle

Malloy. Quem chamava Michelle de Taco Torto ganhava um pontapé bem dolorido, dado com o sapatão dela.

Michelle Malloy caminhava muito, muito devagar, mas fui seguindo atrás até que ela desapareceu dentro do prédio da escola, bem embaixo da placa amassada que dizia *Escola Drumhill*. Respirei fundo e tomei o mesmo rumo. Quem diria que eu estava pensando em coisas como *curtir, sexo ambulante* e *E4*. Amir morreria de rir se me ouvisse falando esses troços. Ele sempre ia de carona para a escola, porque seus pais pensavam que todas aquelas pessoas que acham que os asiáticos estão no país errado fariam algo nojento com ele no ônibus especial da escola, e isso significava que eu ia para a escola sozinho. Sempre fui a pé, porque de jeito nenhum ia entrar naquele ônibus. Papai ficava constrangido com ele. Eu sabia disso porque ele sempre falava que pegar aquele ônibus era coisa de pobretão demais, daqueles que ficam todos vermelhos no sol. A única vez em que isso aconteceu comigo foi quando a minha família foi tirar umas férias divertidas em Torremolinos, na Espanha, e eu me queimei que nem uma brasa.

Ah, minha nossa! Se estendesse o braço, eu poderia acariciar o cabelo de Michelle Malloy, de tão perto dela que estava. Provavelmente ela socaria a minha garganta com toda a força ou algo assim caso eu ousasse tentar, mas aquele era o primeiro dia de aula. Um novo ano. O que aconteceu no ano passado ficou no ano passado. Todos nós já estávamos mais adultos, portanto que mal poderia fazer uma saudação antiquada, tipo "Oi, Michelle, curti esse novo tênis cano alto"?

Ela estancou de repente.

Eita!

Eu estava do lado dela.

Ela olhou para mim.

Eu olhei para ela.

Meus olhos se arregalaram, como se eu tivesse visto um fantasma.

Os dela se estreitaram, como se ela quisesse comer o baço de um fantasma.

Caramba!

— Oi, Michelle. Como...

— Nem tente, Dylan.

— TÁ LEGAL. TACO TORTO DE MERDA.

Saí correndo e fui procurar Amir.

Pressenti que naquele ano a escola ia ser diferente.

# 5
# Amigos

A primeira vez que percebi que não conseguia falar muito bem eu me senti como se tivesse acabado de engolir uma bola de bilhar, como se minha garganta fosse explodir caso eu tentasse falar qualquer coisa.

Fiquei girando o Verde nas mãos, tanto que a pedra ficou toda coberta de ranho. Eu não melequei o Verde de propósito. Depois de toda aquela cusparada e gritaria — muita GRITARIA —, enrijeci o lábio superior e pensei no meu melhor amigo, Amir. Pensei comigo mesmo: *onde aquele maluco vai arranjar um melhor amigo agora?* Depois precisei parar de pensar nisso, porque meus problemas de garganta estavam voltando.

Foi um momento feliz quando avistei Amir a distância. Nem começamos com aquele papinho de *suas férias foram boas?* Não, entramos logo no modo melhor amigo.

— Adivinhe quem eu vi?

— Não quero saber.

Amir fala coisas assim quando na verdade quer saber.

— Claro que quer.

— Não quero.

— Quer.

— Não.

— Vou dar uma pista.

— Não quero uma pista, Dylan.

Amir fala isso quando na verdade quer uma pista.

— Ela é a...

— Não estou escutando...Não estou escutando — disse ele, tapando os ouvidos com as mãos, como se uma bomba tivesse acabado de explodir na escola. Ou na guerra. — Não estou escutando. — Depois ele soltou um guincho estridente, feito um gato currado por dingos, aqueles cães australianos loucos que fingem ser domésticos antes de devorarem todas as crianças que veem pela frente. Amir sempre faz isso, mas eu simplesmente o ignoro até ele parar.

— Você *está* escutando.

— Tá legal, estou escutando, mas não estou interessado.

— Vamos... está interessado, sim.

— Não, não estou.

Então ele fez outro dos seus ruídos. Tem um monte deles flutuando dentro da sua cabeça. O tal ruído parecia o que as vacas fazem quando os veterinários enfiam o braço inteiro na bunda delas. Ainda bem que não sou uma vaca.

— Deixe de ser esquisito, Amir — falei.

Ele parou com o barulho na mesma hora.

— *Você* é que é um filho da puta esquisito.
— Amir, melhores amigos não se xingam com palavrão.
— Então não me chame de esquisito.
— Só estou tentando contar quem eu vi entrando na escola.
— Provavelmente gente que eu odeio.

Esqueci de contar que Amir odeia a escola. Não o prédio, as pessoas lá dentro. Nas escolas normais, todo mundo fica superempolgado para se ver depois das férias. Todas aquelas roupas novas, as histórias de férias exóticas e os bronzeados. Mas na nossa escola, não. É um pé no saco encontrar seus colegas novamente. Os quase dois meses que você passou sendo normal e fazendo coisas legais viram merda assim que você bota os olhos no resto da escola. A Drumhill parece aquela cena no bar de *Star Wars*: loucos de bobeira, falando maluquices uns para os outros ou sozinhos. Amir passou um mês e meio no Paquistão, por isso eu estava siderado para vê-lo novamente. Mesmo que ele estivesse agindo de forma esquisita.

— Você não vai odiar essa pessoa — disse eu.
— Eu odeio todo mundo.
— Inclusive eu?

Ele olhou para mim e meio que deu de ombros. Depois sacudiu a cabeça.

— Bom, não todo mundo, acho.
— Você acha?
— Tá legal, eu não te odeio, Dylan. Feliz agora?

Não falei nada. Em vez disso, tentei dobrar minhas orelhas para dentro do ouvido, contei rápido até dezessete e fiquei alisando o Verde no meu bolso. Não sei bem se estava feliz naquele momento. Quando cheguei no quinze, vi o rosto de Amir mudar, como se ele lembrasse de repente.

— Melhores amigos, Dylan — disse ele. Depois me cutucou com o cotovelo.

Tive vontade de xingar Amir de tudo que ele é xingado pelos outros, mas NÃO sou um idiota racista. Só que o ímpeto era forte. Trinquei os dentes e fechei os olhos com força. Amir já viu aquela expressão um monte de vezes. Ele cutucou meu ombro.

— Melhores amigos, Dylan.

Acho que leva tempo para se readaptar depois de passar o verão no Paquistão.

— Você não vai odiar essa pessoa.

— Tomara que não seja o Donut.

— Não é.

— Odeio aquela banana gorda.

— Não é o Donut, Amir.

— Se ele falar qualquer coisa pra mim esse ano, juro que vou...

— Michelle Malloy.

A simples menção do nome dela deteve Amir. Ele deu uma piscadela forte e disse:

— Michelle Malloy?

— Ela toda — disse eu.

— O que ela estava fazendo?

— Andando.

— Andando? — disse Amir, com um tom de voz confuso.

— Andando — confirmei, assentindo.

— Direito?

— Daquele jeito dela, mas com um tênis melhor.

— Uau!
— Você sabe do que eu estou falando.
— Uau! Duas vezes. Uau! Uau!
— Ela também mudou de estilo — contei a ele.
— Sério?
— Muito. Agora parece uma gatinha maneira.
— Três uaus em fila. Uau! Uau! Uau! — Amir parecia um cachorrinho assustado. Não era de surpreender que ele frequentasse a nossa escola. — O que a gatinha estava usando?
— Tênis Adidas de cano alto e uma minissaia preta. Um conjunto bem sexy.
Amir fez *mmmmmmm* na sua cabeça. Eu percebi.
— Ela falou alguma coisa pra você?
— É da Michelle Malloy que a gente tá falando, Amir. Não mencionei nossa nanoconversa mais cedo.
— Esqueci que ela acha você um punheteiro.
— Não acha, não.
— Foi o que ela falou.
— Isso foi ano passado, não conta mais.
— Então agora você já não é um pu-pu-punheteiro?
— O quê? Não, Amir, eu não sou um punheteiro, eu nunca fui punheteiro.
— Bom, então é melhor dizer isso pra ela.
— Esse é um novo ano pra mim e Michelle Malloy.
— Sem chance — disse Amir.
— Como assim... sem chance?
— O que eu falei... Sem ch-ch-chance.
— Todas as chances. É de um novo eu que estamos falando esse ano.

— Ela está toda gata, com uma imagem nova e cheio de mulher, mas olhe só pra você — disse Amir.
— O que é que tem?
— Esses tênis, pra começar.
— O que têm eles?
— Parecem o tipo de coisa que meu pai usaria.

O que estávamos fazendo se chamava zoação. Fazíamos isso o tempo todo. Parte do tempo, pelo menos. Algumas pessoas chamam isso de sacanagem.

— Seu pai usa sandálias. Ele nem consegue amarrar os cadarços.
— Pelo menos meu pai é...
— Você é um babaca.
— Você é um babaca.
— Não, você é um babaca.
— Você é um babaca.

Fiquei feliz quando a campainha soou. Aquela zoação entre melhores amigos fez com que nós dois nos sentíssemos melhor para o primeiro dia de aula.

# 6
# Mentiras

Blair Road, 77

ML5 IQE

12 de agosto

Querido papai,

Desculpe não ter escrito desde maio, eu estava de férias e bem ocupado com umas coisas. Depois precisei comprar roupas novas para a volta às aulas, e isso demorou uma eternidade. Acho que depois que cresci comecei a ficar mais chato com o que uso na escola. Mas a roupa nova nem merece ser mencionada, então vou mudar de assunto. Digamos apenas que eu estou passando por uma crise de estilo. Aquele cara da TV, Gok Wan, você conhece? Bom, ele manda a gente usar uma coisa, e antes que alguém consiga falar "hipsters magricelas", a cidade inteira já está usando a mesma roupa. Eu prefiro ter um estilo próprio e ser diferente de todo mundo. Mas é difícil ser diferente quando a gente é meio pobrinho. Bom, eu sou diferente, acho, e isso já é um consolo. Só estava pensando em acessorizar mais. Essa é uma das palavras do Gok. Posso dizer que minha vida anda caótica nos últimos tempos, e é por isso que levei séculos para escrever. Sei que provavelmente você vai me mandar desacelerar, tomar cuidado, cuidar de mim mesmo e tentar ficar sempre no primeiro lugar, mas já estou fazendo isso. Juro. Mamãe também me persegue com esse negócio. Ela sente a sua falta de montão. Às vezes chora. Eu também. Não choro, mas sinto sua falta de montão. Quando você acha que terá permissão de vir para casa? Talvez deixem você fazer uma visitinha. Isso seria bom, não seria? Em todo caso, preciso ir, porque tenho uma montanha de trabalho de casa para fazer até amanhã.

Tchau-tchau
Dylan Mint
bjs

Lambi o envelope e dei a carta para minha mãe postar.
Falei uma mentira para o papai.
Eu não tinha uma montanha de deveres de casa.

# 7

# Caneta

A Drumhill não era o meu lugar predileto no mundo, mas eu gostava bastante das aulas de inglês. Aprender palavras novas era demais. Minhas cinco melhores palavras novas no ano passado, em ordem decrescente (uma palavra nova do ano retrasado), eram:

5. Paradoxo
4. Desconcertar
3. Degenerativo
2. Circunspecto
1. Proselitismo

Era o máximo quando eu conseguia usá-las em uma frase, mas o paradoxo (que beleza!) era que a maioria das pessoas por aqui não faziam a menor ideia do que palavras grandes e maneiras significavam, de modo que eu me dava melhor conversando com as paredes. Com exceção de Michelle Malloy, talvez, porque aquela garota tinha um cérebro de alta qualidade por trás de toda aquela síndrome de escrota abusada.

A primeira "tarefa de avaliação" na aula de inglês da professora Seed foi escrever sobre as nossas férias escolares. O que tínhamos feito e tudo o mais. Ela chamava isso de "tarefas de avaliação", mas nós sabíamos, ou ao menos Amir e eu sabíamos, que aquilo não era importante. A professora Seed só recorria à velha arma da "tarefa de avaliação" quando não estava com saco de ensinar de verdade ou, às vezes, quando tinha tomado uma taça de vinho extra na noite anterior. E quando dizia "tarefa de avaliação", ela fazia aquilo que todos os professores adoram fazer: aquele sinal irritante de vírgulas invertidas com dois dedos, como se fossem sinais em V piscantes. Como se nós precisássemos ser lembrados de que estávamos em uma escola cheia de especialoides. Outra razão para brincar de professora assim era o seu receio de que todos nós bancássemos o menino maluquinho na aula dela. Se bem que no primeiro dia Jake McAuley realmente tenha levado a "tarefa de avaliação" a sério demais. Sei disso porque ele ficou unhando o nariz, enrolando, achatando e mastigando as melecas. Ele só fazia isso quando ficava muito nervoso. O hálito de Jake era podre.

Eu fiz duas coisas.

Primeira, fiz a tarefa da professora Seed. Escrevi umas besteiras sobre uma viagem pela Europa com meus pais, visitas a lugares maneiros e muitas gatas bonitas passeando com suas deslumbrantes roupas de verão. Escrevi que papai comprou minha cerveja em um bar de Roma, porque na Itália a venda de bebidas alcoólicas a menores é legalizada. Depois escrevi que papai e eu ficamos meio altos, que é quando você não está totalmente bêbado, talvez apenas trinta e seis por cento. Basicamente, uma página inteira de cascatas.

Megapalavras que eu usei:
inebriado
renascença
culturalmente
risoto.

Terminei logo a tarefa de avaliação e deixei a coisa sem nome.

Segunda, escrevi *Coisas legais para fazer antes de morrer* no final do meu caderno com a caneta nova, que na realidade era um conjunto de quatro canetas de cores diferentes engenhosamente encaixadas dentro de um tubo plástico opaco. Vermelha, verde, preta e azul. Aquilo era uma loucura absoluta, que eu adorei. Aquela caneta faria os caras do *Dragons' Den* brigarem feito cães sarnentos para colocar as patas gananciosas em cima dela. Poderia ter rendido gazilhões a eles no passado. Aquela caneta preciosa tinha taaaaaaaaaaaaantas possibilidades. Depois sublinhei o cabeçalho usando minha régua nova. Duas vezes. Com cores diferentes: preta e vermelha. E escrevi a linha seguinte em verde.

*Número 1: ter intercurso sexual real com uma garota. (De preferência Michelle Malloy, e, decididamente, não em um trem ou qualquer outro meio de transporte. Se possível, na casa dela.)*

Que desejo diminuto mais estonteante! E eu também tinha usado a expressão adulta para *trepar*. Botei as mãos atrás da cabeça e me recostei na cadeira, feito Tony Soprano quando está se sentindo ok. Na minha mente, via imagens de Michelle Malloy e eu transando pra valer. Então o som bomba na caixa e era Michelle Malloy falando coisas sensuais, como as garotas fazem na internet. É cada coisa que elas falam, Gsuiz.

Gsuiz duas vezes! Esquadrinhei a turma para ver se alguém tinha sacado que eu estava pensando em sacanagem. Bom, até poderiam, quem sabe, poderia ter alguém ali capaz de ler pensamentos. Talvez alguém na minha turma fosse o próximo Derren Brown. Poderia acontecer. Mas qualquer um que eu achasse que podia ser o novo Derren Brown estava "cabeça para baixo, polegares para cima". Era isso que a professora Seed nos mandava fazer quando chegava a hora de "refletir sobre o trabalho escolar" ou de fazer nossa "terapia ambiental". Feito criancinhas, nós púnhamos a cabeça na carteira, com os polegares esticados para cima. Como pequenas antenas. Aparentemente, isso ajudava a concentração e o relaxamento. A professora Seed tinha umas ideias seriamente amalucadas. Às vezes ela nos tratava feito um bando de lambedores de janela retardados. Essa é uma expressão que eu detesto. Na realidade, todos nós detestávamos a expressão, pois era assim que éramos conhecidos coletivamente pelos rapazes que frequentavam as "escolas normais" da nossa área. Só que eles diziam "os lambe-janela", o que parecia ainda pior, muito mais ameaçador. Mas nesse caso eu podia usar a expressão, porque não estava falando em voz alta.

Michelle Malloy não estava de cabeça baixa, com os polegares para cima. Não, senhor. É assim que o TOD funciona, às vezes; ela simplesmente fazia o oposto do que todos os outros estavam fazendo. A maioria dos professores ficavam caladinhos, porque queriam vida fácil. Michelle estava olhando pela janela, voando alto por algum lugar em um sonho só dela. Parecia toda linda e adorável.

Suas pernas pendiam embaixo da carteira. Pensei naquelas pernas entrelaçadas atrás das minhas costas, feito um nó, como se estivéssemos fazendo papai e mamãe.

Então me perguntei se ela conseguiria dar conta de uma manobra assim.

Depois pensei nas pessoas que frequentam as "escolas normais" na nossa área, e se elas pensam muito ou não na gente ali na Drumhill; se nós pensávamos nas mesmas coisas que elas pensam, tipo sexo, drogas, rock'n'roll, pornografia na internet e Facebook.

Provavelmente.

Então me perguntei se Michelle Malloy estava olhando pela janela pensando em fazer sexo sujo comigo.

Provavelmente não.

Depois me perguntei se meu pinto era do tamanho certo para a façanha.

Provavelmente não.

Então me perguntei se Michelle Malloy pensava em mim do mesmo jeito que eu pensava nela.

Provavelmente não.

Eu estava morto para ela.

*Número 2 (em azul): lutar com todas as forças possíveis e imagináveis para que meu amigo Amir parasse de ser xingado por causa da cor da sua pele. Impedir que as pessoas ficassem sacaneando Amir o tempo todo, porque o cheiro dele lembra um grande caldeirão de curry. E ajudá-lo a arranjar outro melhor amigo.*

Esse número 2 era meio trapaça, porque eu tinha escrito três coisas para fazer em vez de uma. Então fiquei com a cabeça para baixo e os polegares para cima por um minuto, aí mudei para:

*Número 2: fazer Amir voltar a ser um cara feliz outra vez, em vez de um p\*\*\* triste!*

Eu nunca, jamais, falaria isso na cara dele, mas era o que ele era. Esquadrinhei a turma outra vez. O valente Amir estava olhando direto para mim.
    Com olhos de assassino serial.
    Ele estava fazendo aquele negócio de fingir que tinha um pinto enorme na boca, empurrando a bochecha para fora e para dentro. Eu ergui uma sobrancelha, como quem diz: *Você é pirado e precisa de ajuda imediatamente.* Às vezes as brincadeiras de Amir eram esquisitas. Faziam com que ele parecesse um genuíno lambe-janela. Mas isso era parte da síndrome dele, um grupo louco chamado espectro autista, que impedia que ele compreendesse os sentimentos dos outros ou limites pessoais. Ele nunca me tocou nas partes lá

de baixo ou coisa assim, mas fazia maluquices, como fingir ter um pinto gigante na boca, ou aparentar estar lambendo aquele lugar das mulheres por entre os dedos.

Depois de escrever o número 3, em vermelho, baixei a cabeça e ergui os polegares outra vez, fazendo uma caverna para mim mesmo ao enrolar os braços em torno da cabeça. Minha caverna era tão segura que eu conseguia me ouvir respirando. Para dentro e para fora. Inspirações profundas, expirações longas. Os médicos me falavam para fazer isso quando eu ficasse estressado ou ansioso, ou tão irritado que quisesse socar o nariz de alguém até virar um morango esmagado. Ou quando tivesse o ímpeto de falar algo totalmente maluco para alguém. Na clínica, chamavam isso de "inapropriado". Meus braços estavam tão tensos que minha cabeça mal conseguia se mexer, coisa que era bastante boa, pois significava que ela não ficaria se contorcendo por toda parte. Feito os quadris do Elvis.

Ergui a cabeça e olhei para o número 3 por tanto, tanto, tanto tempo que meus olhos ficaram até embaçados. Talvez tivesse sido mais fácil escrever *Correr pela cidade com calcinha de mulher* ou *Quebrar todas as janelas da escola* do que eu tinha escrito de verdade. Com o número 1, ao menos eu poderia fazer uma boa tentativa. O número 2, o negócio do Amir, já seria um pouco complicado, mas o número 2... esse seria dureza, pois eu não tinha controle sobre as grandes decisões que os governos tomavam. Mas eu ia tentar. Ia tentar feito louco. Paz aí, mano!

*Número 3: trazer meu pai de volta da guerra antes que... você-sabe-o-quê... aconteça.*

# 8
# Médico

Minha última consulta médica foi para fazer um grande exame de imagem da cabeça. Eles me deram um comprimido especial, para que eu ficasse imóvel feito uma estátua quando entrasse no túnel do aparelho de ressonância. Aquilo era como andar na escada rolante mais lenta do mundo. Depois disso, nada de muito importante aconteceu. Eu fiquei deitado ali, pensando que exames de imagem eram chatos pra caramba, e não senti nada de nada. Não conseguia ouvir a câmera clicando as fotos. Minha mãe estava lá quando saí. Ela me falou o que esperar, porque já tinha feito um exame assim, mas eu não pude ir no dela, porque era coisa de mulher, e eu não sou mulher. Em todo caso, eu também não queria ver minha mãe só de calcinha.

Da última vez, a sala de espera estava vazia. Daquela vez, estava cheia de mulheres que pareciam estar passando pelo pior dia das suas vidas. Era como se elas estivessem esperando que seu nome fosse chamado para entrar no fogo do inferno. Eu fiquei olhando reto para a frente, tentando NÃO ter um tique, um tremor ou um espasmo, nem gritar que nem da última vez. Estava concentrado feito um Grande Mestre do Xadrez e nem notei mamãe cochichando no meu ouvido.

— Dylan... Dylan... *Dylan* — sussurrou mamãe, já meio irritada.

Isso fez com que alguns daqueles rostos da morte olhassem para mim, o que me fez tremelicar três vezes, pigarrear com um grande rugido e dar dois socos na minha coxa direita. Ai!

— Desculpe, amor, mas eu queria te dar isso aqui. — Mamãe me deu um saco pardo. — Esqueci de fazer isso antes.

— O que é? — perguntei, com o rosto confuso ponto com. Não era Natal, meu aniversário, ou Dia de Uma Fantástica Nota Dez na Escola, portanto, por que o presente, hein?

— Abra.

Eu abri.

— Uau — falei bem alto, antes de parar. Não queria que as pessoas olhassem para mim e pensassem que eu era candidato a uma camisa de força.

Mas eu realmente queria lamber o rosto de minha mãe, dar cinco abraços especiais nela, rolar no chão e berrar: VOCÊ É A MELHOR MÃE DO MUNDO, E POR ME COMPRAR ESSE PRESENTE VOU AMAR VOCÊ PARA SEMPRE E HOJE À NOITE VOU FAZER UM PRATO

ESPECIAL DE SOPA ENLATADA COMO AGRADE-
CIMENTO POR ME DAR O LIVRO *499 FATOS DO
FUTEBOL PARA IMPRESSIONAR SEUS AMIGOS!*

— Como você soube que eu queria isso, mamãe?

— Sou sua mãe, Dylan. As mães sabem tudo. — Quem inventou as mães deveria ganhar o prêmio Nobel de Diversão. — Ultimamente você tem sido brilhante em tudo... com seu pai, a escola, o exame e todas essas coisas. Então achei que você merecia um presentinho.

— Um gazilhão de obrigados, mamãe.

— E às vezes, Dylan, as coisas pioram antes de melhorar, então é sempre importante ser inteligente e corajoso.

— Eu concordo, dona Mint.

— Então prometa que você sempre será inteligente e corajoso em relação às coisas. — Mamãe pôs a mão na minha coxa esquerda e apertou com cerca de dez por cento de força. — Prometa isso, meu bem.

— Prometer o quê?

— Que você será inteligente e corajoso com as coisas.

— Prometo.

Mamãe estava com os olhos cintilantes. Achei que ela poderia até molhar a minha calça jeans, caso seus olhos começassem a vazar. Ela gostava quando eu prometia coisas.

*499 fatos do futebol para impressionar seus amigos!* INA--CREEEEMEE-ENTÁVEL!

— Posso ler o meu livro quando a gente entrar? — perguntei.

— Só se o médico não estiver falando com você. — Mamãe apertou quatro dos meus dedos. — Vamos precisar contar um com o outro hoje, Dylan. Tá legal?

—Tá legal.

Daquela vez era com um médico diferente. Ele fez minha mãe sentar na cadeira ao seu lado e me colocou no canto, sem nem sequer olhar para mim. É isso que os adultos fazem quando ficam desconfortáveis com alguma coisa. Ele murmurou algo para mamãe. Ela cochichou algo de volta e deu uma olhadela para mim. Cravei os olhos no livro. Nem morto me pegariam olhando pra eles.

*FATO 318:*
*ZINEDINE ZIDANE NUNCA FOI APANHADO EM IMPEDIMENTO EM TODA A SUA CARREIRA.*

— Sei que isso não é o que a senhora esperava ouvir — disse o médico em tom suave.

O peito da mamãe arquejou duas vezes.

— Tem certeza?

— Infelizmente, temos, sra. Mint.

— Cem por cento?

— Sim.

— Uma segunda opinião ajudaria?

— Os exames são bastante conclusivos.

Mamãe ergueu a mão e cobriu os olhos. Ela ofegava, como se tivesse acabado de correr uma maratona. Eu olhei para ela, porque queria ser inteligente e corajoso, para que ela pudesse contar comigo, mas ela não olhou para mim, só enxugou a água do rosto. Eu gemi, porque queria que ela olhasse para os meus olhos. Queria que mamãe enxugasse a água do meu rosto também.

— Quando? — disse mamãe.

Nessa hora tive vontade de jogar a cadeira pela janela, para que algum ar entrasse na sala. Só assim não ficaríamos todos sentados ali, ofegando.

— Vamos monitorar as coisas de perto, mas acho que o mais seguro é pensar no começo de março, no mais tardar.

— Ah, meu Deus! Isso é mais cedo do que nós discutimos — gemeu mamãe.

Todo o seu corpo estremeceu, e eu fiquei sem saber o que fazer. Não sabia se dava um abraço especial nela, se punha sua cabeça no meu colo, ou alisava seu cabelo, como ela faz comigo quando estou em pânico. Eu queria saber o que estava errado. Então virei outra página.

FATO 209:
O *ABERDEEN FOI O PRIMEIRO CLUBE A INTRODUZIR TÚNEIS NO GRAMADO.*

— Não sei o que dizer, sra. Mint. Realmente não sei — disse o médico.

Mamãe olhou para mim pela primeira vez. Eu adoro os lindos olhos da minha mãe, mas aqueles vermelhos pareciam uma faca de manteiga no meu coração.

— Temos pessoas especializadas para conversar com a senhora... Acha que isso adiantaria?

— Não adiantaria.

— Só estou dizendo que a senhora não precisa passar por isso sozinha.

Mamãe fungou como se estivesse cortando um gazilhão de cebolas. O médico lhe deu um lenço tirado de uma caixa na mesa, e ela tentou expulsar do nariz todas as lágrimas. Eu queria estar na sala de espera outra vez. Queria estar com aquelas pessoas olhando para mim e queria que mamãe me desse todo o seu choro, para não se sentir tão mal. QUERIA SABER O QUE ESTAVA ERRADO.

*FATO 6:*
*A DECISÃO DA COPA ESCOCESA ENTRE O FALKIRK E O INVERNESS THISTLE EM 1979 FOI ADIADA NÃO MENOS DO QUE 29 VEZES POR CAUSA DO MAU TEMPO.*

Quando ergui os olhos do *499 fatos do futebol para impressionar seus amigos!*, a cabeça da minha mãe estava abanando feito um rabo de cachorro, e seu corpo virara uma música de Elvis Presley. Embora estivesse com o nariz e as butucas no livro, eu ainda tinha minhas orelhas molengas lá fora. Sabia que o médico e mamãe não estavam olhando para mim, o que significava que eles não queriam que eu soubesse a história toda, o que significava:

1. Que aquela era uma conversa adulta, o que significava...
2. Eu precisava me comportar bem, o que significava...
3. Eu precisava ser visto, não ouvido.

Continuei escutando, porque aquele médico não conseguia me tapear.

— Acho que não vou conseguir contar a ele.

CONTAR A QUEM?
— Eu compreendo, sra. Mint...
— Não do jeito que ele é — sussurrou mamãe para aquele médico tão inteligente.
DO JEITO QUE QUEM É?
— Seu marido poderia ajudar nisso?
— Meu Deus, não! Não, isso precisa partir de mim.
ALÔ!
ALÔ!
EU SOU DYLAN MINT, E NÃO DYLAN MINT, O SURDO-MUDO.
— Não resta absolutamente a menor dúvida?
— Nenhuma.
— Está bem...
— Tenho certeza de que depois que tiver tempo para pensar, a senhora se sentirá melhor em relação a isso. Então poderá se preparar, junto com o Dylan, para... o que vai acontecer.
Mamãe fechou os olhos e fungou forte mais um pouco. Eu grunhi, bufei, pisquei rápido e cerrei os punhos. Senti minhas costas e a bunda se cobrindo de suor, porque já pressentia as palavras que viriam.
— MÉDICO PUTO.
— Dylan! — disse mamãe.
— Desculpe — disse eu.
— Tudo bem, meu rapaz. Que tal o seu livro? — disse o médico.
— MENTIROSO PUNHE... Desculpe... É bom — respondi, enfiando o nariz de volta no livro.

— Lamento muito que isso seja tão incontroverso, sra. Mint.

*FATO 77:*
*O MAIOR PÚBLICO REGISTRADO EM UMA PARTIDA DE CAMPEONATO ENTRE CLUBES EUROPEUS FOI NO JOGO DO CELTIC CONTRA O LEEDS UNITED, NA SEMIFINAL DA EUROCOPA DE 1970, EM HAMPDEN PARK, GLASGOW. OFICIALMENTE ESTAVAM PRESENTES 136.505 ESPECTADORES.*

— Só estou tentando pensar em como contar a ele. Quer dizer, como se dá uma notícia dessas?

— Bom, não é preciso contar a ele imediatamente, mas chegará um momento em que a senhora não poderá esconder o que está acontecendo.

— Eu sei.

— E em março a vida que ele conhece terá um fim abrupto. É preciso prepará-lo para o inevitável.

*FATO 499:*
*DAVID BECKHAM TEM DOIS NOMES DO MEIO: ROBERT E JOSEPH.*

Como lá fora estava escaldante, eu pensei nas nossas férias em Torremolinos, onde o sol era tão infernal que queimava as partes entre as minhas pernas feito dois ovos fritos. Papai falou que eu estava andando que nem o John

Wayne, coisa que me fez dar uma gargalhada. Nem sabia quem era esse tal de John Wayne, mas achei que podia ser alguém que trabalhava com papai. Talvez esse personagem John Wayne fosse um soldado, um cabo ou um sujeito de Operações Especiais. Se fosse isso, eu ficaria feliz de ser a versão de John Wayne de papai, porque ele era um cara cheio de piadas.

Algo chacoalhava na minha cabeça. Por que o médico falou que em março "a vida que ele conhece terá um fim abrupto"? Então entendi por que minha mãe estava no mesmo ponto que estava quando ela e meu pai gritavam um com o outro: um ponto de ruptura. Eu estava lá agora. Ela também falava que estava "totalmente arrasada", mas nunca falou o que "totalmente arrasada" significava na realidade. Minhas células cerebrais me diziam que aquilo significava totalmente pau da vida.

Com meus velozes poderes mentais, eu matei a charada. Quando o médico falou "prepará-lo para o inevitável", eu não precisava ser o Identidade Bourne ou o T. J. Hooker para perceber o que diabos estava acontecendo. Eu não tinha chegado a ficar totalmente arrasado, mas certamente teria ficado se não fosse craque em decifrar as coisas.

— AAAAAARRRRRRGGGGGG.

Aconteceu.

Seguido por:

— UUUUUUUAAAAAAAA.

O médico e mamãe ficaram sentados, só olhando. Nem sequer estenderam a mão para me mostrar que tudo estava bem. Não sorriram como quem diz: "Não se preocupe,

Dylan, está tudo bem. Você está em boas mãos conosco."
Acho que a mamãe estava acostumada com o meu jeito, de modo que deixou que eu continuasse.

— SEU FILHO DA PUTA. PUNHETEIRO DO CARALHO.

Meu arroubo foi dirigido diretamente ao médico. Mas, e esse é um MAS com maiúsculas, o médico era um paquistanês, coisa que piorava dez vezes a arenga. Ou talvez ele fosse indiano? Ou de Bangladesh? Decididamente, era de um lugar desses. Só que eu não conseguia saber ao certo. Todas aquelas coisas malignas que Amir precisa escutar, porque sua pele não é branca feito giz, pularam da minha boca com toda a força, direto na cara do médico. Lágrimas jorraram dos meus olhos e inundaram minhas faces, não porque eu estava chamando o médico dessas coisas racistas, mas porque eu sabia que estava magoando meu melhor amigo Amir, e melhores amigos nunca se magoam. Nunca. A menos que um deles mexa com a namorada ou o namorado do outro... só aí é aceitável. Depois tudo começou a ficar nublado, porque eu não conseguia enxergar com toda aquela água nos meus olhos. Eu parecia um Fiat Uno na chuva, com os limpadores do para-brisa quebrados.

Ao mesmo tempo que me transformava em um racista, na minha cabeça eu dizia,

Por favor não deixe o sr. Cachorro sair,
por favor não deixe o sr. Cachorro sair,
sem parar.

E adivinhe o que aconteceu?

O sr. Cachorro saiu.

Era o que o sr. Comeford, nosso professor de educação física, chamava de Lei de Murphy. Ele punha as mãos nos quadris, olhava para o céu e falava na "maldita Lei de Murphy" toda vez que a gente saía para jogar futebol e começava a chover, ou então quando ficávamos presos dentro do ginásio fazendo exercícios e o sol estava rachando as árvores lá fora... e os exercícios estavam rachando a minha cabeça. Tam Coyle, que também tinha síndrome de Tourette, latia e rosnava feito um garoto (ou cachorro) possuído. Ele rosnava tanto que o cuspe pendia dos seus dentes da frente. Amir tinha pavor de que Tam Coyle desse um bote nele e arrancasse um pedaço da sua cara com uma dentada ou algo louco assim. Ele tinha certeza de que Tam Coyle fora criado por uma alcateia de lobos. Mas eu mandei Amir parar de falar aquilo, porque sabia o que estava passando na cabeça de Tam Coyle enquanto ele rosnava feito um cachorro-lobo. A escola acabou se livrando de Tam, porque o grau de Tourette dele era maluco demais para eles; os professores simplesmente não tinham a menor ideia de como lidar com ele. Aí botaram Tam para fora.

Eu comecei a latir e a rosnar para o médico e mamãe. Não havia cuspe pendendo dos meus dentes, nem nada gosmento assim, mas a última coisa que recordo é de erguer as mãos, como se eu tivesse patas gigantescas, feito aquele leão bocó do Mágico de Oz. Isso nunca tinha acontecido antes. E, enquanto eu latia, a coisa foi ficando tão ruim que começou a fazer minha cabeça
    bater
    bater
    bater.

Era como se alguém tivesse colocado e inflado um balão ali dentro. Achei que o troço ia estourar. Sinceramente, achei mesmo.

E depois, escuridão.

*

— Está tudo bem, querido. Está tudo bem.

Quando eu abri os olhos, mamãe estava parada ao lado da cama.

— Você está bem, querido?

Negativo. Eu gemi.

— Você teve uma crise. Nada preocupante. Foi até leve.

Ela sorriu, e eu vi seus dentes. Quando via os dentes de mamãe sorrirem, eu sabia que ela estava de cascata comigo. Estava tudo nos olhos. Claro que não tinha sido "até leve". Eu estava deitado em uma cama esquisita, que tinha um imenso papel higiênico como lençol de baixo. Fiquei calado, mas fechei os olhos e contei até dez. A regra era que quando chegasse a dez eu tinha de voltar a um novamente, e assim por diante. Eu aprendi isso na escola. Parecia funcionar para mim. No total, contei até cerca de 2.047. Até que, abracadabra! Eu estava de volta em casa.

*

— Mãe?

— Sim, amor.

— O que vai acontecer em março?

— Março?

— Sim. — O cérebro da minha mãe girava, dava para ver.
— O Dia de São Patrício. Você gosta dele.
— Não, quer dizer... Que coisa grande vai acontecer?
— Bom, nós não vamos viajar de férias, nada assim. Você tem alguma viagem da escola?
— Acho que não.
— Talvez você esteja pensando no começo da primavera.
— Não.
— E eu sei que você gosta da primavera.
— Gosto?
— Sim, Dylan, você gosta da primavera.
Precisei pensar sobre isso por um segundo.
— Acho que sim.
— Talvez seja por isso que está com março na cabeça.
— Não. Decididamente, uma coisa especial vai acontecer em março.

Eu estava testando a mamãe tal como as pessoas fazem quando jogam aquele jogo de eu-sei-que-você-sabe-que-eu-sei-que-você-sabe. Mas aquilo ali era o que se chama de um impasse.

— Bom, então não sei — disse ela. Sua voz mudou, de amorzinho para *é hora de deixar isso para lá*. — E agora, você quer seu prato favorito?

— O papai vai voltar pra casa em março?

— Jesus, Dylan!

Quando minha mãe usa o nome de Nosso Senhor em vão, é hora de deixar isso para lá três vezes.

— Olha, você quer sopa ou não? — Sua voz estava totalmente arrasada. Quando minhas orelhas fizeram seu número de sinal de trânsito, mamãe passou para a Voz Nível Um, que parecia um sussurro. A Voz Nível Um era calculada para me acalmar. — Vou botar um pouco de molho de tomate, como você gosta.

— Legal-legal — falei. Quando a mamãe estava na cozinha fazendo a minha sopa, eu gritei para ela com uma voz Nível Três: — Talvez eu escreva pro papai e pergunte se ele sabe o que vai acontecer em março. Talvez ele tenha uma boa notícia pra nós.

Os Níveis de Voz na escola só vão até quatro, mas se eu tivesse algum equipamento de gravação de voz comigo ali no sofá tenho certeza de que a voz de mamãe, quando saiu da cozinha, estaria perto do Nível Dezessete.

— Quer parar de falar dessa porra, Dylan? Você não está vendo que já estou no meu limite? Jesus Cristo! Eu não preciso dessa merda agora! — Então o telefone tocou, e a mamãe disse: — Salva pela porra do telefone.

Fui para a cozinha conferir minha sopa e minha mãe ficou no corredor, falando ao telefone em voz baixa. Uma voz adulta. Ela virou as costas para mim, como se não quisesse ser vista, mas percebi que seus olhos estavam bem vermelhos. Mexi a sopa duas vezes no sentido horário e três vezes no sentido anti-horário, mas algo tinha apertado o botão de curiosidade no meu cérebro, então desliguei o fogo e fiz aquele negócio de copo-na-orelha-na-porta que os espiões infantis fazem.

— Hum... hum... nem sei como abordar isso... hum... Pois é, esse é que é o problema, sabe? Hum... Eu já devia ter falado com ele sobre essa situação há muito tempo... hum... Bem que eu queria ter feito isso...

O copo escorregou da minha orelha, mas caiu na minha mão. Foi difícil não bater com a cabeça na porta umas dez ou vinte e seis vezes.

— Eu sei, eu sei... Ele sempre foi o meu bebezinho, meu Dylanzinho... hum... hum... Não é justo jogar isso em cima dele agora... Estou apavorada por ele...

Então lágrimas e mais lágrimas.

Não me lembro da minha mãe desligando o telefone. Eu berrei. O som machucou meus ouvidos. Depois tudo ficou preto.

Um.
Dois.
Três.
Quatro.
Cinco.
Seis.
Sete.
Oito.
— Dylan?
Nove.
Dez.
Um.
Dois.
— Dylan?
Três.
Quatro.
— Dylan?
Cinco.
— Dylan, desculpe.
Seis.

— Eu não queria gritar.
Sete.
— Amo você.
Oito.
— Foi uma semana maluca.
Nove.
— Desculpe, Dylan.
Dez.
— A mamãe te ama.
Um.
— Abra os olhos.
Dois.
— Abra os olhos, amor.
Três.
— Sua sopa está pronta.
Quatro.
— A mamãe pede desculpas.
Cinco.
— A mamãe te ama mais do que qualquer outra coisa.
Seis.
— Mais do que qualquer outra pessoa.
Sete.
— Venha, meu bem.
Oito.
— Sua sopa vai esfriar.
Nove.
— Abra os olhos, Dylan.
Dez.
— Assim é melhor, não é?
— É.

— Desculpe ter gritado, amor. Está tudo bem?
— Tudo está ótimo.
— Tá legal, vou trazer sua sopa.
— Obrigado.

Sentei bem retinho e esperei que minha mãe me trouxesse a sopa de frango com molho de tomate.

# 9
# Planos

Quando eu era criança, tipo superpequeno mesmo, achava que depois de morrer você simplesmente pegava um ônibus e viajava até o Céu, tomava um sorvete imenso com uma cereja gigantesca em cima e relaxava com os outros mortos. Todo mundo sentado em grandes nuvens brancas e fofas, cantando canções, contando piadas, e simplesmente aproveitando o dia. Se quisesse, você podia jogar futebol, ver um filme, jogar videogame, cortar o cabelo ou as unhas dos pés. A escolha era sua. Tudo seria mais branco do que flocos de neve. Um lugar mágico.

Depois que cresci mais um pouco, porém, toda vez que pensava na terra dos mortos eu já não via nada branco; agora tudo era muito mais sombrio, os mortos estavam suados e sujos, e alguns tinham cortes no rosto. Ninguém estava se divertindo; em vez disso, todo mundo estava furando, cavando ou quebrando alguma coisa. O som também era brutal... Era como estar na discoteca mais merda do outro mundo. Aquele lugar me aterrorizava. Quando pensava naquilo, eu precisava dobrar as *duas* orelhas para dentro, o que era difícil, então minha técnica era deitar de lado, pressionando a orelha esquerda no colchão, e com um travesseiro forçar a orelha direita para baixo. Quando eu fazia isso, todo o barulho da discoteca se afastava voando e as nuvens brancas voltavam.

Naquela primeira semana de volta às aulas eu achei difícil ficar de boca calada. Não tinha aquele desejo de ah-
-eu-preciso-tanto-desabafar-ou-vou-acabar-ateando-fogo-às-
-roupas, mas realmente queria ter um papo de homem para homem com meu melhor amigo, meu parceiro de sempre.

Amir não acreditou em mim de início. Na verdade, foi até bem grosseiro acerca do assunto.

— Não me ve-ve-venha de sacanagem, Dylan.

— Não estou brincando, Amir. Na real, não estou.

— Está, sim.

— Não estou.

— Está sim, ca-ca-cacete, e se continuar com isso vou ser obrigado a falar com a srta. Flynn e dizer que você está pirado.

A srta. Flynn era a terapeuta da Drumhill; você só ia falar com ela se andasse supermaluco, ou se quisesse cortar os pulsos, rasgar seus braços ou suas coxas, se quisesse estuprar alguém, ou se alguém quisesse estuprar você, ou se algum velho tarado te mostrasse o pinto na internet. Embora todo mundo tivesse o número do celular dela (a ser usado apenas no horário escolar... não para mensagens engraçadas), caso a gente precisasse conversar com ela superurgente, eu quase nunca falava com a srta. Flynn. Era esquisito que a gente não a procurasse mais vezes, porque todo mundo achava que ela era o verdadeiro Sssssexxxooo Aaambulaaante. E usava batom vermelho.

— Bom, então eu vou falar pra ela que você inventou tudo, e que não tenho a menor ideia do que você anda balbuciando... Aí ela vai pensar que é *você* que está pirado, vai ligar pros seus pais, e seu pai vai brincar de fliperama humano com você quando chegar em casa — retruquei.

Amir ficou calado. Só contorceu o rosto. Ele sempre faz isso quando eu o pego em uma armadilha. Amir tem o calcanhar daquele cara grego muito famoso... basta ameaçar envolver o pai dele. Eu odiava fazer isso, mas às vezes precisava apelar. Só fazia isso em ocasiões especiais, como aquela. Uma ocasião muito especial.

— Isso não é fácil pra mim, Amir. Estou te contando porque você é meu melhor amigo e, em ocasiões assim, um homem precisa de um melhor amigo... Você ainda é meu melhor amigo, Amir?

Houve uma pausa de, tipo, quatro horas. Amir enfiou o dedo no ouvido e ficou mexendo lá um pouco.

— É claro que sou, seu burraldo.

— Fechou fechado — disse eu.

— Suave na nave. — Quando Amir entrava nessa onda, eu sabia que a gente estava de boa outra vez.

— Então, como eu ia dizendo, esse médico novo ficou falando uns troços loucos.

— O meu faz isso o tempo todo. E na metade do tempo eu não entendo picas do que ele está falando.

— Pois é, Amir.
— O problema é que meus pais também não.
— Idem, amigo, idem.
— Então o que você fez?
— Felizmente eu estava lá pra decifrar tudo na minha cabeça.
— Tem razão.
— Mas era tudo uma merda louca.
— Tipo o quê?
— Ele falou: "Acho que agora o melhor é a senhora e Dylan se prepararem para o que vai acontecer."
— É mesmo? Ele falou isso?
— Foi.
— Então... hum... O que *vai* acontecer?
— O que você acha?
O dedão de Amir roçou o chão.
— Veja só. Ele também falou: "A senhora precisa manter o ânimo elevado e se preparar para a vida depois."
Amir deixou aquilo flutuando na sua cabeça, feito um cardume de peixes.
— Caramba, Dylan... isso não parece mesmo nada bom.
— Pode apostar seu último dólar que não parece bom.
— Estou tentando.
Às vezes falar com Amir era como perguntar a um estrangeiro de férias na Espanha se ele gostava de ver futebol escocês.
— Você sabe o que *in... contro... ver... so* significa?
— Acho que sim.
Nem por um cacete ele sabia o que aquilo significava.
— O médico também falou isso.

— Nooos-sa!

— Acho que talvez ele estivesse falando que nós devemos comprar um carro quando minha saúde piorar.

— Faz sentido.

— Tipo, para os dias em que eu não puder caminhar.

— É, um carro seria a melhor aposta. — Amir olhou para o chão e chutou algumas pedras. Depois soltou um urro em um tom bastante estridente. — EEEIIITA!

— Mas tudo bem, Amir, porque só vai acontecer em março.

— Março?

— O médico falou "o mais seguro é pensar no começo de março, no mais tardar".

— Meu Deus do céu. EEEIIITA!

— Pois é.

— Isto parece loucura, Dylan.

— Pode apostar, Amir, pode apostar até as calças.

— Mas qual é o problema, então? — perguntou Amir DE NOVO, todo confuso ponto com.

— Bom, eu não sei exatamente, porque o médico foi ultraconfuso.

— Ah... tá legal.

— Só sei que vou morrer. Mas a minha mãe não quer falar nisso, e fui proibido de fazer perguntas.

— Não sei o que dizer.

— Não tem que dizer nada, Amir. Às vezes os melhores amigos não precisam dizer nada. Eles têm um seco sentido entre eles.

— Sexto.

— O quê?

— Sexto sentido.
— Tanto faz.
— Na verdade, não, porque...
— Tanto faz, Amir... talvez eu devesse estar triste.
— Isso não adiantaria nada.
— Mas eu estou triste — falei.

Então foi a minha vez de olhar para o chão e chutar umas pedrinhas pelo pátio. Meu rosto tremelicou várias vezes.

— Eu também. Estou mais triste do que o cara mais triste na cidade mais triste do mundo, mas de nada adianta ficar de cara murcha, Dylan. Vai acontecer, então precisamos viver com isso. EEEIIITA!

— Talvez — murmurei, chutando uma pedra para longe.
— Engraçado, sabe — disse Amir.

Acho que ele não queria dizer engraçado no sentido de se mijar de rir. Ele também chutou umas pedras para longe, estalando os lábios.

— O que é engraçado?
— Eu falar que *precisamos viver com isso*.
— E daí?
— Daí *viva com isso*. É engraçado.

Só então saquei a piada. Amir estava sempre fazendo piadas que você levava séculos para entender, o que significava que elas já não eram engraçadas. Não que a maioria delas fosse. Acho que é aquele negócio dele, de não-entender--limites.

— Ah, entendi agora. Acho que se chama ironia, Amir.
— Eu sei, era o que eu queria.
— Está vendo?
— O quê?

— Como é fácil esquecer o que vai acontecer e dar uma boa gargalhada?

— Deve ser — disse Amir. Ele estava com um jeito todo baixo-astral, como se fosse ele quem estivesse prestes a bater as botas em grande estilo.

— Mas lembre que nunca se deve rir de gente que vai morrer, Amir.

— Não é justo — disse Amir, fazendo um muxoxo ao falar.

— Qual é o problema agora?

— Quem-quem-quem vai ser o meu novo melhor amigo?

— Não se preocupe, vamos resolver isso. — Eu estava a um pentelho de distância de revelar a Amir minha ideia de *Coisas legais para fazer antes de morrer. Número 2: fazer Amir voltar a ser um cara feliz outra vez, em vez de um p\*\*\* triste!* Mas essa era uma preocupação só minha.

— Ma-ma-mas você é o meu único amigo, Dylan.

— Não é verdade. — Como não consegui pensar em ninguém, acabei falando uma maluquice. — Tem... a srta. Flynn.

Por dentro Amir praguejou feito um marinheiro bêbado. Dava para ver que ele queria me xingar de tudo, mas não fez isso porque em breve eu ia visitar o Anjo da Morte, e ele não queria bancar o Garoto Insensível.

— Ninguém mais gosta de mim — disse ele.

Eu alisei o Verde dentro do bolso com meus dedos suados.

— Eu sei.

— Ninguém quer andar por aí com um paqui.

— Eu sei.

— Principalmente um paqui especialoide, que frequenta uma escola especialoide e não consegue fa-fa-falar di-di--direito.

— É uma merda, não é?
— O que eu vou fazer? EEEIIITA!
— Sinceramente, Amir, não se preocupe. A gente vai dar um jeito.
— EEEIIITA!
— E você não é especialoide.
— S-S-sou.
— Você é um pouco autista.
— Então. EEEIIITA!
— Tem uma diferença.
— Não, não tem. Eu sou um paqui especialoide.
— Você não é um especialoide, Amir.
— EEEIIITA! Então sou o quê?
— Não sei.

Eu detestava aquele tipo de pergunta, principalmente quando não sabia a porcaria das respostas, como naqueles enigmas numéricos do *Countdown*. Aquilo era de fritar os miolos.

— Hein? O que eu sou?
— Hum... talvez você seja um pouco retardado. Mas não muito retardado, só um pouquinho, e às vezes você gagueja um pouco, mas só quando está triste por dentro.
— Que melhor amigo de merda você é.
— Você perguntou. — Aquele era só um exemplo de pessoas sendo esquisitas, mas *não* maravilhosas.
— Eu sei, mas foi uma pergunta histórica — disse Amir.

Não entendi nada. Nós só ficamos chutando pedras em silêncio por um tempo, o que foi bem legal, porque essa é uma diferença entre melhores amigos e conhecidos idiotas:

com o seu melhor amigo não tem problema algum ficar chutando pedras por aí em silêncio, mas com um conhecido você precisa pensar em bobagens para falar o tempo todo, para ninguém achar que você é entediante ou mongoloide. Meus sapatos novos já estavam todos arranhados e sujos. Mas eu nem liguei; estava mais feliz que um pinto no lixo, só porque dois melhores amigos estavam chutando pedras em silêncio. A vida é isso.

Silêncio.
Chutes.
Silêncio.
Chutes.
Mais silêncio.
Mais chutes.
Mais silêncio ainda.
E mais chutes ainda.

Eu queria abraçar Amir, não de um jeito que botasse nossos pintos para brigar feito espadas, mas só... Bom, só porque queria.

O silêncio durou séculos, fazendo com que eu me sentisse um pouco constrangido. De vez em quando eu olhava para Amir, mas ele mantinha os olhos sempre nas pedras, com aquele seu jeito louco de fixar o olhar nas coisas. Quando chutamos todas as pedras para longe, ficamos fazendo barulhos com a boca, tipo soltando o ar ou estalando a língua. Então me cansei de ver Amir bancar meu amigo maluquinho.

— Quer saber do meu plano?
— Que plano?

— Eu fiz um plano. Uma lista de coisas que quero fazer antes... Você sabe... Antes.

— É, é, é... Antes de você... hã... Antes de você... hã... Hum, o plano é fazer o quê?

— Quer que eu conte?

— Óbvio. Que tipo de coisas?

— Maluquices. Umas merdas. Umas doideiras de merda.

— Tipo o quê?

— Bom, pense na merda mais louca que eu poderia fazer antes que... você-sabe-o-quê... aconteça.

Amir entrou no Modo Pensamento Incrivelmente Difícil. Seus olhos ficavam mega-arregalados quando ele entrava no Modo Pensamento Incrivelmente Difícil.

— Já sei!

— O quê?

— Você podia saltar da, tipo, a maior altura que puder imaginar.

— Sério?

— É, tipo, de quilômetros e quilômetros de altura lá em cima.

Nós dois erguemos o olhar para as nuvens cinzentas.

— Isso é alto.

— Seria genial.

— Você acha?

— Mais louco que qualquer outra coisa.

— É mesmo?

— Loucura, cara.

Olhei para ele e balancei a cabeça, porque eu era o cérebro daquela operação.

— Não seja bocó, Amir.

— O quê?

— Bom, em primeiro lugar, como diabos eu chegaria lá em cima?

— De avião.

— Eu não tenho um avião.

— De helicóptero, então.

— Bobagem. O que mais?

— Se-se-sei lá.

— Pois é. É uma ideia de bosta.

— Bom, então você dê outra melhor.

— É o que eu vou fazer, e é uma ideia massa.

— Qual é?

— Vou transar com a Michelle Malloy.

— Michelle Malloy?

— Michelle Malloy.

— Vai sair com ela?

— E *transar* com ela.

— Michelle Malloy?

— Você é surdo, Amir?

— Você está me falando que vai sair e transar com a Michelle Malloy?

— Não, eu não vou só SAIR com a Michelle Malloy, vou TRANSAR com ela.

— Qual é a diferença? — perguntou Amir.

Então eu fiz aquele gesto sexual de enfiar meu indicador direito num buraquinho apertado do indicador e do polegar da mão esquerda. Fiquei metendo o indicador ali no buraco oito vezes. E mais uma vez Amir ficou com os olhos muito arregalados.

— NEM PENSAR.

— Pois tô pensando.

Amir olhou em torno, para ver se alguém estava nos escutando.

— Quer dizer que você vai co-co-comer a Michelle Malloy? — ele sussurrou a palavra *comer*. Mamãe fazia o mesmo quando não queria que eu ouvisse a palavra que ela estava dizendo. O engraçado era que a palavra ressoava com mais força quando ela sussurrava. Às vezes mamãe até soletrava as palavras, porque achava que eu não entenderia, mas o que ela não sabia era que soletrar era um dos meus pontos fortes na escola. A professora Seed me elegeu Mestre de Soletração na primeira semana de volta às aulas. Eu soletrava corretamente até a palavra *desconcertar*.

— Você, Dylan Mint, vai comer a Michelle Malloy?

— Por mais difícil que seja.

— Mas será que ela consegue fazer isso?

— Como assim, se ela consegue?

— Bom, com aquele pé aleijado e tudo mais.

— Aquilo não afeta a xota dela, Amir.

— Caraca, Dylan.

— Eu sei.

— Quer dizer... caraca.

— Doideira, não é?

— Ela sabe? Quer dizer, tá numa boa com isso?

— Não.

— Não?

— Não, mas vai estar.

Amir estava procurando pedras novas para chutar. Como não encontrou nenhuma, ficou mexendo nas orelhas.

— Mas a Michelle Malloy acha que você é um monstro maluco.
— Não, não acha.
— Acha, sim.
— Ela simplesmente não me conhece ainda, só isso.
— Mas como vai fazer que ela queira dar para você?
— Você pode parar de sussurrar a palavra *comer*?
— Shhhh, Dylan. Caramba.
— Que idade você tem, Amir?
— Dezesseis anos e dois meses.
— Exatamente.
— Exatamente o quê?
— Estamos na idade de comer garotas.
— Num tenho certeza disso, Dylan.
— Bom, eu tenho, e te digo que estou na idade de trepar.
— É mesmo?
— Estou que nem queijo.
— Queijo?
— Maduro, no ponto pra curar.
— Uau! Dylan! Que mongolice. Como você vai fazer isso?
— Há várias maneiras.
— Sério?
— Um monte de maneiras.
— Não é muito perigoso?
— Facílimo.
— Então quando você vai currar a Michelle?
— O quê?
— Quando você vai...
— Está falando sério?
— Hã...

— Que tipo de pessoa você acha que eu sou, Amir?
— Só pe-pe-pensei que...
— Bom, se você vai pensar, primeiro use a sua cabeça.
— Foi você que falou.
— Falou o quê?
— Currar.
— CURAR, eu falei CURAR! E não essa porcaria de currar!
— Ah.
— Você acha que eu sou uma espécie de pervertido?
— Eu só...
— Quer que eu fique de cinco a dez anos na cadeia, coisa assim?
— Claro que eu não quero que você vá pra cadeia.
— Acho bom.
— Tá legal, então.
— Então, pronto.
— Que bom, então.
— Isso está resolvido.
— Bom, então está resolvido.
— Só não aja feito um verme quando eu estiver te contando as coisas.
— Tá legal, Dylan.
Então Amir riu, mas tentando ao máximo parar de rir, para que eu não lhe desse um cacete. Ou uma cabeçada na testa, uma marca roxa na cara, ou um rápido chute no saco. Só que ele não precisava se preocupar, porque de jeito nenhum neste mundo eu encostaria um só dedo em Amir, ou qualquer pessoa, até mesmo no Donut... embora eu tivesse vontade de rachar a cabeça dele com um pedação de

concreto quando Donut me chamava de Dildo em vez de Dylan. Mamãe me falava para mexer os dedos e contar até dez mentalmente quando isso acontecesse. Esfreguei o Verde na palma da mão e pensei em quantos grãos de areia existem na praia de Largs. Foi para lá que nossa escola fez sua excursão anual, no último verão; estava chovendo muito no dia e tivemos que ficar dentro do ônibus, vendo as ondas arrebentarem na praia. Foi uma bosta. Lisa Degnan também se cagou toda, e o ônibus inteiro ficou fedendo a fralda de bebê. Eu comecei a contar os grãos e a respirar pela boca.

— Por que está rindo, Amir?

— Por causa do negócio da cadeia.

— E daí?

— Não há necessidade de você ir pra cadeia, porque nunca chegará a cumprir de cinco a dez anos — disse Amir. Senti o que ele falou como um tapa na cara. — Porque você sabe... você vai estar... você sabe...

Então percebi. Nós percebemos. Senti meu rosto e minhas entranhas completamente tristes.

— Ah, Dylan, desculpe... eu não...

— Tudo bem, Amir. Só estamos brincando um pouco, mais nada.

— Bom, se você está a fim de brincadeira, pense no seguinte...

— O quê?

— Você pode engravidar a Michelle Malloy e deixar um bebê Mint aqui.

*Pop!* Estalo! Amir tinha razão. Eu não tinha pensando em bebês Mint.

— E se eu usar um saco de dormir no pinto?

O rosto de Amir ficou com uma expressão confusa.
— Uma camisinha.
— Ah.
— Eu estaria safo, então, não estaria?
— Hã... eu... hã, acho que sim, mas você precisaria jogar na privada e dar descarga pra eliminar as provas.
— Isso!
Tentei agir como se soubesse de que diabos eu estava falando. O problema era que eu nunca tinha visto uma camisinha ao vivo, a menos que contasse balões de água e aquelas nojentas abandonadas no parque. E as que eu tinha visto na internet pareciam mamilos enrolados. Eu ficaria com pavor de comprar uma. Talvez Amir pudesse ser um amigo incrível e comprar algumas para mim. Ou roubar do pai dele. Uau! Isso seria massa. Eu nunca tinha pensado em camisinhas.

Então ficamos chutando umas pedrinhas mínimas, porque as maiores já tinham sido todas chutadas para longe. Havia um silêncio esquisito entre nós, que me dava vontade de estapear minha testa dez vezes seguidas.

— Vou dar o bote na festa de Halloween — disse eu.
— Na Michelle?
— É.
— Mas o Halloween vai demorar séculos. Ainda estamos em agosto.
— Isso me dará bastante tempo pra colocar em ação o meu plano mestre.
— Ufa. Então isso está certo, não é? — disse Amir. — Você também vai contar o seu problema pra Michelle?
— Nem que a vaca tussa.

— Talvez fosse mais fácil, sabe, se você desabafasse com ela.

— Por quê?

— Ela poderia sentir uma supersolidariedade por você.

— Não quero a supersolidariedade dela.

— Mas então você poderia conseguir uma... Como é mesmo o nome daquilo?

— Chupetinha? — sugeri.

Sabia o que Amir estava insinuando, mas não conseguia atinar com a palavra exata que estava na ponta da sua língua.

— Isso mesmo. Uma chupetinha de consolação.

Só que não era isso.

— Não precisa. Quando ela ouvir a lábia de Dylan Mint, a calcinha vai arriar no chão feito o Pino de Boliche.

Amir deu uma gargalhada. O verdadeiro nome do Pino de Boliche era Philip Doyle, e ele era da nossa turma. Tinha uma doença na perna que deixava seus ossos moles feito massinha.

— É melhor não falar isso na frente do Pino de Boliche.

— Especialoide!

— Eu nunca falaria algo ru-ru-ruim pro Pino de Boliche — gaguejou Amir. — Nunca na frente dele.

Às vezes Amir ficava meio perturbado quando algumas coisas assim saíam da minha boca. A srta. Flynn me falava para "sempre continuar positivo" quando elas saíssem inesperadamente. Mas eu não sabia o que isso significava. Papai dizia que a srta. Flynn "ganhava dinheiro vendendo ar enlatado". Imagine pagar alguém por ar enlatado, quando se podia ter tudo de graça.

Enquanto caminhávamos de volta para casa, eu senti que deveria pôr o braço em torno de Amir, para lembrar a ele que as coisas ficariam bem entre nós, e fazer com que compreendesse que seríamos melhores amigos para sempre. Vi os caras naquele filme *Conta comigo* fazerem a mesma coisa, e foi genial. Mamãe falou que eu chorei durante o filme, mas não era verdade. Só fiquei com a garganta apertada por um calombo... do tamanho de um ovo.

— Por falar nisso, não diga nada, Amir.
— Sobre o quê?
— Sobre você-sabe-o-quê.
— A coisa da morte... em março?
— Sim, e não chame isso de *coisa da morte*.
— Chamo de quê?
— Você podia chamar isso de *férias, a viagem, a coisa, a jornada,* ou *o elefante*. Chame de qualquer coisa, desde que não fale a palavra *morte*.
— Combinado, capitão.
— Boca fechada, tá legal?
— Boca fechada — disse Amir.

Nós meio que nos socamos, meio que nos empurramos nos braços, para encerrar o assunto, e depois continuamos a caminhar.

— Você vai à festa de Halloween fantasiado de quê? — perguntei a ele.
— Não sei. E você?
— Não sei.

Amir revirou os olhos, porque já pusera na cabeça seu chapéu pensante. E quando isso acontecia, era Hora de Apertar os Cintos!

— Já sei de que você poderia ir — disse ele.
— De quê?
— De camisinha!
Aquele cara era
   diversão
   divertido
   palhaço.

# 10
# Zona de Guerra

Blair Road, 77

ML5 IQE

15 de setembro

Querido papai

Mamãe me contou que é proibido enviar qualquer carta aí da sua zona de guerra. Que doideira! Ela falou que a zona de guerra em que você está é uma loucura de perigosa, e que se descobrirem de onde as cartas são postadas, a sua vida e a dos seus camaradas ultracorajosos poderiam estar seriamente ameaçadas. Mas ela me falou que vocês dois conversam pelo telefone às vezes, embora geralmente isso aconteça quando estou na escola, o que é um pé no saco sem tamanho, porque seria bom bater um papo com você de vez em quando. Talvez seja por isso que ela chora tanto. Porque fica feito uma maluca de tanta saudade sua quando ouve a sua voz. Eu também, embora não ouça a sua voz com tanta frequência.

Acho que foi em dezembro do ano passado... antes de você receber aquele telefonema dos chefões... que ouvi a sua voz pela última vez. Lembro que você entrou pé ante pé no meu quarto e falou: "Dylan, acorde. Eu trouxe umas batatas fritas. Vamos lá! Acorde e desça para comer as fritas que eu trouxe." Só que, quando eu consegui descer, você já estava cochilando. Foi muito engraçado te ver com o rosto enfiado em um saco de batatas fritas. Desculpe por rir, pai, mas foi um momento digno do YouTube. Aposto que também teria rendido saquilhões de visualizações. Mas no frigir das batatas (isto é uma piada!), quando quero ouvir a sua voz, simplesmente olho para a carta que você me mandou. Obrigado por isso. Talvez eu coloque o papel em uma moldura na minha parede.

Acho que a mamãe deve ter te contado do meu problema? Isso também faz com que ela chore baldes, acho. Às vezes vejo mamãe toda enroscada no sofá, segurando uma caneca de chá, soluçando e fungando sem parar. Não chega a ser um clima de novelão, mas é realmente triste na hora. Talvez eu não devesse estar contando essas coisas sobre a mamãe, mas você tem o direito de saber, já que é o Único e Verdadeiro Amor dela. E já que eu sou carne da sua carne e sangue do seu sangue, tenho o dever de te contar. Em todo caso, o grande dia é em março, por isso seria incrível se você pudesse estar aqui. De qualquer forma, a mamãe falou que há uma boa chance de você poder vir para casa muito antes disso. Ela me disse que tudo vai depender do nível de loucura na sua zona de guerra. Dedos das mãos e dos pés cruzados!

Lembra que você costumava falar ina-creeeemee-entável em vez de inacreditável? Eu gostei disso. Vou começar a falar assim agora. Eu também inventei uma palavra, que deixo você usar se quiser. A palavra é *shizenhowzen*, que eu falo em vez de dizer que merda!

Amir e eu vamos jogar no time de futebol da escola na próxima semana. Você lembra do Amir, não? É o meu melhor amigo. Algumas pessoas chamam o Amir de paqui, coisa que nos deixa irritados pra caramba. Ele não joga futebol muito bem, o que é uma pena. Seu esporte favorito é o críquete, o que é uma megapena, porque é muito chato, e eu não entendo as regras direito. Acho que ninguém na Drumhill entende, só o Amir, então ele está lascado se quiser jogar uma partida... Não vai conseguir lançar e rebater a bola para si mesmo, vai? Mas seria demais ver isso. O negócio é que estava faltando gente no time de futebol, daí nossa única saída foi convidar o Amir. Se ele for um pereba, vai direto para o gol. Depois eu te conto como foi.

Tenho uma tonelada de coisas para fazer antes de março. Coisas da escola, principalmente. Ainda quero passar em todas as minhas provas. (Talvez me deixem fazer as provas mais cedo.) Também quero ter certeza de que a mamãe está legal e cheia de gás novamente. Mas também há algumas outras coisas "pessoais" que preciso fazer. Te conto mais quando estiver perto da época.

Agora, como mamãe foi para a academia fazer a aula de HIIT, eu vou jogar videogame. Ela fala que eu não deveria ficar tanto tempo jogando no computador, porque isso pode fazer meu velho cérebro ficar ainda mais capenga. Só que não. Fico só piscando mais do que o normal, mais nada. Em todo caso, por favor não conta para ela que eu estava jogando videogame. Imagine se você estivesse aqui... Você poderia ser o professor de ginástica da mamãe: assim ela não precisaria sair e passar três horas fora, duas vezes por semana. Vou cochichar esta parte, mas... não vejo diferença alguma no peso dela! Por favor, não conta para ela que eu falei isso. Por favor. Por favor. Por favor. Mas, se você estivesse aqui, poderia simplesmente gritar instruções para ela no quintal, e tenho certeza de que ela perderia peso em dois tempos. Seria engraçado ver isso. Eu poderia levar uma cerveja para você como recompensa e um pedaço de aipo para a mamãe entre um exercício e outro.

Ok, Señor Mint. Vou encarar o nível quatro de *Halo 2* antes de mamãe voltar da aula de gordura (não acredito que falei isto). A gente se fala em breve, mi amigo (agora tenho aulas de espanhol na escola).

bjs
Dylan Mint

# 11
# Tarefas

Quando ouvi a porta de casa abrir, quase caguei um tijolo. Minha mãe ficaria louca comigo por passar a noite jogando videogame. E ficaria ainda mais pirada por eu não ter feito essas malditas tarefas domésticas:

- Dever de casa (a casa não cairia se eu não fizesse meus trabalhos, então eu não entendia por que isso estava na parte de Tarefas Domésticas do cérebro de minha mãe)
- Separar minhas meias emboladas (porque a nossa lavadora não separa a porra das meias)
- Recolher os caroços de laranja espalhados no chão do meu quarto depois que pipocam dos meus dedos (brincadeira maneira quando estou ansioso e irritado comigo mesmo ou com o mundo)

- Tirar o pó do parapeito da janela e dos aquecedores elétricos (minha dica principal é fazer isso com uma meia fedorenta, porque assim a meia será lavada e eu acabei matando dois coelhos de uma cajadada só!)
- Trocar meus lençóis e fronhas (minha mãe disse que eu precisava fazer isso uma vez por semana agora que eu era adolescente. Ela não sabia que eu sabia do que ela estava falando, mas eu não queria contar a ela que eu não era esse tipo de adolescente, porque eu tentava evitar conversas constrangedoras)

Aqueles lençóis não eram trocados havia dois meses. Eu não gostava de dormir com lençóis recém-lavados. A porta da frente bateu como se atingida por um machado de dez toneladas. Ouvi a mamãe subindo a escada. Com uma passada de búfalo em cada degrau.

Bum!
Bum!
Bum!

Meu coração começou a dar voltas pelo meu corpo, e entrei no modo tique-taque. Não tinha feito nenhuma das tarefas, nem sequer tinha chegado ao nível cinco. O tijolo estava descendo depressa.

Então outra porta se fechou com estrondo. A do quarto da minha mãe. Estrondos não são bons para mim e minha potencial maluquice.

— PORTA FILHA DA PUTA! VAI BATER NA CASA DO CARALHO! A PUTA BATEU A PORRA DA PORTA! A PUTA GORDA DA PORRA DA PORTA! A PUTA DA PORTA GORDA!

*Cala essa boca, Dylan*, gritou o homem na minha cabeça. *Shhhhhhh, pelo amor de Deus.*

Enfiei o rosto no travesseiro para abafar o som, mas ficou difícil respirar. Eu precisava fugir do inferno daquela voz. Devia ter sido uma aula de ginástica muito difícil. Dei uma lambida no Verde.

— Vai dormir, Dylan — gritou a mamãe do outro lado do corredor.

Fiquei tão parado quanto o camundongo mais parado da cidadezinha mais parada. Brinquei de estátua comigo mesmo.

— Você me ouviu? — gritou mamãe.

Eu parecia um prisioneiro de guerra.

— Dylan, eu sei que você está me ouvindo.

Eu era a estátua de Davi da Renascença Italiana, que era o que estávamos estudando na aula de história. Só que na verdade o Davi não é real, porque tem um corpo musculoso gigantesco e um pintinho mínimo. E a aula era chata demais. Talvez eu mostrasse ao professor minhas poses rígidas de Davi.

— Dylan, quer me responder?

Eu não respondi.

— Dylan, pare de brincar. Eu sei que você está aí.

Parei de fazer a estátua de Davi, balancei a cabeça de um lado para o outro e pisquei o mais rápido possível em quarenta e três segundos. Bati o recorde: cento e dezesseis piscadelas. Minha cabeça doía.

— Dylan, eu sei que você estava jogando videogame.

Merda, porra, cacete. Como ela sabia?

— Mas tudo bem, filho, tudo bem. Eu não ligo.

Sua voz parecia toda chorosa outra vez. Estava muito mais suave. Minha favorita. Feito chocolate e veludo em um liquidificador. Ternura para fazer com que eu me sentisse seguro e aconchegado.

— Está falando sério? — perguntei.
— O quê? — Houve uma pausa gigantesca. — Não consigo ouvir você.
— ESTÁ FALANDO SÉRIO?
— Sobre o quê?
— QUE NÃO TEM PROBLEMA JOGAR VIDEOGAME?
— Sim, nenhum.
— Tá.
— O quê?
— TÁ.
— Você fez suas tarefas domésticas?
— SIM... NÃO... SIM... NÃO... NÃO... NÃO... NÃO... SIM... PORRA... TAREFAS.
— Dylan, você fez ou não as suas tarefas?
— NÃO. — Virei o ouvido para o quarto dela e fiquei escutando o silêncio, mas ainda assim consegui ouvir mamãe falando coisas por entre os dentes, como se fossem ratinhos batendo um papo sobre os velhos tempos. — TÁ TUDO BEM, MAMÃE?
— Tudo bem, Dylan. Agora vai dormir.
O sono estava a quilômetros de distância.
— Como foi a ginástica?
— O quê?
— COMO FOI A GINÁSTICA?
— Ginástica?
— SIM.

— Como sempre.
— DIFÍCIL?
— Sim, Dylan, a ginástica foi difícil. Muito difícil.
— É POR ISSO QUE VOCÊ ESTÁ CANSADA E IRRITADA?
— Sim, Dylan, a ginástica me deixa cansada e irritada pra burro.

Na realidade, ela falou IRRITADA PRA BURRO com vários !!!!!!! no final.

— DESCULPE POR NÃO TER FEITO AS MINHAS TAREFAS.
— Você pode fazer tudo amanhã.
— Tá bom.
— O quê?
— TÁ BOM.
— Ah. Boa noite, então.
— Eu não tive tempo porque estava escrevendo uma carta pro papai.
— O quê?
— EU NÃO TIVE TEMPO PORQUE ESTAVA ESCREVENDO UMA CARTA PRO PAPAI.
— Vai dormir, Dylan.
— LEVEI SÉCULOS ESCREVENDO... FOI POR ISSO QUE NÃO FIZ MINHAS TAREFAS.
— Agora é hora de dormir.
— ELE VAI CONSEGUIR LER A MINHA CARTA?
— Dylan, pelo amor de Deus, dá para IR DOMIR?

O silêncio voltou e os ratinhos também. Era como se mamãe estivesse esperando que eu falasse alguma coisa. Só que eu estava esperando que ela falasse alguma coisa. Esperar me mata. Detesto ficar nessa situação de não saber o que eu deveria estar fazendo, ou como deveria estar agindo, ou o que deveria estar dizendo. Mundo confuso.

Fiz o que faço normalmente. Dobrei minhas orelhas para dentro do ouvido e fiquei alisando o Verde. Uau! Meus dedos estavam tão frios, a sensação era sensacional. Um momento *ina-creeeemee-entável*. Meus olhos estavam fechados com tanta força que eu via pontinhos brancos. Só que por dentro eu estava gargalhando daquela palavra genial do papai. E então, *pop*! Minhas orelhas pularam para fora.

— Você está dormindo, Dylan? — perguntou a mamãe.
— VACA, PUTA.
— Dylan.
— PI... PIRANHA ES... CAN... DALOSA.

Prendi a respiração. Queria que aquilo parasse. Lágrimas. Porcaria de lágrimas. Garotos grandes não choram, mas garotos grandes que frequentam a Escola Especial Drumhill choram o tempo todo.

— Tudo bem, Dylan. Tudo bem.
— Tudo bem.
— Eu te amo.
— OBRIGADO.
— Não vou deixar que nada disso afete você.
— TAMBÉM TE AMO, PUTA.
— Boa noite.
— 'NOITE — gritei, e fingi esperar um ônibus.

Esperei séculos, mas não veio nenhum ônibus. Não veio nada. Esperei até todos os ratos irem dormir.

As estrelas no teto do meu quarto já estavam perdendo seu brilho. Eu teria que comprar outras. Amir falou que seu primo podia conseguir umas estrelas que nunca perdiam o brilho. Falou que eram feitas de pedaços de estrelas de verdade, mas de jeito nenhum eu ia acreditar nisso. Às vezes ele falava umas coisas que eram besteira pura. Eu sempre pensava em Amir quando estava deitado na cama à noite (não *daquele* jeito). Pensava em algumas das loucuras que ele tinha feito durante o dia, ou em algumas idiotices que tinha dito. E normalmente eram várias, porque ele ficava falando de um monte de coisas, tipo críquete, tivesse eu interesse ou não. Eu achava que Amir poderia ser o maior comediante paquistanês da Escócia, se realmente quisesse. Ele contou duas piadas no show de talentos local, mas ninguém riu. "Que piada de merda", gritou Donut depois da primeira, o que fez com que Amir fosse um fiasco na segunda piada. Para piorar as coisas para o pobre coitado, o comentário de Donut ainda conseguiu arrancar mais gargalhadas do que a piada. Amir ficou enfurecido, mas eu falei para ele que Donut era um escroto e um dia teria o que merecia.

Eu não falei isso na frente de Amir, mas

*Quem inventou o toc-toc?*

*Dois tocos de gente*

era uma piada de merda.

O negócio era que ele também tinha umas piadas legais, como:

*Qual a diferença entre a luz e o pau?*

*Com a luz acesa dá pra dormir.*

Essa me fazia rir. Só que o diretor McGrain teria dado um pé na bunda de Amir se ele tivesse contado essa piada. Talvez eu pudesse ser o empresário-barra-agente de Amir.

Então seríamos melhores amigos para sempre *e* ganharíamos uma boa grana no futuro. *Você não está esquecendo algo, Dylan?*, me lembrou aquele maluquinho filho da puta. Dei um tapa na minha cabeça. Devia ser muito difícil para minha mãe ver seu único filho se deteriorando diante dos seus olhos. Ela era ultracorajosa. Uma coragem digna de medalha. Geralmente ela entrava no meu quarto para me dar umas bitocas molhadas, um abraço apertado e dizer o quanto me amava. E nas noites em que tinha tomado um porre, ela babava o meu rosto todo, feito um grande são-bernardo que tivesse acabado de me descobrir numa caverna imunda no fundo de uma montanha na Suíça. Aquele era apenas o jeito dela de mostrar que me amava feito louca, não tinha nada a ver com o fato de que a enorme quantidade de birita consumida naquela noite havia desmanchado suas inibições emocionais. (Nós estávamos estudando o módulo Álcool na Educação Social e Saúde.) Com ou sem porre, ela parecia uma heroína de guerra ao dizer que me protegeria de todo aquele palavrório involuntário e não deixaria que qualquer coisa me afetasse. Eu me sentia a culpa em pessoa, porque eu é que deveria protegê-la. As mães são as melhores coisas do mundo. Eu sempre imagino como seria ser mãe. Não tenho peitos, então isso nunca vai acontecer. Embora ache que aconteça lá nos Estados Unidos.

    Quando olhei para minhas estrelas mortiças, comecei a pensar mais e mais em Michelle Malloy e em um jeito de fazer com que ela transasse comigo. Ter uma boa lábia seria um bom começo. As mulheres gostam de papear sobre as coisas e tudo o mais. Ela era tãoooooooooooo bonita. De longe a gata mais maneira, descolada e sexy da Drumhill. Eu tinha certeza de que, se frequentasse uma escola normal, Michelle Malloy seria a gata mais maneira, descolada e sexy de lá também...

Na manhã seguinte, eu mesmo precisei fatiar minha banana e jogar os pedaços na papa de aveia antes de botar tudo no micro-ondas. Mamãe continuava dormindo. Fiquei puto, porque mamãe sabia muito bem que eu detestava tirar qualquer coisa do micro-ondas.

— MICRO-ONDAS PENTELHO.

As micro-ondas podem pular no seu cérebro e matar você ali mesmo. Zum! Já houve casos nos Estados Unidos, na Bulgária e no Equador. Como isso já não importava mais, eu mesmo tirei a papa do micro-ondas. Nada aconteceu, então comecei a comer.

# 12
# Partida

Eu sempre adorava quando setembro chegava. Não porque o abrasador sol de verão enfim se mandava para outro lugar. Isso sou eu sendo *irônico*, já que moro na Escócia, que não é Papua-Nova Guiné ou Torremolinos. Um momento hi-hi-hi! Não, eu adorava setembro porque era a época do ano em que os homens viravam homens e todas as garotas faziam artes e ofícios. Setembro era o mês em que a TEMPORADA DE FUTEBOL começava na escola. E eu, Dylan Mint, era uma peça-chave da lista de convocados do Time de Futebol da Escola Drumhill.

Primeiro jogo: rivais locais, Shawhead.

Manda ver!

Se não quisessem fazer artes e ofícios ou fingir que liam na biblioteca, as alunas podiam assistir ao jogo e torcer feito loucas pela rapaziada da Drumhill. Foi o sem noção do Amir que me deu a ideia de perguntar para Michelle Malloy se ela queria me ver jogando.

— É perfeito — disse Amir.

— Sei não, amigo... Esse negócio de futebol não faz parte do meu grande plano.

— Plantar umas sementes maneiras, você falou, então já está na hora de fazer isso. — Amir ficou mexendo os dedos, todos os dez, na frente do meu rosto, como se estivesse plantando seus pensamentos no meu cérebro.

— Amir, ela vai ver minhas pernas.

— E daí?

— Elas não têm pelos.

— Isso é porque você é branco.

— Ela vai pensar que eu tenho... sei lá... doze anos ou por aí.

— Doze nem é tão ruim... Sabe o que dizem dos garotos dessa idade? — Amir deu uma piscadela e sorriu.

— Não... o quê?

— Ih, não sei.

— Você não está ajudando, Amir. Isso não é problema pra você... suas pernas parecem as de um orangotango mesmo. As garotas gostam de perna cabeluda, não de dois gravetos carecas feito as minhas.

\*

E então, sem qualquer estratégia ou plano de ação, surgiu a chance.

Local: na frente do banheiro do colégio.

Atividade: eu tinha acabado de fazer as coisas (mijar). Michelle Malloy ia entrar (eu esperava que para fazer o número um. A imagem de Michelle Malloy fazendo o número dois era megaperturbadora, uma ducha de água fria em potencial.)

Condição cardíaca: o coração não teve muito tempo para pensar no assunto, mas disparou feito um torpedo assim que notei a presença dela.

Mãos: úmidas.

Cabelo: legal. Eu havia ajeitado o cabelo no banheiro masculino, colocando uns fios por cima dos olhos. Estava tentando ficar mais estiloso, como esses caras de uma escola normal. Mas os tremeliques afastavam meu cabelo dos olhos. Sem mãos! Um a zero Tourette.

Ela veio na minha direção sem qualquer aviso. Feito um anjo saindo das nuvens.

— Oi, Michelle.

— Tá aprontando o quê, Dylan?

— Hã... na...

— De bobeira perto do banheiro, agora é isso?

— Não... eu estava... eu estava... DANDO UMA CAGADA... NÃO. Eu não estava, Michelle, sinceramente. Eu estava fazendo xixi. Só fazendo xixi. CAGALHÃO GIGANTE. — A frase explodiu na minha boca. Não consegui evitar que acontecesse.

— Tá legal, então agora que você já encheu o vaso, pode vazar daqui.

Eu ri da piada de Michelle Malloy, e disse:

— Vazar daqui, essa é boa.

— Em que planeta você está... na Lua?

— Hã, planeta Terra.

Apalpei o Verde no meu bolso e esfreguei a pedra com toda a força.

— Que porra é essa que você está fazendo aí, Dylan?

— O quê? Onde?

— *Aí!* — Michelle Malloy apontou para o bolso onde o Verde estava. — Dylan, se você está tocando uma na minha frente, juro por Deus que corto essa merda fora e enfio ele, junto com *você*, de volta na sua mãe.

Uau! Eu não sabia como ela faria isso, mas parecia muito doloroso para todos os envolvidos.

— Não, é a minha pedra, Michelle. Olhe, é só uma pedrinha. Está vendo?

Tirei o Verde do bolso.

— É melhor tirar essa porra da minha cara, Dylan, se você quer continuar tendo nariz.

— Eu só queria saber se... você vai ver o primeiro jogo da temporada, na semana que vem? A gente vai enfrentar o time da Shawhead. PUNHETEIRA CAGANEIRA... Merda, desculpe, Michelle.

— Quer que eu vá ver você jogar futebol, Dylan?

— Quero.

— Dylan, eu preferiria tocar uma punheta pra um carneiro.

— Um... carneiro?

— Agora sai da minha frente. — Ela entrou no banheiro.

— CAGALHÃO GIGANTE — gritei. Urrei algumas vezes e depois voltei para a aula bastante atordoado. Amir não podia ficar sabendo daquela conversa. Nem que a vaca tussa.

Nós demos o pontapé inicial.
Passe curto.
Passe curto.
Passe curto.
O Barcelona do mundo especialoide.
Gols aos montes.
Um pênalti polêmico.
Arbitragem criminosa.
Então de repente a partida pegou fogo. *Pegou fogo* é uma expressão que os entendidos em futebol usam no lugar de *briga* ou *porradaria*. Só que nós estávamos jogando futebol... É loucura ou o quê?

Na realidade, tudo começou porque o Meleca (também conhecido como Terence Trower) precisara correr feito um louco para a emergência do hospital por causa do rim, o que deixou o time da Drumhill sem o goleiro titular.

Caramba, sem goleiro! O que a gente podia fazer?

Eu tive um momento eureca de qualidade: mandar o valente Amir guardar as traves.

Batalhei para convencer os outros a aceitá-lo, porque o críquete requer a mesma habilidade de agarrar as bolas à velocidade do som, o que é a qualidade principal que um goleiro deve ter.

Não deu certo.
Ele era péssimo.
Pior do que péssimo.
Uma bosta.
Bosta pura.
Bosta marrom e pesada.

Perdemos para a Shawhead por 7-4. Vexame total. A maioria dos jogadores da Shawhead também eram especialoides. E estou falando de especialoides que se esforçam para caminhar, de modo que para eles jogar futebol era um milagre. Mesmo assim, conseguiram enfiar sete no Amir. Vexame completo, total e absoluto.

O jogo pegou fogo como os documentários de guerra de Ross Kemp.

Com o placar em 6-4, a Shawhead ganhou um pênalti de bandeja. Um dos pernas de pau deles caiu dentro da nossa área, e o juiz, o professor Comeford, apontou para a marca. Era tão óbvio, para todo mundo, que o cara tinha simplesmente perdido o equilíbrio e tombado; o professor Comeford soprou o apito mais por pena do que qualquer outra coisa. Decisão lamentável.

— Se você não defender essa bola, vou chutar seus colhões paquis pelo cu adentro — berrou Donut para Amir.

— Hein? — perguntou Amir.

— É melhor defender isso — gritou Donut. Amir olhou para mim com expressão confusa. — Você não conseguiria pegar nem sífilis num puteiro paqui.

— O q-q-quê? — perguntou Amir novamente. Eu também queria dizer "o quê?", porque não tinha ideia do que era sífilis ou puteiro paqui.

— Você é surdo, Pak-man?

— Não, eu não sou surdo. — Amir não entendia direito esse tipo de pergunta. Sua resposta deixou as células cerebrais de Donut em ebulição. Donut ficava confuso rapidamente quando sua mente entrava em ebulição, o que significava que sua raiva subia a um nível mercurial. Era preciso ver

Donut na aula, quando os professores lhe faziam perguntas difíceis... ele parecia uma bola pula-pula explodindo.

— Defenda essa porra, ou você vai cagar seus colhões junto com o curry hoje à noite.

Dava para ver que Amir não fazia ideia do que aquilo significava, pois ainda estava digerindo o fato de todos (inclusive eu) terem gritado e berrado com ele por ser o pior goleiro que o mundo do futebol já vira.

— Tá legal, vou tentar — disse ele, como se Donut tivesse feito um pedido comum de torcedor.

Um jogador enorme da Shawhead, todo coxo, correu (ou foi mancando) e chutou a bola em direção ao gol de Amir. A bola bateu no pé do travessão, quicou na nuca de Amir e caiu dentro da rede. Amir parecia não ter a menor noção do que acontecera. O professor Comeford soprou o apito, marcando o gol. Os jogadores da Shawhead comemoraram. Donut partiu para cima de Amir.

— Seu viadinho paqui.

Donut estava fervendo de ódio, soltando fumaça pelas orelhas e narinas.

Amir saiu correndo.

— Venha cá — disse Donut, caminhando atrás dele, pronto para cometer um crime hediondo.

— Não — disse Amir.

— Não me obrigue a correr atrás de você, Pak-man.

— Eu não f-f-fiz nada — disse Amir.

— Por isso mesmo, seu bundão. Vem cá.

Donut estava a um braço de distância de Amir, enquanto eu estava a um braço de distância de Donut.

— Quer me deixar em paz?

— É, deixe o Amir em paz. Ele não fez nada de errado — falei. Um erro. Um grande erro.

— Fique fora disto, Tique-Taque, ou eu te dou um soco que você vai voar longe.

Eu odiava aquele apelido. Amir tremeu e rosnou, o que me fez tremer e rosnar também. Era como se tivéssemos uma esquisitice gêmea entre nós. Cachorros gêmeos. Cachorros loucos gêmeos. Donut agarrou Amir pelo pescoço e deu-lhe um empurrão até o chão. Então, eu juro por Jesusinho, ele começou a se preparar para cobrar um pênalti na cachola de Amir.

— PUNHETEIRO ESCROTO!

— Arrrrrrrhhhhhhhh — urrou Amir. O som parecia o gemido de um recém-nascido, e fez todo mundo se virar para o incidente.

— ESCROTO FILHO DA PUTA. — No segundo seguinte, eu estava nas costas de Donut, com os braços em torno do pescoço dele, puxando-o para o gramado. — GORDO FILHO DA PUTA.

Eu não conseguia ouvir o que todos estavam falando ou gritando. Só ouvia um barulho de *sssszzzzhhhoooooooooooo* ressoando na minha cabeça, feito uma lavadora girando muito depressa, para tentar tirar a sujeira das roupas mais imundas da cidade mais imunda do país mais imundo do mundo.

*Sssszzzzhhhoooooooooooo.*
*Sssszzzzhhhoooooooooooo.*
*Sssszzzzhhhoooooooooooo.*

Então o ciclo desacelerou até um
    istum
    istum

istumtum
istumtum
istumtum
istum
istum
istum
tum
tum
tum
tu
tu
tu
t
t
t
nt
nt
nt
int
int
int
Mint
Mint
Mint...
— MINT!
— MINT!
— MINT — disse o professor Comeford, rasgando minha camisa de futebol enquanto tentava me arrancar de cima de Donut. Só que tudo bem, porque era a camisa de futebol da escola. Então ele apontou para o gol em que a Shawhead

acabara de marcar o pênalti e rosnou para mim: — VAI PRA LÁ, MINT, E NÃO SE MEXA, PORRA.

Depois apontou para o lado oposto do campo.

— THOMPSON, LEVANTE ESSA SUA MALDITA CARCAÇA DO CHÃO E VAI PRA LÁ. MANZOOR, PARE DE ROLAR NA GRAMA FEITO UM VIRA-LATA IDIOTA E LEVANTE, MEU FILHO.

Ainda ouvi Comeford falar baixinho "Porra de \*\*\*\*", enquanto Amir levantava. Não tive cem por cento de certeza se \*\*\*\* era *paqui*, *crioulo* ou *especialoide*, mas tinha quase oitenta e cinco por cento de certeza de que, fosse o que fosse, era uma palavra ofensiva. Uma palavra assim chegaria aos jornais, vinda de um professor. Acho que Comeford não gostava muito dos alunos da Drumhill.

— FIM DE JOGO — bradou ele ao vento. Depois apitou superforte.

O professor da Shawhead balançou a cabeça, como se aquilo fosse um truque para abandonar a partida. Só que a partida tinha sido realmente abandonada. Isso significava que não perderíamos aqueles pontos?

Enquanto o time da Shawhead mancava em direção ao ônibus para voltar à escola deles, Donut distribuía tesouras voadoras para qualquer jogador adversário que passasse perto dele. Pino de Boliche e Meleca não estavam muito atrás de Donut, mas só fingiam que chutavam, como se estivessem apenas tentando manter as aparências. Por ser um amante, e não um lutador, resolvi não praticar qualquer ato violento. Mas não podia deixar de ser eu mesmo.

— ESPECIALOIDES DE MERDA DA SHAWHEAD.

— Minhas mãos estavam doendo, de tanto formar punhos,

e eu berrei para Comeford: — BROXA DE MERDA. — Meus joelhos doíam de tanto bater; pareciam dois gravetos se entrechocando, uma dor infernal. Era doloroso, mas as palavras continuavam vindo.

— CU ARROMBADO.

— VOCÊ AÍ... JÁ PRA ESCOLA — gritou Comeford, apontando o dedo para mim e indicando o prédio da escola.

— AGORA, MINT.

E eu corri para lá feito um jovem Allan Wells (que ganhou a medalha de ouro para o Reino Unido nos 100 metros da Olimpíada de Moscou em 1980, com 10,25 segundos, um tempo tão ruim que hoje em dia nem sequer o levaria às semifinais. E ele só levou o ouro porque todos os bons corredores boicotaram a Olimpíada... Bom, seus países boicotaram... porque a União Soviética em 1980 era um lugar só para doido). Quando entrei no prédio da escola, eu não sabia o que fazer, para onde ir ou com quem falar. O lugar estava silencioso. Fui para o canto mais próximo, parei bem perto do ângulo formado ali, contei até dez, falei todas as consoantes do alfabeto, depois tentei dizer o nome de um animal que começasse com cada consoante, fiz meus exercícios respiratórios e toquei uma música com o ar que estava saindo do meu nariz. *A Abertura de Guilherme Tell*. Nós fazemos isso na aula de música da professora Adams... Bom, tentamos, mas acabamos parecendo a Orquestra Maluca para Surdos. Eu queria ficar alisando o Verde com os dedos, mas a pedra estava na porcaria da calça da escola.

Durante séculos, ninguém apareceu. Eu já estava na letra X.

Toque.
Eu estava na letra X havia séculos.
Toque.
Não conseguia pensar em um animal com a letra X. Nem em uma palavra. Pensei em Michelle Malloy, porque o X me lembrava a palavra *sexo*, e Michelle Malloy me lembrava sexo.
Toque-toque no ombro. Um cheiro de mulher invadiu o meu nariz: maquiagem e perfume misturados.
Cara, fiquei feliz ao ver a srta. Flynn. Tão feliz que joguei meus braços em volta do pescoço dela, como faço quando marco um gol. Só que não havia a alegria do gol. Eu despejei tudo no peito dela. O que foi megaesquisito, porque senti os peitos dela encostados nos meus peitos de garoto, e tive medo que meu pinto ficasse irritado, mas isso tirou da minha cabeça o incidente com Donut. Só que eu continuei falando. Por precaução. Eu queria estar na sala da srta. Flynn, sentado na sua poltrona grande e confortável, escutando as músicas maneiras que ela tocava para me *acalmar*. Ela também punha lá uns pôsteres malucos para nos fazer *refletir* e para nos sentirmos melhor. *O que não nos mata nos fortalece*, de um cara chamado Friedrich Nietzsche, era a minha frase *numero uno*. O trabalho de Friedrich Nietzsche era ficar sentado PENSANDO coisas malucas.
Pensar maluquice!
Eu poderia ter um trabalho assim.

*

Minha mãe estava deitada no sofá com os olhos cobertos por duas fatias de pepino. Eu poderia ter comido um cachorro sarnento, porque praticar esportes de alto desempenho faz essas coisas com o corpo. Estava precisando mesmo era de uns carboidratos. Ou de um macarrão instantâneo. Também poderia facilmente ter mergulhado em cima de mamãe e comido aqueles olhos de pepino, de tão esfomeado que eu estava. Não sabia ao certo se ela estava dormindo ou não. Ela não movia um músculo. Como sua barriga subia e descia, percebi que morta ela não estava. Ufa!

A TV estava ligada. Um sujeito fazia um prato de massa, com ovos e bacon. Minha barriga roncou, fazendo um barulho parecido com um peidinho envergonhado.

— Tem sopa no pote — disse mamãe, sem nem sequer erguer o olhar ou remover os pepinos. Ela deve ter ouvido minha barriga peidar. Eu não queria sopa.

— Mãe, por que você está com pepinos nos olhos?
— Eu estava cansada, Dylan.
— Você dormiu com pepinos nos olhos?
— Meus olhos estão cansados. Os pepinos ajudam.
— Os pepinos acalmam os olhos?
— Acalmam. — Era ultraesquisito falar com mamãe enquanto ela estava daquele jeito. Era assim que eu imaginava que os marcianos seriam. — Eu realmente preciso dormir, Dylan. Você pode esquentar a sopa para o jantar. É de tomate. Tem um pouco de pão no armário.

Pelo menos, a sopa era de tomate.

— A escola ligou? — perguntei.
— Pode ter ligado, mas eu não ouvi.

—Tá legal.
— Por que a escola ligaria?
— Hã, só por...
— Você se meteu em encrenca?
— Não.
— É bom mesmo que não tenha se metido.
— Não me meti.
— Já tenho preocupação suficiente.
— Eu não me meti em encrenca, mãe.
— Tá legal, então vá tomar sua sopa e me deixe dormir.
— Quer que eu traga pepinos frescos? — perguntei, culpado por mentir.
— Não, tudo bem, Dylan, mas se você tomar chá não jogue fora os saquinhos.
—Tudo bem, dona Mint.

Vi a barriga dela ter um pequeno tremor, como se fosse uma risadinha. Sopa de tomate é dez. Não há outra palavra para isso.

Dez.

Bom, também se poderia dizer maneiríssimo.

Amir era proibido de comer qualquer coisa enlatada; sua mãe fazia tudo a partir do zero, usando produtos frescos que só podiam ser comprados em supermercados especiais, e que fediam como se um supergambá tivesse se mijado todo. Ele não sabia o que estava perdendo. Nem a sra. Manzoor. Scooby-Doo ficaria orgulhoso de mim e do jeito que eu lambi a tigela. Limpa feito cristal. Se a mamãe estivesse ali, eu teria dito que ela nem precisava colocá-la na lava-louças. Então o telefone tocou e me tirou dos meus pensamentos de Hickory Dickory.

—Alô, 426258... alô?

A pessoa do outro lado da linha não respondeu "alô". Que grosseria. Talvez fosse surda feito um poste.

—Alô, 426258.

Ainda nada. De modo que também fiquei calado um tempo.

—Aqui é Dylan Mint... Alô?

Esperei.

Zero.

Desliguei o telefone, porque tinha cometido um erro descomunal. Simplesmente dera meu nome à pessoa na outra ponta. Meu nome todo. Se a pessoa na outra ponta fosse um assassino, ou alguém que queria traçar adolescentes, já sabia como chegar até mim agora. Que idiota. Voltei para a cozinha. Aí o telefone tocou de novo. Meu coração disparou. Eu não queria acordar mamãe. E certamente não queria ser assassinado ou traçado. Não conseguia decidir qual era pior.

O telefone continuou tocando.

Cacete.

Dei um tapa na cabeça antes de atender.

—Alô.

Nenhuma voz respondeu.

—Alô. Quem é, por favor?

Dava para ouvir uma respiração. Não uma respiração de tarado... Uma respiração normal.

—Diga o que quer. Eu sei que você está aí. Esse número agora pode ser rastreado, meu amigo. A CIA vai saber disso. Meu pai grampeou este telefone.

Nenhuma resposta.

— COMEDOR DE CRIANCINHA — berrei com minha outra voz... só que sem a intenção de berrar tão alto... antes de bater o telefone com toda a força.

— Dylan! — gritou a mamãe. — Era o telefone?
— Acho que sim.
— Como assim, acho que sim? Era o telefone ou não?
— Suponho que sim.
— Sim ou não?
— Sim.
— Quem era?
— Não falaram.
— Quem não falou?
— Não falaram nada.
— Quem?
— A pessoa na outra ponta.
— Que pessoa na outra ponta?
— Só ficou respirando um pouco.
— Respirando?
— Em silêncio, só respirando.
— Você não perguntou quem estava falando?
— Perguntei, mas ninguém respondeu.

Ouvi a mamãe resmungando consigo mesma. Não feito uma doida de pedra, mas como se estivesse furiosa com alguma coisa.

— Vá pegar uns saquinhos de chá usados para mim, Dylan.

# 13
# Encontro

Eu precisava entrar logo em ação. Nem Coca-Cola, nem uma injeção de chocolate serviriam para esse cara aqui, não, senhor. As folhas de outubro já estavam vermelho-amareladas e espalhadas pelo chão, fazendo meu jardim parecer uma pizza gigantesca. Eu estava deitado na cama, olhando para o teto e pensando que Michelle Malloy era uma garota engraçada. Uma garota muito engraçada e atraente. O papo na frente do banheiro tinha sido bom por várias razões:

1. Ela soltou uma piada.
2. Ela não me bateu.
3. Ela falou a palavra *punheta*, que é uma MALUQUICE com maiúsculas, já que ela é uma garota... mas não uma garota qualquer!

Já era hora de este cavaleiro entrar em ação e matar aquele dragão de uma vez por todas. Eminem me fez entrar em ação. Era hora de atacar a lista de *Coisas Legais Para Fazer Antes de Morrer*. E como diz a Noviça Rebelde, *Vamos começar do começo...* ou algo assim.

> *Número 1: ter intercurso sexual real com uma garota. (De preferência Michelle Malloy, e decididamente não em um trem ou qualquer outro meio de transporte. Se possível, na casa dela.)*

Eu não conseguia biritar, nem puxar fumo, portanto cabia ao Eminem me dar um pouco de coragem holandesa. Nem sei por que usam esta expressão, já que nunca conheci um holandês corajoso. Fiquei pulando no meu quarto ao som de *Business*. Mas era difícil cantar junto. Um escocês cantando rap fica um pouco parecido com um negro americano tocando gaita de fole. Estranho demais! Só consegui cantar uma ou outra palavra, aqui e ali. Mamãe odiava os raps que eu escutava; dizia que aquilo poluía as células cerebrais e me transformaria em um delinquente ou num G-man. (Ela na verdade não disse G-man.) Quando o som estava alto, eu precisava fingir ser um garoto maluco com Tourette para poder acompanhar todos os palavrões.

— Desligue essa barulheira aí, Dylan — gritou a mamãe, batendo na parede entre os nossos quartos.

— Desculpe, mãe — falei, meio contra a vontade.

— Não peça desculpa, só abaixe o volume... ou, de preferência, desligue logo isso. Já te falei o que esse troço pode fazer.

— Tá bem.

Em vez disso, coloquei os fones de ouvido e botei *Cleanin' Out My Closet* no volume máximo. Ainda cantei um pouquinho, mas no final das contas Eminem já não estava funcionando para mim — acho que ele estava perto demais das minhas células cerebrais. No seu lugar, procurei uma canção perfeita que capturasse com brilhantismo aquele momento momentoso, algo que conseguisse resumir tudo em uma música de três minutos. Vasculhei bilhões de canções no meu iPod até encontrar: *This Is The One*, dos Stone Roses. Se você limar os versos da canção, aquilo era o que eu estava sentindo na minha cabeça. Também na minha cabeça havia aquele medo terrível, e quando o medo terrível entra nos meus miolos é que começam os tiques e os uivos. E às vezes os socos. Quanto mais tento livrar minha cabeça do medo terrível, mais ele cresce, feito um gigantesco boneco de neve construído a partir de uma minúscula bola de neve. Mas eu meio que sabia que era isso que ia acontecer. Na verdade, não há muito que eu possa fazer quando a coisa atinge esse estágio. Era algo para o qual eu precisava encontrar "mecanismos de enfrentamento", como a srta. Flynn vivia me falando. Meu mecanismo de enfrentamento era o meu parceiro.

Quando chegou o dia de abater Michelle Malloy, Amir falou que seria um bom amigo e me encontraria antes de chegarmos à escola, a fim de me ajudar a esfriar a cabeça. Desconfiei que aquilo tinha a ver com o medo de que Donut tentasse dar um bote nele nos portões da escola, e na verdade não tivesse nada a ver comigo.

— PUNHETA, AMIR... Merda, desculpe, Amir. CARA DE CU... merda... desculpe... CARALHO.

— Nervoso?
— Só um pouco.
— Você será *grande al mondo*.
— Tomara.
— Basta ser firme, e Michelle Malloy vai virar cola nas suas mãos, cara.
— Massinha.
— O quê?
— Massinha nas suas mãos... ah, deixa para lá, Amir.
— Você já repassou seu pa-pa-papo?
— Até ficar roxo. CADELA PIRANHA... Não ria, Amir, isso não tem graça. Estou me cagando todo aqui. Preciso de ajuda.
— Não estou rindo de você, Dylan... jamais faria isso.
— Eu sei.
— Foi só a ideia de suas primeiras palavras para Michelle Malloy serem ca-ca-cadela piranha.

Ele tinha razão. Dei um riso forçado.

— Estou nervoso, Amir. O que vou fazer?
— Você não precisa falar com ela hoje, sabia?
— Preciso.
— Não, não precisa.
— Se eu não me mexer agora, outro cara chega lá antes de mim e corta o meu lance.
— Qual lance... de transar com ela?
— Não, não é de transar com ela... Caramba, às vezes eu acho que você só pensa nisso.
— Penso em outras coisas também.
— Essa pode ser minha última chance de perguntar se ela quer ir à festa de Halloween comigo.

— Então é melhor não ficar de pentelhação.

— Ah, muito obrigado...

— Não... O que eu quero dizer é que você precisa se esforçar muito mais.

— Mas... e se eu ficar tendo tiques toda hora?

Amir parou e refletiu atentamente sobre isto.

— Ela vai achar que você é um homem-bomba suicida.

— Ele começou a dar risadinhas feito um demônio no meu ombro. Eu poderia ter lhe dado um soco no braço com toda a força. — É brincadeira, Dylan.

— Então não brinque.

— Tá legal, tá legal... Alá do Céu!

— O quê? Quem é Alan?

— Alá, e não Alan. Assim como você pode falar "Deus do Céu", eu posso falar "Alá do Céu".

— Não é hora de falar merda, Amir. Essa é uma supercrise.

— Desculpe, Dylan, só estava tentando tirar essas coisas da sua cabeça.

— Mas... e se eu fizer isso mesmo?

— Fizer o quê?

— Ficar tendo tiques toda hora.

— E daí? Ela sabe quem você é e o que tem.

— Acho que sabe.

Eu não tinha pensado nisso.

— E você sabe o que há de errado com ela, de modo que... qual é o grande problema?

Eu já me sentia melhor. Amir estava batendo um bolão. O que é uma analogia futebolística. Seria ina-creeeemee--entável se eu conseguisse fazer uma analogia com termos do críquete, em homenagem a ele, que até pôs o braço em volta do meu ombro, coisa que foi muito bacana da sua parte. Amir era o máximo. Eu sentiria uma falta infernal desse cara.

— Basta ser você mesmo e a sunga dela vai cair em volta dos to-to-tornozelos — disse Amir.

Dei uma risada por entre os dentes.

— Você quer dizer a calcinha dela?

— Calcinha... sunga... mesma coisa.

— Sunga é mais para homem.

— Bom, tanto faz. Você sabe do que eu estou falando.

O ônibus escolar passou chacoalhando. No último banco, com o rosto encostado na janela traseira, ia Donut.

— Lá está aquele pentelho do Donut — disse Amir.

Era a primeira vez que víamos Donut desde a partida de futebol. Ele tinha sido suspenso por tentar dar golpes de kung fu na porra do time inteiro da Shawhead *e* no técnico. Donut enfiou o indicador direito no buraco que fez com a mão esquerda, feito um pistão de carro, como que a sugerir que Amir e eu estávamos tendo um caso gay. Provavelmente tinha notado o braço de Amir em volta do meu ombro. Depois parou de fazer o movimento sexual com o indicador e mostrou os dois dedos médios para nós.

Eu sorri e acenei.

Amir, não; ele ergueu a mão esquerda e deu um tapa no dorso com a direita. Depois começou a gritar "especialoide, especialoide, especialoide" com voz de maluco para soar como um verdadeiro especialoide. Era a mesma voz que as pessoas que frequentam escolas normais usam para nós. Eu só fiquei chocado que Donut tivesse resolvido usar o nosso ônibus. Ele era um escroto mesmo.

— Detesto esse molestador de crianças — disse Amir.

— Você não pode falar assim, Amir.

— Por que não posso?

— Ele pode te processar por calúnia.

— E daí? Eu não tenho dinheiro.

— Não, mas seu pai é estribado.

— Bom, o Donut devia ficar com as merdas dele só pra ele.

— Não deixe que ele preocupe você.

— Pra você é fácil falar isso, Dylan. Você não é o pa-pa--paqui que todo mundo sacaneia o tempo inteiro. — Eu não podia discordar do valente Amir. De certa forma, estava grato a Donut por tirar Michelle Malloy da minha cabeça. — É por isso que venho de carona todo dia, pra evitar idiotas feito o Donut. Estou de saco cheio de ser chamado de *crioulo* ou *preto bastardo*. Quer dizer, eu não sou negro, e meu pai mora lá em casa com a gente.

— Bom, eu estou feliz que você esteja aqui, Amir. É isso que os melhores amigos fazem.

— Viva.

— Isso faz de você, tipo, o melhor dos melhores amigos.

Amir deu de ombros.

Eu cantei *This Is The One*, dos Stone Roses, na minha cabeça. Queria me animar antes do grande evento. Já tinha visto muitos jogadores de futebol se animarem escutando música enquanto subiam no ônibus do time, e eles tinham caras de gladiadores. Meu pai costumava dizer que eles eram babacas bem pagos demais, que não conseguiriam falar uma frase inteira nem se sua vida dependesse disso, e que a maioria deles precisava mesmo era de um bom período no exército. Ele dizia que gostaria de mandar aqueles sujeitos passarem cinco dias nas selvas de Serra Leoa sem comida, água ou sono, só para ver a porra da cara deles no final. Isso nunca fizera parte de alguma conversa que eu e meu pai tínhamos... era só ele sendo daquele jeito dele. Eu preferia ver os jogos de futebol sozinho no meu quarto.

— O que você vai falar pra ela, então? — perguntou Amir.

— Sei lá... convidar direto, acho.

— Péssima jogada.

— Como assim, péssima jogada?

— Eu não escolheria essa abordagem.

— Então me fale, Valentino, o que você faria?

Amir me deu um daqueles olhares de sempre quando não entende o que estou falando, coisa que acontece de montão. Conheço esse olhar de Amir de cor e salteado.

— Quem é esse Va-Va-Valentino?

— Um cara antigo lá da Itália, acho, que transou com um monte de mulheres estonteantes.

— Mais de dez?

— Acho que sim.

— Uau, ele devia ter um pinto bem grande.

— Ah, é. — Dava para ver que Amir tinha gostado de estar na mesma frase que Valentino. — Então, qual é o seu conselho?

— Bom, se eu fosse você, tentaria mandar algum tipo de papo antes de entrar direto no assunto.

— Papo sobre o quê?

— Ah, sei lá. Papear sobre bandas, sapatos ou filmes... Cinema é um bom assunto pra conversar.

— Pode ser — concordei.

— Qual é o seu filme favorito?

— Fácil. *A noviça rebelde.*

— Então talvez seja melhor não falar de filmes. Fale daquele programa *Britain's Got Talent* e de todos os malucos de bosta que aparecem lá.

— Essa é uma ideia de merda, Amir. Não, eu vou manter o Plano A.

— Qual é?

— Ser eu mesmo.

— Tem certeza?

— Tenho.

— Beleza.

A quilômetros de distância, eu avistei os tênis vermelhos maneiros e a mochilinha da Converse de Michelle Malloy. Os tênis já pareciam bem surrados, e a bolsa estava toda grafitada. Se minha mochila nova e sapatos gigantes estivessem naquele estado, minha mãe teria pirado completamente: como castigo, provavelmente me daria uns cascudos e me forçaria a ir à escola com um saco plástico, enquanto gritava: "Você acha que dinheiro dá em árvore, Dylan? Hein, acha?" Eu ficaria parado, balançando a cabeça e tentando não dizer uns palavrões para ela. Grana crescer em árvores é IMPOSSÍVEL, pois grana não é algo vivo, logo NÃO pode crescer em lugar algum, nem em árvores. Pais e mães sempre fazem esse tipo de pergunta esquisita e burra: "Você quer que eu te dê motivo para chorar, Dylan?" "Não, pai, não quero." Sem noção! A mãe de Michelle Malloy devia ficar totalmente pirada das ideias com as maluquices da filha.

Meu coração estava batendo tão depressa que parecia querer escapar do meu corpo, ou então alguma pessoinha dentro de mim estava treinando saltos de trampolim em cima dele. Amir urrou, mas não consegui entender se aquilo era um dos urros dele ou apenas um urro de alegria. Em todo caso, senti vontade de gritar algo realmente abusado para ele. Tão abusado que nem consegui falar em voz alta. O sr. Cachorro estava tentando me fazer uivar "PIRANHA" e "BUCETA ARROMBADA" para Michelle Malloy. AAA-ARRRRHHHH! Era Tortura com T maiúsculo tentar manter aquilo tudo dentro de mim. Minha cabeça tremelicava de um lado para o outro. Eu puxei as orelhas e dobrei as duas para dentro. Esfreguei O Verde até a palma da minha mão virar uma sauna.

Eu queria ser Usain Bolt.

Queria chorar.

Queria ser normal.

Queria ir para outra escola.

Queria cantar garotas sem berrar "PIRANHA", "VACA" ou "PUTA" na cara delas antes mesmo de falar "oi".

Queria que minha mãe voltasse a me amar e me dar carinho.

Queria que meu pai viesse para casa e voltasse a ser o homem da família.

Queria que os médicos descobrissem uma megacura para mim, então o descobridor da cura e eu viraríamos celebridades mundiais, viveríamos no mundo das celebridades, iríamos a todas as festas de celebridades, recebendo presentes luxuosos como DVDs ou celulares, e ainda conseguiríamos conhecer outras celebridades feito Simon Cowell e Kevin Costner.

Sem dúvida aquele era o maior caso de cagar nas calças que eu já tinha tido. Até mais do que quando eu me caguei de verdade no primeiro ano do ensino médio. Como diabo os caras de verdade conseguem fazer isso?

— Não vou conseguir, Amir.

— Vai, sim. Co-co-coragem.

— Não consigo. Meu coração está martelando tanto que dói, e eu tenho vontade de xingar em voz alta feito um babaca.

— Xingue, então... Ela já ouviu tudo isso — disse Amir em tom agressivo. — Olhe, se você não falar com ela, eu falo.

— O quê? Você vai convidar Michelle pra sair?

— Não, seu debiloide.... Vou convidar Michelle pra sair com *você*.

Estávamos agora na cantina da escola, vendo todos os pobres coitados fazendo fila para o café da manhã gratuito: a maior parte era composta por frutas fedidas que os supermercados jogam fora, ovos secos, torradas molengas e papa de aveia. Eca! O barulho era monstruoso. Todos aqueles maluquinhos no mesmo lugar faziam uma grande barulheira. Era pior do que a pior discoteca do planeta. Graças ao destino eu não era pobre o suficiente para precisar rangar ali; que Deus abençoe a antiquada marmita de almoço.

Michelle Malloy estava sentada em um canto, com o nariz afundado em uma revista. Provavelmente uma revista descolada sobre moda, bandas pop bacanas, caras saradões ou maquiagem. Coisas que eu ignorava totalmente.

— Lá está ela — disse Amir, dando um empurrão nas minhas costas.

— Tá bem, Amir, eu não sou o Stevie Wonder.

— Vai — disse ele totalmente empolgado, empurrando com mais força ainda.

— Calma no pedaço, Amir.

— Vai.

— Um bom jogador sempre mostra frieza, sabia?

— Bom, é melhor você se apressar, ou vai perder a op--op-oporchancidade.

— Só estou me preparando.

Sem tiques, sem palavrões, sem tapas. Só um certo nervosismo e um coração disparado, mais nada.

— Vamos — insistiu Amir. — Eu não saí da minha cama tão cedo assim pra ficar de sacanagem. Vai nessa.

Fui arrastando os pés até ela. Todo o barulho, todos os pobres coitados e todo o ranço daquele café da manhã fedorento desapareceram. Só havia nós dois: Michelle Malloy e eu. Igual aos duelos nos filmes de faroeste que meu pai gostava de assistir quando voltava para casa trazendo comida do pub. Na minha cabeça eu pensava, *Só fale oi, só fale oi*, sem parar. E antes que alguém pudesse dizer "Oi, mamãezona!", eu parei diante da mesa dela.

O tempo parou. Rigidamente congelado. Eu não conseguia ouvir coisa alguma, além da minha própria cabeça. Era como se eu estivesse brincando de estátua. Michelle Malloy não ergueu o olhar para me cumprimentar; simplesmente continuou a ler sua revista, como se aquilo fosse a última coisa com palavras em todo o mundo, e ela só tivesse mais dois minutos para viver neste mundo. ONDA GIGANTESCA vindo, com um surfista nu em cima. Pesadelo. Amir, amigo, por favor, venha me salvar feito um super-herói do Paquistão.

— PUTA ESNOBE... Merda... Caralho... Desculpe, Michelle, eu não...

— O que você quer, Dylan? — disse ela, sem tirar os olhos da revista.

— SACANA DA PORRA... Merda... desculpe, Michelle...

— É melhor falar logo, Dylan, porque eu não tenho tempo pra essa bosta da sua Tourette.

Amir adivinhara: Michelle sabia o que eu tinha, e não se importava muito com isso. Ela era uma águia. Eu era um pardal.

— Eu só queria saber que revista você estava lendo.

Ela olhou para mim. Uau! Michelle Malloy estava tãooooooooo perto de mim naquele momento que eu poderia estender o braço e alisar seu rosto. Poderia ter manchado seu batom vermelho vivo e seu rímel escuro com meu polegar. Cara, poderia ter dado um peteleco nos seus brincos com meu dedo mindinho. Meu superolfato me dizia que seu desodorante era o mesmo de mamãe, *Sure for Women*. Eu tinha cento e dezessete por cento de certeza disso. Quando o cheiro chegava ao meu focinho, eu nem pensava mais naqueles fedores do café da manhã.

— Vá embora, Dylan. Não tem algum troço pueril pra fazer com aquele seu amigo?

O que significava *pueril*? Que gata incrível. Mas aquilo ali era *Coisas legais para fazer antes de morrer*, de modo que eu precisava me adiantar. Precisava armar minha jogada.

— Você está falando do Amir?

— Estou cagando pro nome dele. — Ela virou a página da revista.

— Essa revista é sobre o quê?

Michelle Malloy ergueu o olhar para mim outra vez. Ah, meu Deus do Céu! Aqueles olhos! Pareciam duas joias espiando por baixo do delineador preto dela. Esmeraldas. Mas ela não ostentava olhos cintilantes de felicidade.

— Por que você quer saber?

— Só estou interessado, Michelle.

— Bom, não fique. — Meu coração estava fazendo bum bum buuummm, feito o de uma criança. — Olhe, o que você quer, Dylan? Não tenho tempo pra essa bosta toda.

— É só que... estou muito interessado na sua revista... Em revistas em geral.

Ela bufou do mesmo jeito que um atleta depois de uma corrida curta e intensa.

— É sobre arte corporal.

— Sério? — falei, como se soubesse do que ela estava falando.

— Está satisfeito?

Eu estava tão satisfeito que balancei a cabeça.

— Então agora se manda.

Aquela meiguinha dizia coisas lindas, ora se dizia.

— Eu só queria perguntar outra coisa... se você não se importar?

— O que é?

Mas não consegui falar. Precisava berrar algo, gritar com ela, ou estapear minha fuça. Já sentia o rosto ardendo, devido ao esforço para reprimir aquilo. Para pessoas normais, aquilo seria o mesmo que tentar falar com uma enorme chupeta enfiada na boca. Para mim, era todo dia.

— Estou esperando, Dylan. — E ela ficou esperando.

Eu tentei, tentei mesmo.

Ela esperou.

— Está vendo, esse é o seu problema, Dylan. Você simplesmente não consegue botar as coisas pra fora, consegue? Por que não volta logo pro seu amigo esquisitão?

Então tudo saiu de uma vez, feito uma golfada de vômito. Eu tinha entrado no Campeonato Mundial de Velocidade da Fala.

— Você-quer-ir-à-festa-de-Halloween-comigo? PUTA DA PORRA. — Ah, por favor, me diz que ela não ouviu a última parte. Mas claro que ela ouviu. Michelle Malloy ficou olhando para mim durante o que pareceram séculos. Eu era um lixo nessa brincadeira de olhar nos olhos.

— Dylan, se por acaso eu sofresse uma lobotomia e resolvesse ir à festa de Halloween... coisa que não vou fazer, porque é só pra fracassados, mas se eu *fosse*... não existe neste mundo qualquer motivo que me fizesse ir com alguém que me chama de puta ou sacana a cada duas frases.

— Mas eu não quis dizer...

— Agora suma daqui.

— Eu só falo essas coisas quando fico nervoso, Michelle, você sabe disso.

— Tanto faz, Dylan. Mesmo assim, não vou a uma festa de Halloween infantiloide. Agora faça que nem o Michael Jackson.

— O quê?

— Saia andando de ré!

— Nós não precisamos ir à festa. BUCET... Desculpe... CARA DE CU... Desculpe.

Ah, por favor, alguém pode botar minha cabeça numa guilhotina já?

— Nem que você fosse o último homem na face da Terra, Dylan. Nem que você...

— Mas não me resta muito mais tempo.

Essa era uma frase boba, porque me fazia parecer um doente mental. Michelle Malloy balançou a cabeça, como costumamos fazer com pessoas patéticas quando achamos que são superburras, mas por um nanossegundo eu quase contei a ela que ia perecer em breve.

— Ah, é? Junte-se ao clube — disse ela, acenando com a mão para que eu me afastasse. — Se você me der licença, Dylan, eu tenho uma infinidade de merdas diferentes pra fazer antes da aula.

E com isso seus olhos voltaram para a revista.

Eu fui andando de volta para Amir. A longa caminhada da vergonha. Tudo na cantina estava em supercâmera lenta, todas as vozes pareciam abafadas, e eu percebi os olhos enevoados de todos em cima de mim. Então senti o sr. Cachorro vindo novamente, dessa vez um cachorro gigantesco. Só que agora ele estava vindo para me arrancar a cabeça com uma só dentada. Minha cabeça tremelicava tanto que quase se soltou dos ombros. Eu já não conseguia controlar coisa alguma. O suor ensopava minha barriga. Era desse momento que o médico estava falando? Seria ESSA a minha hora? Sem que eu tivesse realizado nenhum dos meus desejos?

Percebi o vulto de Amir caminhando devagar na minha direção. Era muito fácil discernir Amir. Seus dentes eram brancos feito giz, em um grande sorriso que parecia uma banana. Qualquer um pensaria que ele tinha marcado o gol da vitória em uma final de campeonato, ou defendido um pênalti no último minuto, pulando feito um salmão até o canto superior (ou "última gaveta", como diz papai). Só que era mais provável que ele ganhasse na loteria.

— Bom, ela vai? — perguntou ele, todo empolgado. — Ela vai transar com você?

Nada saiu, e eu passei direto por ele. Não tenho um milhão por cento de certeza, mas acho que posso até ter rosnado para ele. Em todo caso, eu saí feito Usain Bolt pelos portões da escola a caminho de casa, para ver *The Jeremy Kyle Show* na cama.

Então percebi por que tudo estava enevoado, feito o para-brisa do carro do meu pai quando chovia torrencialmente. Enxuguei as lágrimas dos olhos.

# 14

# Carro

Quando cheguei à minha rua, os tremores, os tremeliques, as lágrimas e a gritaria haviam passado. Ufa! Meu pavor agora era de que os professores percebessem que eu estava matando aula. Quando descobrissem, ligariam para a minha mãe e perguntariam onde eu estava. Ou pior ainda: diriam a ela que eu tinha sido visto entrando pelos portões da escola e depois saindo pelo mesmo lugar. Eu odiava esse costume da Drumhill de sempre telefonar aos pais quando um aluno se atrasava um nano-nano--nanossegundo para qualquer coisa. Amir dizia que isso era para o caso de alguém ter tido um enfarte, caído no chão espumando pela boca a caminho da escola, ou sido tocado nas partes íntimas por pervertidos ocultos nas moitas. Eu tinha certeza de que as escolas normais não eram assim. Se os alunos não davam as caras lá dia após dia, as escolas estavam pouco se lixando. Eu queria que a Drumhill também fosse assim.

Minha esperança era de que a minha mãe tivesse saído para comprar o rango do jantar, ou estivesse tomando café da manhã com algumas amigas desocupadas. Se ela tivesse saído, eu poderia me esgueirar até a cama e ver os pobres coitados no *Jeremy Kyle Show*: enfiaria a cabeça sob as cobertas, fingindo que estava em uma tenda ou um iglu, só para me sentir seguro e confortável. Poderia imaginar que estava de férias em um lugar exótico, em uma aventura importante, ou liderando uma expedição crucial a fim de encontrar a cura para todas aquelas pobres almas presas no Hotel Inferno da Tourette. (O que seria difícil, já que o médico tinha dito aos meus pais que não havia cura.) O mais provável seria eu cair no sono e esquecer toda a conversa com Michelle Malloy.

Havia um carro bordô na vaga do meu pai. Não era da minha mãe, porque ela não sabe dirigir e por isso não precisava de um carro para ir de A a B. Ela foi reprovada no teste de direção cinco vezes. Imagine só. Meu pai sempre brincava com as tentativas fracassadas dela atrás do volante, dizendo que ela era "tão barbeira que ele nem precisava sair para cortar o cabelo", que é um jogo de palavras, que é uma brincadeira com as palavras que as pessoas fazem para parecer mais engraçadas e inteligentes do que são na realidade.

Meus jogos de palavras favoritos são:
*Estou lendo um livro sobre antigravidade. Não consigo largar.*
E:
*Eu não me lembrava de como se lança um bumerangue, mas depois me voltou à cabeça.*
Só que eu não sou inteligente nem engraçado.

O carro era parecido com aqueles que policiais à paisana ou membros do Departamento de Investigações Criminais dirigem; um tipo de carro que a polícia quer que as pessoas normais achem ser um carro comum, e não um carro policial, para enganar os criminosos e criar um falso clima de segurança... antes do bote. A jogada era boba, porque qualquer cara mais esperto logo percebia que aquilo era uma viatura à paisana. E aquela coisa ali na frente da minha casa, na vaga do meu pai, parecia uma viatura à paisana. *Ding! Dang! Dong!*, pensei. E se a escola tivesse chamado a polícia, pedindo que eles me seguissem pelo crime de matar aula, ou, pesadelo-mor, por assediar sexualmente Michelle Malloy? Talvez eu fosse levado à força até a delegacia para um interrogatório com tortura. Eu teria que me precaver caso quisessem me fazer cumprir pena: de cinco a dez anos na cadeia. Eu não sabia o que pensar. Estava muito nervoso. Uma parte do meu cérebro estava na loja, enquanto a outra já estava correndo para casa com o troco. Gzuis! Se realmente me levassem à delegacia para ser interrogado, eu diria que Michelle Malloy tinha sido tãooooooooooooo abusada e tãoooooooooooo agressiva comigo que seus comentários chegaram a me fazer chorar, e que meu estado emocional ficara tão instável que eu nem sequer conseguiria contemplar a possibilidade de passar o dia todo sentado atrás de uma carteira, e que se tivesse sido obrigado a isso provavelmente teria jogado a carteira na parede da sala de aula, talvez até machucando algum colega. Como não queria fazer isso, eu tinha matado aula em prol da segurança de todos.

Meu plano era subir a escada na ponta dos pés e me esgueirar até a cama, sem emitir um só rangido ou estalido.

Prendi a respiração ao enfiar a chave na porta, torcendo-a do mesmo jeito que um mestre em arrombamentos abriria um cofre bancário reforçado. Se os ossos pudessem respirar, eles também teriam prendido o fôlego. Meu corpo se tensionou quando fechei a porta com cuidado atrás de mim. Um dedo do pé já estava no degrau inferior, pronto para a grande expedição de subida.

— É você, Dylan?

Prendi a respiração e senti meu rosto avermelhar, porque não respirar é muito difícil, o que significava que eu teria sido um péssimo salva-vidas ou mergulhador de profundidade se tivesse escolhido essas carreiras.

— Dylan? — Minha mãe parecia irritada, provavelmente porque eu a estava empurrando para o túmulo antes da hora, de modo que tirei o dedo do pé do degrau e me virei para a cozinha. Era de lá que estava vindo a voz dela. — Dylan?

— Siiimmm?

— Por que você voltou da escola?

Fiquei pensando se aquela era uma pergunta do tipo que não exige resposta, ou se era das que exigem. Ela querer uma resposta significava que a escola não tinha falado com ela ainda. Ela não querer uma resposta significava que eu estava frito. Fiquei calado, sem dizer nada. Então deu-se um impasse, igual aos criados entre mocinhos e bandidos do faroeste. Um impasse silencioso. Eu já estava prestes a subir correndo para o quarto quando ouvi outra voz vindo da cozinha. Minha mãe e a voz estavam tendo uma conversa sussurrada. Não reconheci a voz, que era masculina. Sem erro e sem dúvida. Então pensei um pouco e... Jesus, Maria, José! Talvez fosse um policial. Um tira. Um cana. Nesse instante, as batidas do meu coração pareciam a percussão de uma estrondosa trilha de drum 'n' bass.

— Mãe — chamei.

Houve mais sussurros e tive certeza de que ouvi a mamãe falar "NÃO". Só que naquele tom estranho de quem grita macio. Ela sempre faz isto nas lojas, quando eu peço várias vezes se posso comprar coisas aleatórias, como chocolates, figurinhas de futebol, tabletes de lava-louças e lâminas de barbear (embora eu ainda não tenha barba). Aí ela olha para mim e grita macio: "Não, Dylan... já chega."

Não houve resposta da cozinha.

— Mãe, você está bem?

Foi então que pensei que o sujeito sussurrante na cozinha podia ter feito alguma maldade com mamãe. Talvez eu tivesse interrompido um ato nojento e sórdido. Ele podia estar segurando uma faca de açougueiro na garganta dela, insistindo para que revelasse onde na casa estavam malocados todos os tesouros. E a loucura era que, embora fosse o homem da casa, eu não sabia o que fazer em uma situação daquelas, nem para quem berrar, nem a quem telefonar. Eu realmente não sabia brigar.

Dei um assobio bem alto. Assobiei para uma revoada de pássaros imaginários.

— Dylan, eu estou bem.

Continuei assobiando, cada vez mais alto.

— Dylan, eu estou bem, sério.

Mas não acreditei nela e corri direto até a cozinha, para verificar se o homem sussurrante não estava com um facão encostado na garganta de mamãe, forçando-a a falar aquelas coisas para mim. Obviamente, a fera achava que Dylan

Mint só responderia docilmente "Tudo bem, mamãe", antes de partir para a cama e ouvir algumas canções enquanto *ele* bancava o Diabo na cozinha. O sujeito achava que Dylan Mint era uma espécie de idiota.

— PEDÓFILO DO CARALHO.

Entrei na cozinha e fiz uma cara feia para o sujeito, tremelicando loucamente. O cara não estava segurando uma faca de açougueiro na mão, nem currando a mamãe. Na realidade, ela e o homem sussurrante estavam sentados nas duas pontas da mesa, tomando belas xícaras de chá. Confuso ponto com. Minha cabeça zumbia. Soquei minha coxa quatro vezes. Tremeliquei três vezes. O homem sussurrante se levantou da mesa e estendeu a mão para mim. Eu não a apertei. Mantive a mão firmemente ao meu lado. Nenhum desconhecido ia me tocar. Eu faria com que ele fosse trancado em uma solitária para sempre. Ele viraria a puta de alguém atrás das grades se não tomasse bastante cuidado. Com o rosto virado para baixo dentro do chuveiro.

— Você, meu rapaz, deve ser o Dylan?

Eu olhei para a mamãe. Ela sorriu como se tivesse feito algo terrivelmente errado.

— Você é da minha escola? — perguntei para ele. A pergunta era burra, porque se ele fosse da Drumhill eu já teria visto o cara andando pelos corredores de vez em quando. Ele riu. Eu já estava farto de gente rindo de mim.

— Não exatamente.

— Por falar nisso, Dylan, ligaram de lá. Falaram que você desapareceu assim — disse a mamãe. Na palavra *assim*, ela estalou os dedos. Eu devia estar com cara de bobo, porque ela não parecia muito irritada, nem enlouquecida. — Vamos conversar sobre isso mais tarde, tá legal?

Eu fiquei sem saber se ela queria uma resposta.

— Tá legal — falei. Depois perguntei ao sujeito: — Você é policial?

Ele ainda estava de pé. Era bastante alto, o suficiente para ser policial. Mas não do Departamento de Investigações Criminais ou da Divisão Especial. Eu botaria aquele maníaco na entrada de um estádio de futebol, conferindo os ingressos das pessoas. Na minha cabeça esse seria um serviço horroroso, superado apenas por orientar tráfego pesado em ruas poluídas sob chuva ou vento, porque os sinais de trânsito falharam pela gazilhonésima vez. Ele riu da minha pergunta.

— PUTO PORCO IMUNDO HORROROSO... Desculpe... eu...

— Tudo bem, Dylan. E não, não sou policial, Dylan.

— Aquele carro lá fora é seu?

— É. Gostou?

— Está na vaga do meu pai.

— Eu não sabia que tinha vagas alocadas para os moradores nessa rua.

Fiz a anotação mental de procurar *alocadas* no dicionário, mas já tinha uma boa ideia do significado. Eu me lembraria disso e impressionaria a professora Seed.

— Você é médico?

Assim tudo faria sentido. Aquele homem era uma espécie de especialista enviado pelo Sistema Nacional de Saúde. O homem das boas notícias. Talvez eles tivessem percebido que o outro médico era péssimo no serviço, que tudo que ele falava para os pacientes era bobajada. Então eu precisaria processar o rabo dele por todo o sofrimento emocional que tinha nos causado.

— Não, também não sou médico, Dylan — disse ele, ainda sorrindo feito um gato grandão daquela cidade inglesa onde os gatos sorriem o tempo todo. Depois olhou para minha mãe e revirou os olhos para o teto, como quem diz *Deus nos proteja*.

— Dylan, pare de fazer tantas perguntas, por favor — falou ela, também revirando os olhos para o céu, como que para dizer ao homem *Eu te falei como ele era, não falei?*.

— Então por que o seu carro está na vaga do meu pai, se você não é da escola, da polícia ou do hospital?

— Dylan, esse é o Tony — disse a mamãe. — Ele me deu carona de volta das compras.

— Mas é cedo demais para ir às compras.

— Deixe de ser bobo... Nunca é cedo demais para ir às compras.

— Mas você nunca vai às compras de manhã.

— Bom, mas hoje fui.

— E comprou o quê?

— Dylan, qual é o problema se eu for às compras de manhã cedo, hein?

— É um pouco esquisito, só isso.

— Eu só dei carona para a sua mãe porque ela estava com muitas sacolas, Dylan — disse o sujeito alto.

— Você não é meu pai.

— DYLAN! — gritou mamãe.

— Bom, não é.

— O Tony sabe disso.

— Então mande tirar aquele carro da vaga do meu pai.

— Não vou fazer isso.

— Olhe, Moira, eu preciso ir andando, de qualquer forma — disse o homem.

— Pelo menos termine o seu chá antes, Tony.

— Tenho uma corrida até o aeroporto em meia hora — disse ele.

— Você é piloto? — perguntei a ele.

— Não, Dylan. Sou taxista.

— O quê?

— Motorista de táxi.

— Então aquele carro ali fora é um táxi?

— Sim, e vai estar fora da vaga do seu pai em dois tempos.

— Isso significa logo?

— Dylan, quer parar de ser grosseiro com o Tony? — disse mamãe. A raiva já tinha voltado à voz dela.

— Mas os taxistas não costumam entrar na casa dos passageiros para tomar xícaras de chá — disse eu.

— Concordo com você, mas sua mãe e eu temos uma longa história.

— Somos velhos colegas de escola — disse mamãe.

— Então por que nunca ouvi você falar dele?

O taxista se intrometeu:

— Bom, isso é porque...

Não deixei que ele terminasse.

— Amir e eu somos colegas de escola, mas falamos um sobre o outro quando não estamos perto, e os pais dele sabem quem eu sou, mesmo que eu não possa entrar na casa deles.

— Tony e eu só nos reencontramos recentemente, por acaso.

— No supermercado? — perguntei.

— Na internet — disse o taxista.

— Pelo Facebook — disse a mamãe.

— Mas você falou que o Facebook era para malucos, mãe.

O taxista riu, e a mamãe também, como se os dois estivessem compartilhando uma piada secreta. Fiquei com ódio deles.

— Lá tem muitas pessoas malucas, Dylan, mas também tem gente legal.

— Alguém botou uma antiga foto da escola no meu mural, e a sua mãe estava marcada nela — explicou o taxista. Como eu não uso o Facebook, não sabia de que porcaria ele estava falando. — Mandei uma solicitação de amizade a ela e começamos a trocar mensagens sobre os velhos tempos, coisas assim.

— Mas nós não temos um mural — falei.

Ele riu de novo e disse:

— Não é um mural de verdade, Dylan. É como chamam a sua página no Facebook.

— E por que não chamam só de página? — perguntei.

— Esse garoto é uma figura, Moira, um fio desencapado.

— Você não sabe da missa um terço — disse a mamãe.

— Certo... Escute, preciso ir, porque tenho que fazer aquela corrida.

— Tem certeza, Tony? — disse a mamãe, em tom de decepção.

— Infelizmente. É das grandes.

— É... está certo, Tony — disse a mamãe.

Senti os olhos dos dois em mim. Eu não ia me mexer por causa daquele taxista.

— A gente se vê, senhor...

Houve uma longa pausa morta.

— Tá legal, Moira, eu... hã...

— TCHAU — interrompi.

Então ele foi em direção à porta e a mamãe pulou da cadeira.

— Vou levar você até a porta, Tony... e *você*, fique aqui — disse a mamãe, com um tom de bruxa que me assustou.

— Estou falando sério, Dylan... fique aqui.

Isso ela já falou com sua voz de raiva macia. Então fiquei parado na cozinha, olhando para as canecas de chá pela metade. Lá da porta ouvi mais sussurros e risinhos entre a minha mãe e o taxista. Depois, nada. Silêncio. Tempo morto. Foi então que minha mente derrapou.

— TAXISTA FILHODAPUTA TAXISTA FILHODAPUTA.

A porta bateu com força.

Bum!

— Pode subir essa escada — gritou mamãe.

— Por que você é amiga desse cara? — perguntei.

— Não é da sua conta quem eu escolho pra ser meu amigo.

— Mas...

— Mas nada, Dylan. Pode subir. Não vou falar outra vez.

— Por quê?

— Por quê? Por matar aula, por isso. Estou farta dessa situação.

Ela apontou para o andar de cima.

— Desculpe por ter matado aula, mamãe — falei, indo para a escada. — Eu tive uma manhã de pesadelo.

— Alguns de nós têm pesadelos toda manhã, Dylan, mas não fugimos dele.

Havia lágrimas nos olhos dela.

— Desculpe por ser grosso com o taxista.

— O nome dele é Tony, e agora é tarde demais para se desculpar, não?

Quando cheguei ao alto da escada, a mamãe gritou:

— Estou pensando em ter uma palavrinha com o pessoal da sua escola, de modo que é bom você tomar cuidado de agora em diante, rapazinho.

Ela só me chama de rapazinho quando está megairritada, o que significava que eu estava fazendo muita besteira.

— Puta que pariu — murmurei comigo mesmo.

Deitei-me na cama, segurei o Verde com toda a força e me balancei exatamente mil e quinhentas vezes de um lado para o outro. Exatamente mil e quinhentas vezes. Um recorde. Fiquei balançando no ritmo das canções de Sigur Rós, porque aqueles caras sabem fazer uma música pacífica e relaxante. Eu não conseguia entender por que a mamãe não estava mais preocupada comigo, por que tinha começado a me tratar feito uma maldita criança leprosa, com toda aquela pressa que demonstrava comigo. No lugar dela, a maioria das mães estariam levando seus filhos doentes para uma estonteante praia ensolarada em algum lugar, a um parque de aventura onde fosse obrigatório usar capacete ou a um desses safáris de carro para ver todos os animais selvagens de perto. Embora a mamãe não tivesse carro e geralmente dependesse de táxis, eu não conseguia entender por que um taxista estava na minha casa, bebendo chá em uma das nossas canecas e estacionando sua lata-velha na vaga do meu pai. Não conseguia entender por que a mamãe pareceu ficar tão irritada, triste ou decepcionada quando o taxista saiu. Eu estava terrivelmente confuso.

Teria sido incrível se a mamãe tivesse entrado no meu quarto, deitado ao meu lado, alisado meu cabelo e dito que tudo ficaria bem à noite. Eu teria dado meu braço direito para ser chamado de *querido, bonequinho* ou *neném* novamente, ou para que a mamãe me atacasse com um dos seus acessos de riso antes de lamber meu rosto, e eu falasse "Eeeeeeccccaaaaa, mãe, isso é Nojento com N maiúsculo", e ela falasse "Tiamu, mozinho". Quando eu estava balançando, contando, estapeando ou qualquer outra coisa, ela estava sempre ali para esfregar minhas costas, preparar um banho para mim, falar que tudo ficaria bem e que ela sentia muito ter me perturbado. Mas não dessa vez.

Fiquei deitado ali, tentando pensar em qualquer outra coisa além da que eu estava realmente pensando. Por mais que tentasse imaginar a aparência de Michelle Malloy só de calcinha, porém, eu só conseguia pensar naquela palavra com M grande. O QUE ERA E COMO ACONTECERIA? Eu simplesmente me deitaria em um edredom muito macio, fecharia os olhos e deixaria meu corpo afundar? Algo parecido com a entrada em um *scanner*, só que mais fofo, confortável e interessante? Eu esperava que mamãe comprasse um edredom novo para mim; não queria sair de cena com a velha porcaria que eu usava, porque era como ter uma tonelada em cima do seu corpo. Tudo aconteceria enquanto eu estivesse dormindo? Então minha vida (ou morte) poderia virar, tipo, um sonho incrível que nunca, nunca termina. Eu só ficaria flutuando de um lugar maneiro para outro. Seria

Absolutamente Ina-creeeemee-entável se isso acontecesse. Dei um sorriso invertido com S maiúsculo enquanto meus olhos estavam fechados, como se eu realmente estivesse naquele mundo de sonhos.

Então meu sorriso se revirou e eu me vi de cara triste no modo pensamento. Fiquei pensando em todos os jeitos de papai partir. Tipo se fosse por um AEI, que é o jargão do exército para Artefato Explosivo Improvisado, seria um desastre, porque talvez levassem séculos para encontrar as pernas, os braços ou o tronco dele. Talvez nem chegássemos a ver o seu corpo no caixão, porque podiam encontrar somente a cabeça, uma perna e meio braço. Se ele partisse por Fogo Amigo, que é o que os soldados americanos dizem quando acidentalmente matam gente que é do lado deles, em vez de lhes dar tapas nas costas ou dizer oi (malditos ianques!), ao menos veríamos o papai no caixão, todo pacífico e heroico. Tirei as pernas da cama e peguei a carta dele. Li tudo pela octogésima nona milionésima vez.

    E eu achava que estava mal!
    Por fim, voltei a Michelle Malloy.
    Ufa!

# 15

# Rins

Quando *No Sleep Till Brooklyn* começou a explodir no meu celular, eu acordei. O sol se esgueirava através da janela do quarto, o que indicava que eu só tinha cochilado por algumas horas. Percebi logo quem estava ligando, porque tenho uma música especial no telefone para todos os meus amigos. Quando digo todos os meus amigos, estou falando da mamãe, cuja canção no celular é *Mama Said Knock You Out*; meu pai, cuja canção é *King of the Swingers* (mas essa nunca toca, porque papai não pode usar o celular para não ser rastreado pelos infiéis malucos, levado a uma caverna profunda no meio do nada e torturado lá até revelar as informações ultrassecretas que tem guardadas na cabeça); e depois tenho a srta. Flynn, cuja canção no celular é *Good Vibrations*. Mas essa é só para emergências. E, embora hoje fosse meio que uma emergência, não ouvi *Good Vibrations*.

*oi dylan, aki eh o amir, vai na escola amanhã?*

Amir sempre começava suas mensagens dizendo quem era, embora eu tivesse falado bilhões de vezes que, quando tocava *No Sleep Till Brooklyn*, eu sabia que era ele. Até toquei a música para ele. Amir era uma figura.

acho q s, soh q n quero
*n liga p MM*
n ligo
*ela eh msm 1 cola-velcro. kkkk*
e a mãe dela tb. kkkk
*kkkk*
kkkkkkkkkkkkkkkkkkkk
*vc ainda vai na festa?*
sl
*vai ser show... bora?*
vou pensar
*a gnt podia ir d Gordo e Magro*
vc d Gordo
*ou cagney e lacey.*

Amir vivia assistindo a seriados antigos na Sky.

eu vou d cagney então kkkk
*q tal d susan boyle e prof. Seed? kkkk*
achei q vc ia d Donut
*n, aql gordo fdp*
kkkk
*kkkk p/ vc tb*

mas então vc vai?
*tlz*
pensa bem
*vou pensar. meus creditos tao acabando aki*
a gnt c v amanhã
*blz vlw*

É possível que o celular seja a maior invenção que o mundo já viu. Meu top 4 melhores invenções são:

1. Celulares.
2. Sky+.
3. Futebol.
4. Aparelhos de diálise.

Por falar nisso, Michelle Malloy precisava ter um aparelho de diálise amarrado aos rins, para não se mijar o tempo todo. Ou seria para seus rins não pifarem? Basicamente, eu não tinha cem por cento de certeza, porque temia perguntar a ela. Michelle ia ao hospital de montão por causa disso... bom, por isso e por causa da história de perna-grande-perna-pequena. Talvez fosse por isso que ela era tão mal-humorada: podia estar sentindo falta do aparelho de diálise. Talvez ter a boca suja seja um sintoma disso... Sei lá como funcionam esses aparelhos. Bem que eu gostaria de colocar minhas mãos encardidas no número do celular dela... poderia mandar umas mensagens legais sem ouvir seus deboches ou xingamentos. Eu mandaria mensagens de texto cheias de ?????, para que ela tivesse de devolver meus ????? com respostas. Amir sempre fazia isso, e eu acabava gastando todos os meus créditos trocando mensagens com ele. Amir era uma figura. Muitas vezes eu adormecia rindo sozinho de algumas maluquices que ele escrevia. Deitava-me na cama rindo pra caramba. Às vezes a coisa era tãooooo engraçada que eu ficava rindo pra caral... (o resto é um palavrão.)

Devia ser muito difícil antigamente, quando não existiam celulares. Eu gostaria de saber... como as pessoas se divertiam nessa época? Eram perguntas assim que frequentemente me passavam pela cabeça, e muitas vezes me deixavam acordado à noite, virando, revirando e gemendo na cama, porque eu não conseguia descobrir a resposta para elas. Por que será que não havia negros campeões de esqui? Por que será que, quando eu e meus pais fomos a Torremolinos, os cachorros na rua entendiam espanhol muito melhor do que eu? Quem decidia que uma mesa ia se chamar *mesa*, uma orelha ia se chamar *orelha*, ou amarelo ia se chamar *amarelo*? Aaaaarrrrrgggghhhhhh...

Ninguém conseguia encontrar essas respostas em livro algum, nem mesmo em *The Monster Book of Facts* ou em *The Monster Book of Facts Volume 2*, que tinha na biblioteca escolar.

Os professores não sabiam as respostas e todos me mandavam parar de fazer perguntas como essas. Foi assim que eu descobri o significado das palavras

banal
fútil
obtusa
superficial.

# 16
# Colegas de classe

Quando voltei para a escola no dia seguinte, achei que Amir ficaria feliz como o Mr. Punch e Judy ao me ver.

Não ficou.

Achei que ergueria a mão para me cumprimentar e a tiraria no último segundo quando eu me aproximasse para bater nela, gritando: "E aí, melhor amigo!"

Não fez isso.

Achei que ele baixaria a mão e falaria "aqui embaixo", tirando a mão uma fração de segundo antes de eu acertá-la, deixando que ele falasse "foi lento".

Não fez isso também.

Achei que ele me daria sua Saudação de Amir Para Ocasiões Especiais: "E aí, D-d-dildo." A palavra dildo parecia um pouco com Dylan: nós dois sabíamos que era um palavrão feminino, e isso sempre nos fazia uivar de tanto rir.

Mas ele não fez nada disso.

Na realidade, quando vi Amir sentado na nossa sala de aula, ele parecia um urso com a unha encravada.

— E aí, peidão — falei.

Ele fingia ler um livro sobre leões, mas eu sabia que era cascata, porque Amir não era o leitor número um do mundo. Ele não conseguia me enganar.

— E aí, trouxa — falei, caso ele realmente estivesse lendo o livro e realmente me enganando.

Mas ele continuou calado. Nada de risos ou gargalhadas hoje.

— Você tá bem, amigo? — perguntei.

Pus a mão no seu ombro, e ele baixou a cabeça para a carteira. Soube logo que havia um problema, como os melhores amigos percebem quando seu parceiro está se sentindo um merda.

— Amir, qual é o problema? — insisti.

— Detesto a p-p-porra desse l-l-lugar de m-m-merda — disse ele. Foi nesse momento que percebi que alguma coisa muito ruim tinha acontecido.

— Amir?

— Esta escola está cheia de escrotos e babacas — disse ele, antes de lançar com toda a força o livro dos leões pela sala, feito o melhor jogador de frisbee da Escócia. O livro quase atingiu a cabeça da única outra pessoa na sala, Charlotte Duffy. Ela mal se mexeu. Nunca se mexia pela manhã. Era nesse horário que tomava todos os seus remédios. Passava a manhã toda feito uma morta-viva.

Mas ela se virou para nós e disse:

— É bom vocês tomarem cuidado, se não eu... — Depois disso, apenas resmungou baixinho algo que não entendi, mas seu rosto estava todo contraído, parecia que ela estava falando com a carteira. Será que havia pirado ou o quê?

— Desculpe, Charlotte... foi um acidente — falei.

— Vou pegar vocês um dia desses — disse ela. E depois falou algo que fez minhas mãos formigarem e meu rosto entortar. Algo que me deu vontade de pular em cima dela no estilo *Teen Wolf* e arrancar um naco da sua bochecha. — Comedor de paqui.

— Do que é que você me chamou? — perguntei.

— Você ouviu.

— Repete.

— *Repete.*

— Repete... duvido.

— *Repete... duvido.*

Eu detestava que as pessoas imitassem minha voz; ficava fervendo por dentro. A essa altura, eu já estava transbordando.

— Você é louca, Charlotte.

— Somos todos loucos, seu bundão idiota. É por isso que estamos aqui neste buraco de merda.

— Cai fora, maluca, vai lamber sua mesa, vai.

— Sua bunda tá dolorida?

— O quê?

— Sua bunda tá dolorida? — disse ela, batendo no próprio traseiro.

— O que é que andam te dando para comer?

— É uma pergunta simples. SUA BUNDA TÁ DOLORIDA? — berrou ela.

— Acho melhor você tomar outro remedinho, porque não tenho a menor ideia do que...

— Pé na bunda.

— O quê?

— Pé na bunda.

Fiquei sem saber o que dizer e só franzi a testa.

— Um grande pé na bunda.

— Do que você tá falando, sua bate-cabeça? — disse eu.

Papos pirados aconteciam na Drumhill o tempo todo... Era por isso que sempre havia pessoas gritando, berrando, chorando e tentando ferir outras ou se ferir. Em um dos lados da nossa sala Amir mantinha a cabeça em cima da carteira e, no outro, Charlotte Duffy imitava aquela garota maluca de O *exorcista*. Era só acrescentar quarenta ou cinquenta pessoas à mistura para se ter um dia típico na Escola Especial Drumhill. Não era de surpreender que as pessoas realmente se cagassem o tempo todo.

— Michelle Malloy te deu um pé na bunda gigante. HA! — disse Charlotte, gargalhando feito uma bruxa.

Charlotte Duffy e Michelle Malloy não eram grandes amigas, de modo que eu não sabia como aquela fofoca tinha chegado a ela. Eu diria que o cérebro de Michelle Malloy era avançado demais para que ela e Charlotte Duffy fossem algo perto de amigas. Tinha certeza de que o cérebro de Charlotte só chegava à metade do tamanho de um cérebro normal. Ela vivia futucando as orelhas sujas e comendo a cera. E antes disso costumava dizer para os garotos da escola normal que ia puxar seus yin-yangs com tanta força que a gosma sairia. Maluca com M maiúsculo.

Eu não acreditava que ela soubesse do que tinha acontecido com Michelle Malloy. Naquela escola as notícias corriam mais rápido do que as pernas de um bando de marias-chuteiras.

— Quem falou essa babaquice?
— Todo mundo sabe.
— Aposto que não.
— Aposto que sim.
— Tô pouco me lixando, Charlotte.
— Não tá, não.
— Tô, sim.
— Não tá.
— Tô.
— NÃO TÁ!
— TÔ. — Acho que meu grito silenciou Charlotte um pouco.
— Eu nem culpo a Michelle. Quer dizer, é só olhar pro seu estado — disse ela.
— É só olhar pro *seu* estado — repeti.
— O *seu estado*.
— O seu estado.
— A PORRA DO SEU ESTADO! — rugiu ela.
— A PORRA DO SEU ESTADO! — rugi de volta.

A pressão interna estava subindo. O sr. Cachorro estava fervendo. Eu nunca tinha sentido tanta vontade de dar um cascudo em uma menina em toda a minha vida.

— Olhe só pra você, Dylan. Tem cara de punheteiro que suja a cara.
— E você tem cara de xota arrombada.
— Cala a boca.

— Cala a boca você.
— NÃO, CALA A BOCA VOCÊ.
— VOCÊ TEM UM RABO QUE PARECE UM SACO DE ROUPA SUJA — gritei de verdade, sem ser por causa da Tourette. Eu não queria falar aquelas coisas horríveis. Só falei porque Charlotte estava sendo malvada comigo. E nem fui eu quem jogou o livro dos leões em cima dela, para começar.
— CALA A BOCA, SEU ESCROTO HORROROSO! — berrou ela, antes de dar uma cabeçada na carteira. Acho que ela estava chorando sozinha; seus ombros sacudiam como se ela estivesse dançando *boogie woogie*. Eu me sentia o oposto de uma canção de amor, mas a maldita Charlotte Duffy bem que mereceu. Não era culpa minha que ela tivesse resolvido passar o dia todo em clima de loucura. Antes que eu pudesse voltar para falar com Amir, ela ergueu a cabeça da carteira e uivou: — DYLAN MINT, VOCÊ É A PORRA DE UM MERDA E TOMARA QUE MORRA!

Ela se arrependeria de ter falado isso, assim que março chegasse.

Eu não sabia o que mais me irritava, ser chamado de "comedor de paqui" ou todo mundo saber que Michelle Malloy tinha me dado um grande fora. Eu não era perito em assuntos sociais, mas tinha certeza de que Charlotte Duffy estava sendo uma besta racista atroz ao dizer que eu era um "comedor de paqui". Só estou falando isso porque acho que ela não quis dizer que eu realmente tinha comido alguém do Paquistão, coisa que não fiz, não por ser racista... eu simplesmente não conhecia ninguém, além de Amir e seus parentes, a quem *oficialmente* eu nem conhecia, mas sabia que eles eram do Paquistão, e também sabia que não tinha comido Amir ou qualquer parente dele. Até então eu não tinha comido qualquer pessoa, de qualquer país ou cidade do mundo. O número um da minha lista de *Coisas legais para fazer antes de morrer* deixava isso claro. Eu realmente torcia para que Charlotte Duffy não pensasse que Amir e eu éramos bichas. Torcia para que ninguém na escola pensasse isso.

Aaaarrrrgggghhhh. Eu estava fervendo de raiva.

Fechei os olhos e os punhos, porque não queria pular em cima de Charlotte Duffy, chutar sua carteira, varejar cadeiras nela ou lhe apresentar o sr. Cachorro. Mantive os olhos fechados com força. A srta. Flynn me disse para eu tentar resolver problemas aleatórios na minha cabeça quando ficasse estressado, ou estivesse a ponto de perder o controle de minhas mãos e da língua. Já que era péssimo em matemática, eu tentava resolver outros tipos de problema. A srta. Flynn chamava isso de exercícios de ginástica cerebral.

Então, com meus olhos no escuro, para esfriar o ânimo, eu fiz um pouco de ginástica cerebral. Tentei encontrar outro time das Ligas de Futebol Escocesa, Inglesa, Galesa e Irlandesa que tivesse a letra J no nome... além do St. Johnstone, claro.

Não encontrei nenhum.

Com a cabeça deitada na carteira, imaginei marcar o gol da vitória para a Escócia na final da Copa do Mundo, depois de mergulhar para dar uma cabeçada ao fim de um contra-ataque veloz. Eu sabia que aquilo não era um exercício de ginástica cerebral, nem a solução de um problema difícil, mas funcionou bem para dar um freio superforte nos meus nervos.

\*

Quando abri os olhos, notei que os ombros de Amir também estavam dançando *boogie woogie*.

— Amir... você está bem, meu velho?

— Não acredito que você falou aquilo pra ela.

Ele estava rindo; seus ombros sacudiam de *alegria*.

— Falei o quê?

— Que ela tem cara de xota arrombada.

— Você não ouviu o que ela disse pra mim?

— Um clássico.

— Ela mereceu.

— Eu sei.

— O que aconteceu com você hoje de manhã? — perguntei, e isso pareceu trazer de volta todas as lembranças ruins dele.

— A mesma merda de sempre.

— Qual mesma merda de sempre?

— Aquela conversa de bafo de curry, parem de roubar nossos empregos e os paquis não sabem jogar futebol.

— Quem foi? O Donut de novo?

— Não.

— Quem, então?

— O Meleca e o Pino de Boliche.

— O Meleca e o Pino de Boliche?

— Principalmente o Pino de Boliche.

— Sério?

— Sim.

— Não engula esses desaforos dele.

— O que posso fazer?

— Basta cutucar o palhaço que ele cai.

— Agora é todo dia isso.

— Por que você não me contou, Amir?
— Porque você tem seus próprios problemas para resolver.
— E daí?
— E Michelle Malloy te deu um grande pé na bunda.
— Tá legal.
— Bom, ela deu.
— Tá legal.
— Só estou dizendo...
— Já ouvi. E pelo amor da por...
— O que eu posso fazer, Dylan?
— Com o quê?
— Com esse negócio de paqui.
— Ah, é. Bom, você podia partir pra cima do Pino de Boliche.
— Você já me viu brigando, Dylan? — Uma grande expressão de sofrimento voltara ao rosto de Amir.
— Eu não estava falando sério, Amir.
— Acho que não quero mais vir à escola.
— Não diga isso.
— Eu queria ser bom de briga. Então simplesmente daria uma porrada no queixo deles e acabaria com tudo.
— Eles nunca falam nada com você quando eu estou por perto — disse eu.
— Não ousariam — disse Amir. — Posso perguntar mais uma coisa?
— Pode.
— Você acha que eu fedo a curry?
Cara, ah cara, ah cara, ah cara, ah cara, ah cara, que pergunta para um melhor amigo fazer. Se eu desse uma resposta sincera, causaria um rombo do tamanho de um meteoro nos

nossos dias de melhores amigos. Meus olhos piscavam feito uma câmera.

— Acha?

— Hã, claro que não.

— Sério?

— Não fique escutando esses bobalhões, Amir.

— Então não tenho cheiro de curry?

— Não, nenhum.

— Você está falando sério?

— Claro que sim.

— Então eu não fedo a curry.

— Não, Amir, você não fede a curry.

— Mas o Pino de Boliche falou que...

— Da próxima vez *você* só pergunta por que *eles* sempre fedem a gordura, batata chips, mijo e peido... Depois veja o que eles falam.

Precisei contar cascatas a granel para que Amir não me dissesse que não queria mais ser meu melhor amigo, o que era assustador demais só de pensar.

Imagine só!

Eu teria que chutar pedras no pátio sozinho, não teria para quem mandar mensagem e também não teria com quem falar palavrões. Precisei mentir. Mas foi uma mentira boa. Eu me senti um lixo depois de falar aquilo para ele, mas a verdade *verdadeira* era que o valente Amir muitas vezes vinha à escola fedendo como se tivesse acabado de sair da cozinha de Korma Chameleon depois de um turno suado de vinte e quatro horas. Só que eu não ligava... Até gosto do cheiro de curry na sala de aula. De qualquer forma, aquele era um dos meus pratos favoritos, e o cheiro sempre me deixava no clima para jantar. O cheiro de curry certamente barrava a constante nuvem de fedor de peido que pairava sobre a escola. Quase todo aluno da Drumhill fedia a algo nojento, como repolho, peido, gordura ou toalha molhada. Eu preferia o cheiro de Amir, sem pensar duas vezes. Eu usava desodorante Lynx Africa todo dia, em geral duas vezes por dia, portanto eu estava bem no departamento aromático.

— Então por que todo mundo fica falando isso, Dylan?
— Acho que é a cor da sua pele, Amir.
— A cor da minha pele?
— Sim.
— O que é que tem a cor da minha pele? — perguntou Amir, como se não soubesse. Sério mesmo, aquele cara era inocente demais.
— Acho que algumas pessoas não gostam dela.
— Mas por quê?
— Algumas pessoas se assustam com ela.
— Como alguém pode ter medo da cor da pele de outra pessoa?
— Não sei, cara, mas algumas pessoas parecem se ofender com a cor da pele de outras pessoas.

Amir me olhou com a mesma cara que faço para mamãe quando as nuvens tristes flutuam por cima de mim, e ela faz tudo ficar legal ao me dar um dos seus abraços especiais. Eu também queria lhe dar um abraço especial, porque talvez assim ele voltasse a ser o Amir feliz e ensolarado de sempre. Só que se eu desse um abraço nele, Charlotte Duffy podia espalhar por todo o Facebook que eu era mesmo um comedor de paqui.

— Mas como alguém pode se ofender com uma coisa tipo a pele dos outros, Dylan?

— Não sei, Amir, mas algumas pessoas ruins se ofendem.

— A pele nem f-f-fala.

— É maluquice, eu sei.

— Pode apostar que é maluquice, Dylan. Pode apostar na banca de apostas mais próxima que é maluquice.

— É maluquice pura.

— Eu s-s-simplesmente não entendo.

— Parece uma daquelas perguntas malucas que a gente nunca consegue responder — falei para Amir.

— Tipo... por que temos a mesma palavra para *pena* de ave e *pena* de alguém?

— Ou por que *gay* significa transar com outro cara e ser alegre pra caramba?

— Exatamente, Dylan. Exatamente.

— Quer dizer, como você pode ser alegre pra caramba se outro sujeito está pondo o pinto dele na sua bunda? Hein? Responda isso, Amir.

Não havia resposta, pois o mundo estava fora do eixo.

— Não sei mesmo, Dylan — disse ele.

Às vezes Amir e eu entrávamos na onda de falar as coisas mais malucas que jamais passariam pela cabeça de seres humanos normais. "Gente normal não pergunta essas coisas", dizia sempre a professora Seed para Amir na aula, quando ele fazia uma pergunta inconveniente.

— Acho que eu também não sei.

— Só sei que não é normal odiar alguém por causa da cor da pele — disse Amir.

— Eu sei.

— Quer dizer, é preciso ser muito retardado mental para odiar uma coisa como pele.
— Mas o Pino de Boliche e o Meleca *são* retardados, Amir — disse eu.
— Devem ser.
— Entendeu? Não precisa se preocupar.
Eu sabia que todos nós éramos retardados, mas aqueles dois eram mais retardados ainda, porque faziam coisas super-retardadas, como ver quem conseguia segurar o mijo por mais tempo antes de soltar o jato como se viesse da mangueira de um bombeiro, ver quem conseguia mijar mais alto nos cubículos do banheiro, ou ver quem tinha o dedo mais fedorento depois de enfiá-lo na própria bunda. Amir e eu nunca fazíamos coisas tão idiotas assim.
— É... mas... mesmo assim...
— Eu concordo, não é certo.
— Acho que quero ir pra casa — disse Amir.
— Não faça isso, Amir.
— Você fez, quando a Michelle Malloy te deu aquele pé na bunda gigante.
— Ah, muito obrigado!
— Desculpe, mas você sabe o que eu quero dizer. Estou de saco cheio disso tudo.
— Sim, mas eu acabei arrumando encrenca e, na verdade, não fiz nada quando cheguei em casa.
— Fez o quê, então?
— Só fiquei sentado no quarto.
— Fazendo o quê?
— Pensando.

— Em quê?
— Na verdade, nada, coisas ao acaso.
— Mulher pelada?
— Não.
— Aposto que sim.
— Aposto que não.
— Aposto que você foi pra internet.
— Aposto que não fui.
— Aposto que você ficou vendo boquetes e surubas — disse ele, olhando em volta antes de pronunciar as palavras *boquetes* e *surubas*, que foram sussurradas.
— Aposto que não fiquei.

Aquele seria o momento indicado para um kkkkkk, mas nada.

— Aposto que ficou.

Eu já estava prestes a dar um soco no braço do Amir, como os melhores amigos costumam fazer, mas pelo canto do olho esquerdo vi... o Pino de Boliche.

Ele entrou mancando na sala, arrastando as pernas tortas atrás do tronco. Amir deitou a cabeça na carteira. Já Charlotte Duffy ergueu a cabeça da sua mesa, me mostrou a língua fazendo um som de peido colossal e fez o gesto de homem se masturbando, como para dizer que eu era um punheteiro.

Em troca, eu girei os indicadores em torno das minhas têmporas.

*Touché*, Charlotte Duffy!

Fui até a carteira do Pino de Boliche. O sinal já ia tocar e os alunos estavam entrando na sala. Eu precisava agir depressa. Num piscar de olhos. Ainda tinha que manter a promessa de ajudar meu melhor amigo Amir e me lembrar do número dois da minha lista de *Coisas legais para fazer antes de morrer*: *fazer Amir voltar a ser um cara feliz outra vez, em vez de um p\*\*\* triste!* Aquele era um momento perfeito para lhe provar quem eu era e do que ele sentiria falta quando eu me fosse.

— Pino de Boliche, tenho um probleminha pra resolver com você — falei, tentando parecer frio e durão feito os caras da gangue T-birds no filme *Grease*.

— O que é?

— Qual é a sua de ficar sacaneando o Amir o tempo todo?

— O quê?

— Você ouviu, Pino de Boliche. Você anda sacaneando o Amir pra caramba.

— Do que você tá falando, seu mongoloide?

— É melhor parar com isso — avisei, fazendo minha melhor cara de Durão Que Não Atura Desaforo de Ninguém, coisa que aprendemos na aula de teatro do professor Grant.

— Ou... você vai fazer o quê?

— Só estou falando... Para com isso, está bem?

— Fecha essa matraca, seu viadinho.

— Se eu pegar você fazendo isso outra vez...

Então o Pino de Boliche se aproximou mais de mim e estufou o peito ridículo, como fazem as pessoas que querem ameaçar ou se dar bem, o que também aprendemos na aula do professor Grant. Por falar nisso, a aula do professor Grant era toda sobre se virar sozinho, não aceitar desaforo de ninguém, ir em frente e entrar na briga.

— Vai fazer o quê? — disse ele.

Nossas improvisações na aula de teatro (que eu adorava) eram exatamente assim, só que aquilo ali era para valer. Dava para sentir o cheiro de gordura no bafo do Pino de Boliche. *Ah, fodido, fodido e meio,* pensei. *E agora?*

— Estou te avisando, Pino de Boliche...

— O que você vai fazer, Dildo... hein? — disse ele, aproximando-se ainda mais, de modo que nossos peitinhos masculinos se encostaram.

Foi então que o Pino de Boliche me deixou bastante nervoso. Não fico confortável quando pessoas que mal conheço chegam tão perto de mim. Limpei a garganta de forma tão agressivamente alta que ele até recuou um pouquinho. Quando digo que limpei a garganta, quero dizer que o som mais parecia o de uma alcateia de lobos pigarreando. E, quando o Pino de Boliche recuou um pouquinho, isto me mostrou que eu estava dominando aquele nosso embate, e me lembrei do que papai sempre me dizia, quando eu estivesse dominando um embate: "Nunca, NUNCA recue. Firme o pé na porra do chão e depois avance sempre, SEMPRE." Era um conselho militar inestimável, que vinha direto do alto-comando, então só podia ser um bom. Aceitei. Tal como papai fazia, quando uns caras dentro ou fora do pub "fodiam com o seu carma". Péssimo momento de fazer isto, quando há peritos militares envolvidos.

— Eu vou arrancar a porra dessa sua cabeça racista, é isso o que eu vou fazer — falei.

Ao mesmo tempo, minha cabeça começou a tremer, cheia de tiques.

— Cala a boca, Tique-Taque, e volte pra porra do seu macaco — retrucou ele, indicando Amir com a cabeça.

— O que foi que você disse?

Ele se aproximou de mim outra vez, o que significava que meu avanço foi um lixo.

— Eu disse... vá se enfiar na buça fedida da tua mãe, Moleque Tourette.

Uau!

Espera só um minuto!

Parem as malditas máquinas!

I-na-cre-di-tá-vel.

Um comentário daqueles era um tapete vermelho para um touro fazer compras numa loja de cristais.

Avance sempre.

— Seu babaca aleijadinho.

Avancei, agarrando o pescoço do Pino de Boliche com tanta força que senti o gogó balançar embaixo do meu polegar. Apertei mais ainda, até seu rosto ficar vermelho feito o nariz de um alcoólatra. Então chutei uma das suas pernas tortas abaixo do joelho, e foi só. O Pino de Boliche caiu no chão feito um saco de batatas.

Bum!

Tam!

Pow!

Amir estava gemendo e urrando lá no fundo. Charlotte Duffy berrava e puxava o cabelo, pirando. Maluca.

— O que você tem a dizer agora, seu panaquinha? — gritei para o Pino de Boliche caído.

Ele estava encolhido feito uma bola, tremendo descontroladamente. Pensei em dar um pontapé no moleque, mas isso seria tomar liberdade demais, e não sou disso. De todo modo, antes que eu pudesse recuar o pé esquerdo (que é o meu forte), o professor Comeford rugiu bem na minha cara:

— JÁ CHEGA, DYLAN MINT!

Depois me agarrou com toda a força pelo colarinho e me arrastou para fora da sala de forma bastante agressiva, tipo Flash Gordon. A gola da minha camisa rasgou. E como eu enfiava a camisa dentro da calça, a calça foi puxada para cima da minha bunda, fazendo a bunda e as bolas doerem pra caramba. Pensei em processar Comeford por lesão corporal grave, além de rasgar uma propriedade particular e danificar meu combo bunda-buraco-saco. Mas que droga! Merda! Eu e minha mãe não tínhamos meios de chegar às melhores mentes jurídicas da Escócia. O resultado foi que eu não levei adiante a acusação de agressão contra o professor Comeford. Quanto mais pensava no assunto, porém, mais via que eu podia ter a cabeça dele numa bandeja. Já conseguia até imaginar a manchete: *Professor molesta adolescente com doença terminal.*

Mais uma vez fui deixado com o rosto a milímetros do canto da parede diante da sala da srta. Flynn. Tudo porque tentei ajudar meu melhor amigo a se livrar de um assédio racista.

Fiz ginástica cerebral.

Alisei o Verde no meu bolso.

Contei quantos clubes de futebol tinham a cor verde em seus uniformes. Ainda dificultei isto, porque contei os clubes de *todas* as ligas europeias. Ginástica cerebral olímpica.

Na verdade, eu nem me lembrava direito da briga com o Pino de Boliche, mas lembrava que, quando estava sendo retirado da sala de aula, tinha visto Charlotte Duffy girando os indicadores em volta das têmporas. A imagem até me fez rir, porque foi um momento *touché* dos melhores.

Nota dez para Charlotte Duffy.

Maluca.

# 17
# Milionário

A srta. Flynn ligou para minha mãe querendo saber se ela podia vir me pegar na escola. Falou que eu tinha me metido em "uma pequena confusão". Enquanto falava ao telefone, ela me deu uma piscadela. Se estivéssemos em uma boate privê ou um bar da moda, eu fosse dez anos mais velho e ela tivesse piscado para mim daquele jeito, eu teria me aproximado e comprado uma cerveja para aquela gata. Então ela me passou o telefone e eu senti o rastro da sua orelha nele, quente e perfumado, o que me deu uma sensação gostosa lá embaixo.

— Olhe, Dylan, estou enrolada com uma coisa aqui. Você pode vir para casa sozinho? — disse mamãe.

— Você está zangada comigo?

— Não, meu bem, não estou zangada, mas preciso sair.

— Hoje à noite vamos tomar sopa e ver TV juntos?

— Parece uma boa.
— Posso preparar a sopa, se você quiser.
— Ótimo. Mal posso esperar. Bote a professora de volta na linha.

— Tá legal, tchau — falei, devolvendo o telefone para a srta. Flynn, que marcou uma data para a minha mãe vir à escola bater um bom papo à moda antiga.

*

Eu sabia que a maioria dos adolescentes não gostava de ficar com os mais velhos, mas fazer isso de vez em quando era legal. E era muito legal quando mamãe e eu tomávamos sopa vendo *Quem quer ser um milionário?* juntos. Se já não estivéssemos na sala, um dos dois começava a gritar: "ESTÁ COMEÇANDO!"

— O que temos aqui, *chef*? — Ela me chamava de *chef* porque era isso que eu parecia quando estava preparando a sopa. Mamãe sabia que era melhor não entrar na cozinha quando a chapa esquentava.

— Então, hoje temos sopa de tomate...

— É claro.

— Com um pouco de páprica, pimenta-do-reino, manjericão, uma lata de feijões mistos...

— Huuum, o cheiro está delicioso, *chef*.

— Ah... e estragão.

— Aaaahhh, estragão — disse mamãe, arregalando os olhos. — Mas então quem está atrás de uma estrela Michelin?

Eu ri, porque o Michelin só dá estrelas para os melhores cozinheiros do planeta, e você leva anos para ganhar uma.

Precisa trabalhar horas e horas, arriscando-se a perder esposa e filhos, porque nunca consegue ver a família. Seu fígado fica todo mole, por causa da birita que você bebe por conta da pressão. E tudo pela porcaria de uma estrela Michelin. Eu não queria uma... Não, senhor. Talvez até pudesse ser um Chef Sem Estrela Michelin, quando ficasse mais velho. Não, espere... eu não poderia, por causa daquilo-que-já-se-sabe. Às vezes minha cabeça parece uma peneira.

— Prove — falei.

Mamãe tomou um gole da sopa.

— Ah, Dylan... que delícia.

— Sério?

— Adorei, *chef*.

— Fantástico — comentei, tomando a primeira colherada. Estava deliciosa. — *Shizenhowzen!*

— O quê?

— Esqueci do pão crocante.

Pão crocante não é igual a cebola roxa, portanto eu não podia culpar o pão por fazer meus olhos chorarem. Não. Foi pensar em bons momentos junto com a minha mãe que causou aquela cachoeira. Precisei jogar fora a terceira fatia, pois deixei cair um pouco de secreção nasal ao cortá-la. Nesse instante, visualizei mamãe olhando para mim deitado em paz no meu caixão. Em frangalhos. Gritando sem parar. As pessoas tinham que a afastar à força do caixão, para que ela não acabasse caindo com ele. Então me imaginei pulando fora do caixão e dando cambalhotas pela nave da igreja, obrigando a mamãe a ficar de quatro para me pegar. Eu não queria que ela ficasse triste.

— ESTÁ COMEÇANDO!
— OK.

Joguei uma água no rosto e assoei o nariz. A pergunta de mil libras foi moleza para mamãe.

P: *O seriado de TV* Sex and the City *é baseado em um livro de qual autora?*
a) *Carrie Bradshaw*
b) *Candace Bradshaw*
c) *Candace Bushnell*
d) *Carrie Bushnell*

— O papai seria o seu "ligar para um amigo"? — perguntei à mamãe.
— Ele não pode falar ao telefone, Dylan.
— Eu sei, é só pra gente conversar. Sim ou não?
— Depende da pergunta, não é? — disse ela, mergulhando um pedaço de pão crocante na sopa deliciosa.
— O valente Amir seria o meu "ligar para um amigo" — falei para a mamãe. — Principalmente se eu tivesse que responder a uma pergunta sobre críquete que fosse epicamente difícil.

Mamãe estava em uma fase boa e acertou a pergunta de duas mil libras. A pergunta de cinco mil libras também não foi problema para a Gatona Mint.

Então essa corrente de sorte foi interrompida: ela não sabia a resposta da pergunta de dez mil libras.

50% de chance?

Ligar para um amigo?

Perguntar à plateia?

Nem pensar.

Entra Dylan Mint com seu cérebro após dezessete horas de exercícios.

Que maravilha de pergunta, bem da minha praia:

P: *Qual clube de futebol foi o primeiro a introduzir o túnel no vestiário na década de 1920?*
*a) Arsenal*
*b) Airdrieonians*
*c) Aston Villa*
*d) Aberdeen*

Quando eu falei "D: Aberdeen. Resposta final", senti um friozinho na barriga. Mamãe e eu estávamos dez mil no vermelho. Meu Deus, imagine se tivéssemos dez mil de verdade... eu sugeriria uma viagem familiar sem-limite-de-gastos a Torremolinos novamente ou a Kavos.

— Aí, beleza, Dylan! — comemorou a mamãe, batendo na minha mão. O que pode ser melhor do que isso?

Dim! Dom!

— Isso foi a porta? — perguntou mamãe.

— Eu não ouvi nada — menti. Quem, em nome de Jesus, estaria batendo bem na hora em que a pergunta de vinte mil estava prestes a ser feita?

Dim! Dom!

— É a porta — disse ela, levantando-se.

Eu inflei as bochechas, soltei o ar e disse:

— Não atenda.

— Pode ser importante, Dylan.

— Mas é a pergunta de vinte mil paus.

Se tivéssemos um pacote de TV decente, eu teria dado pausa no programa e esperado, mas como só tínhamos aquela bosta antiga, deveria ser proibido visitar nossa casa após as oito da noite.

Minha mãe já estava na porta, dando risadinhas. Então ouvi uma voz grave. E depois nada.

Espiei pelas persianas e vi. MAS QUÊ...? Na vaga do papai de novo. O sacana abusado. Amir e eu deveríamos tacar ácido naquele monte de merda bordô. Então ele entenderia o recado e não estacionaria na vaga do papai outra vez.

Talvez aquele taxista escroto fosse um *stalker* na vida real, perseguindo a mamãe o tempo todo feito uma verdadeira peste sexual? Talvez ela estivesse já farta de ver aquele taxista assustador tentando entrar nas suas zonas. Se ele tentasse qualquer coisa, eu ia chegar com a minha sopa quente direto na fuça dele. Tarado nojento.

Mais risinhos e vozes abafadas.

Meu cérebro estava demasiadamente confuso para se concentrar na pergunta. E de todo modo, eu não sabia a resposta. O *movimento Bauhaus*. O quê?

— Veja só quem é, Dylan — disse mamãe.

Fiquei olhando para a TV. A pergunta de cinquenta mil veio e se foi. Minha concentração estava uma merda.

— Oi, Dylan — disse o homem do táxi.

— Estamos vendo TV, não precisamos de táxi — retruquei.

— O Tony estava só de passagem — disse mamãe.

Eu fiz uma voz abafada, feito um bebê.

— O que foi isso, Dylan?

— Nossa rua não tem saída, é impossível estar *só* de passagem por aqui.

O homem do táxi riu.

— TAXISTA FILHODAPUTA.

— Dylan!

— Ele tem razão, Moira. Como se pode estar de passagem em uma rua sem saída? — disse o homem do táxi, sorrindo para mim.

Eu desviei o olhar. Pervertido.

— MENTIROSO SEM-VERGONHA.

— Estou te avisando, Dylan. Isso não é involuntário — brigou a mamãe. Ela sabia quando era fácil para mim soltar as palavras. As mães sabem *mesmo* tudo.

— Tem razão, Dylan. Na realidade, eu vim deixar um passageiro aqui perto e achei que podia dar uma passada para dizer oi.

— Oi. Tchau.

— Já não conversamos sobre isto, Dylan?

— Talvez tenha sido uma má ideia, Moira.

O homem do táxi cochichou no ouvido de mamãe.

— Não, Tony, ele precisa aprender. Não vai dar ordens neste galinheiro aqui — a mamãe tentou cochichar supersilenciosamente, mas minha audição biônica ouviu tudo.

— Pode sentar, Tony.

Tony, o taxista, sentou na poltrona do papai. Quem quer ARRUINAR um milionário?

— ESCROTO ABUSADO.

— Dylan, estou te avisando.

— Não consigo evitar.

— Ah, acho que consegue — disse mamãe. — Peça desculpas ao Tony.

— Por quê?

— Sinceramente, Moira, eu entendo.

— Estou esperando, rapazinho — insistiu a mamãe, de braços cruzados.

— Desculpe.

— Ah, tudo bem, Dylan. Não foi nada.

— Você está no lugar do papai outra vez — falei.

— Estou?

— Sim.

— Da próxima vez dou um jeito e estaciono mais adiante — disse o homem do táxi.

Escute só: *próxima vez*. Não se eu estiver na área, meu chapa!

— Não, a poltrona — falei, apontando.

— Burrice minha — disse o homem do táxi, tentando se levantar. — Vou ficar aqui do lado, então.

— Não vai fazer nada disso — brigou a mamãe com o homem do táxi. E, para mim, disse: — *Para com isso agora!*

Contei até doze e meio na minha cabeça.

Ninguém falou durante esse tempo.

Por falar em estragar o clima entre mãe e filho...

— O seu carro é bordô — comentei.

— Sim, você gosta de carros assim?

— Mas, se você é taxista, por que seu carro não é prata ou bege?

— Não sei, parceiro. Na verdade, nunca pensei nisso.

Ele estava totalmente por fora se pensava que eu era seu parceiro.

— A maioria dos táxis é prata ou bege, a não ser que sejam aqueles Hackneys pretos — falei.

— É, tem razão.

— Você tem um Hackney?

— Não.

— Por que não? Eles são muito mais maneiros do que aquele troço bordô.

O homem do táxi começou a rir.

— Concordo, Dylan, mas aqueles táxis são mais usados em Londres do que aqui.

— Eu vi Hackneys no *EastEnders* — comentei. — Mas eles são barulhentos demais.

— É por isso que eu gosto de dirigir o meu carro bordô.

Mamãe sentou, achando que nossos ânimos tinham se acalmado. Era como se houvesse um triângulo de esquisitice naquela sala. Eu olhei para a mamãe, que olhou para o homem do táxi, que olhou para ela. Então eu olhei para o homem do táxi, que olhou para mim e sorriu. Depois todos nós olhamos para a TV.

— O que vocês estão vendo? — disse o homem do táxi.

— *Quem quer ser um milionário?* — respondi.

— Adoro esse programa — comentou o homem do táxi.

Aposto que ele não adorava nada, que só estava falando aquilo para se engraçar com a minha mãe. Aposto que ele era burro pra caramba e nem passaria da pergunta de quinhentos paus. Aposto que não sabia nada de *Sex and the City* nem de túneis futebolísticos. Era por isso que ele passava o dia inteiro levando gente para toda parte, já que não era preciso ter neurônios para fazer um trabalho assim. Jogar

*Quem quer ser um milionário?* com o homem do táxi seria tão útil quanto um pinto em uma lésbica.
— Nós também adoramos. Já virou uma espécie de ritual para mim e Dylan — disse a mamãe.
— Aposto que sim — disse o homem do táxi.
— O Dylan é muito bom nisso, não é, Dylan?
Fiquei calado, só olhando para a TV.
E li a pergunta de 150 mil.

P: *Quem cunhou a frase "O que não nos mata nos fortalece"?*
a) *Friedrich Nietzsche*
b) *Immanuel Kant*
c) *Jean-Jacques Rousseau*
d) *Friedrich Wilhelm Joseph Schelling*

Li a pergunta umas quatro vezes. Minhas mãos formigavam. Eu sabia a resposta. Sabia. Era a porcaria da pergunta de 150 mil, e eu, Dylan Mint, aluno da Drumhill, sabia a resposta. Para mim, aquilo era um novo recorde. Em breve o homem do táxi saberia que estava na presença de um cérebro de verdade naquela casa. A srta. Flynn, você e seus pôsteres no escritório eram *legendinas*.
— Eu sei, mãe, eu sei — disse eu.
— É, acho que eu também sei — disse o homem do táxi.
QUE PORR...?
— Aposto que não sabe — falei.
— Aposto que sei — disse ele.
O concorrente perguntou à plateia, composta por cinquenta tons de burros.

— APOSTO QUE NÃO SABE — gritei.
— Dylan!
— Tá legal. Vou contar até três e falamos ao mesmo tempo, tá legal? — disse o homem do táxi.
— Tá legal.
— Moira, você conta até três.
— Certo... prontos? — perguntou a mamãe.
— Só grita a letra certa — falei.
— Combinado.
O concorrente optou por "Ligar para um amigo", que parecia tomar sopa com garfo. Sem noção.
— Um... dois... três...
— A.
— A.
Falamos ao mesmo tempo.
Uau!
O homem do táxi sabia a resposta.
— Como você sabe disso?
— Estou lendo um livro sobre ele no momento.
— Sobre Friedrich Nietzsche?
— Sim.
— E é bom?
— Posso te emprestar, se quiser.
— Hã... — Eu não sabia o que dizer.
— Isso seria bom, não é, Dylan? — disse mamãe.
— Hã... — Eu continuava mordendo a língua.
— Muita gentileza da sua parte, Tony — disse mamãe.
— O prazer é meu — falou o homem do táxi.
— Como é que a gente diz, Dylan?
— Hã... obrigado. — Aquilo seria legal, achei.

— Não há de quê. Assim que eu terminar, trago o livro aqui.

— E eu vou entender?

— Tenho certeza de que não existe muita coisa nesse mundo que você não entenda, Dylan — disse o homem do táxi.

Fiquei sem saber se aquilo era um elogio ou não, mas de todo modo sorri. Não chegamos a ver a próxima pergunta, porque o pão daquele concorrente ainda estava na padaria.

# 18
# Terapia

— Sra. Mint, notamos que o Dylan anda diferente nas últimas semanas — disse a srta. Flynn.

— Para ser sincera, eu também notei — disse minha mãe.

Bom, um UAU maiúsculo, mamãe e srta. Flynn!

É claro.

É CLARO.

É CLARO.

Eu tenho andado diferente.

Uma tremenda bomba despencou de uma altura enorme e se abateu sobre mim.

EM MIM.

LEMBRA?

Não em VOCÊ.

**EM MIM.**

Dylan (Sem Nome do Meio) Mint.

Mas eu não chorei nem uma só vez.

Tá legal, tá legal, admito. Chorei no começo, quando descobri, porque estava tentando ser eu mesmo, mais ninguém.

E chorei quando Michelle Malloy me deu um pé na bunda, mas aquelas lágrimas nada tinham a ver com você-sabe-o-quê, portanto as lágrimas do fora de Michelle Malloy não contam.

UUUUFFFFAAAA!

— Ele simplesmente não é mais o mesmo Dylan alegre de sempre — disse a srta. Flynn, olhando para mim, depois para minha mãe e para mim outra vez, com um pequeno sorriso no rosto. Um rosto bonitinho.

— E eu não sei? — disse a mamãe, olhando para mim, depois para a srta. Flynn e para mim outra vez, com uma careta feia no rosto.

Então mamãe e a srta. Flynn se entreolharam e eu virei um grande elefante no aposento.

— Isso está virando um problema, infelizmente, sra. Mint.

— Moira.

— Isso está virando um problema, Moira.

— Você nem precisa me contar. Sou a mãe dele... Vejo isso todo dia.

Mais uma vez eu estava sendo visto, mas não ouvido, de modo que mordi as unhas dos polegares; minha mandíbula virou uma broca pneumática, triturando. Depois engoli as unhas e passei a roer a pele em volta das partes que parecem meias-luas. A pele começou a sangrar, então suguei todo o sangue de volta para a minha corrente sanguínea, caso eu tombasse devido aos litros e mais litros de sangue perdido e necessitasse com urgência de uma transfusão.

EU ESTOU AQUI!
EI!
BEM AQUI.
ACENANDO FEITO UM LOUCO.
NÃO ESTOU OLHANDO PARA O CHÃO NA VERDADE. ESTOU ESCUTANDO CADA PALAVRA QUE VOCÊS ESTÃO FALANDO E AVISO QUE NÃO GOSTO DO QUE ESTOU OUVINDO.
ESTÃO ME VENDO?
Como eu poderia *ser eu mesmo* depois de ouvir aquela notícia do médico?
A sala da srta. Flynn era superbacana, com aquelas enormes poltronas de couro em que a gente afundava, plantas imensas que quase alcançavam o teto e fotos legais de praias, florestas tropicais e cachoeiras nas paredes. Às vezes ela colocava uma música para acalmar os alunos ruim da cabeça. Dizia para a gente relaxar na poltrona, beber um pouco de água e escutar a música. Comigo o tratamento funcionava que era uma beleza. No dia seguinte ao da confusão do nosso jogo de futebol, ela pôs Sigur Rós tocando especialmente para mim. É uma banda islandesa, e alguns dos caras têm barba e usam roupas de inverno, porque o clima na Islândia é congelante, e quando não está fazendo um frio de rachar, o ar fica cheio de cinza vulcânica. Lá, as pessoas são muito mais pobres do que a minha mãe, porque tiveram uma baita crise financeira e agora todo mundo anda baixo-astral.

— Aconteceu algo que deveríamos saber? — perguntou a srta. Flynn.

A mamãe se remexeu na poltrona de couro como se estivesse tentando coçar a bunda sem ninguém perceber. Meus olhos estavam pegando fogo.

— Bem... hã... é que...
— CALA A BOCA. NADA! GGGGGGRRRRRRR.
— Dylan, não interrompa — disse mamãe.
— Quer um pouco de água, Dylan? — perguntou a srta. Flynn.

Balancei a cabeça. Negativo, tia.
— FODAM-SE OS PEITINHOS DE ÁGUA.

Eu *pretendia* só balançar a cabeça. Naquele instante, eu queria fungar e choramingar, porque estava farto daquela voz, daquele animal, daquele outro, daquele rato vivendo dentro de mim. Estava totalmente farto, não só até o pescoço, como até o queixo, as bochechas e as gengivas.

Então a mamãe disse com sua voz sussurrante:
— Bom, tem o problema do pai dele.
— É, eu sei — disse a srta. Flynn com uma voz sussurrante, que eu nunca tinha ouvido antes. — Deve ser difícil para todos os envolvidos.
— É difícil.
— DIFÍCIL?

Claro que era DIFÍCIL.

Papai estava sendo bombardeado por rebeldes diariamente nas profundezas do território inimigo, mas a srta. Flynn e a mamãe só chamavam a situação de "difícil". Chegava a ser um insulto. Meu corajoso pai estava lutando contra as forças do mal para conseguir a liberdade do país, enquanto aquelas duas ficavam sentadas em grandes poltronas macias, bebendo água fresquinha e falando que devia ser muito DIFÍCIL.

INACREDITÁVEL OU O QUÊ?

Se "difícil" era uma tenda minúscula, papai era um arranha-céu descomunal. Na realidade, eu iria até além: diria que ele era um arranha-céu supersônico.

Teria sido muito melhor se eu simplesmente parasse de ouvir e pensasse em outras coisas, como Amir, que estava preso na aula de inglês sem mim. A professora Seed estava ensinando o passado de verbos irregulares, e ele era chocantemente ruim nisso. Amir era chocantemente ruim na gramática em geral, mas isso não fazia dele uma pessoa má. Ele devia estar se balançando de agonia na carteira, porque não sabia o particípio do verbo *comer*. Seu pai ficaria irritado porque o valente Amir jamais seria um médico, um advogado ou um engenheiro. Mas daria um garçom ou ajudante de cozinha genial... Ele adora economia doméstica.

— Isso não é engraçado, Dylan. É muito sério — disse mamãe.

— O quê? — disse eu.

— Eu não estaria rindo se fosse você, meu rapaz.

— Eu não estou rindo.

— Tire esse ar debochado da cara agora mesmo — disse mamãe, com os dentes cerrados.

— Dylan, não é hora de rir — disse a srta. Flynn. — Você entende, Dylan?

— Mas eu...

— Nós queremos ajudar você — disse a srta. Flynn.

Por que elas não estavam me escutando? Quem eram aquelas pessoas sem coração?

— Olhe só para ele, srta. Flynn, sentado aí, dando risinhos sem parar. Ele já não tem respeito por ninguém. É um moleque abusado. Você é um moleque abusado.

— EU NÃO ESTOU RINDO, CARALHO.
Aquilo não era a voz do outro cara, e certamente também não era a do cachorro; era toda minha. Quando os olhares e o silêncio vieram, eu me afundei na confortável poltrona de couro, cruzei os braços, respirei pelo nariz e pensei em todos os times das ligas escocesa, inglesa, irlandesa e galesa que não tinham as letras F, O, T, B, A e L em seus nomes.
Isso também era bem DIFÍCIL.
— Está vendo o que eu tenho de aturar, srta. Flynn?
— Pode me chamar de Sandra.
— Na verdade, ele não teve uma figura paterna na vida — disse a mamãe com sua voz sussurrante.
— E essa situação tem chance de ser resolvida em breve?
— Só Deus sabe, Sandra. Ainda estamos esperando uma notícia.
— Coisa que pode demorar um pouco, suponho?
— Sim.
— Que pena.
— Essas coisas parecem se arrastar eternamente.
— Posso imaginar.
— Aparece um problema atrás do outro.
— E ele ainda não...
— Não.
— Provavelmente é até melhor assim, Moira.
— Acho que sim.
As duas me encararam com aqueles olhos grandes de perdigueiro.
— Sim, provavelmente é até melhor assim — disse a srta. Flynn outra vez.
— Pois é.

— É.

— Em todo caso, ele já tem preocupações o suficiente, não devo jogar mais *essa* para cima dele também.

— Acho que você está coberta de razão, Moira. É melhor para todo mundo.

— É mesmo.

— Talvez ele precise ser protegido nesse aspecto.

— Ah, precisa, sim.

— Pois é.

— Olhe, Sandra... Sei que às vezes Dylan pode ser um bagunceiro, e eu perco a paciência, mas no fundo ele é um bom rapaz e não vai ficar aqui por muito tempo, como você sabe.

COMO VOCÊ SABE O QUÊ?

A srta. Flynn sabia?

Gzuis!

Nada mais era sagrado?

— Não, acho que ele não vai ficar aqui por muito tempo, coisa que, posso acrescentar, entristece todos nós. Dylan será uma grande perda para a nossa escola quando vier a nos deixar.

Sério? A srta. Flynn estava falando da minha partida da escola? Ou de *partir* partir?

— Vou fazer com que ele tome jeito a partir de agora.

— Seria bom.

— Ah, não se preocupe.

— Brigas e agressões são coisas com que podemos lidar internamente, mas faltar às aulas é mais problemático.

— Ah, ele virá à escola, nem que precise ser arrastado por mim até aqui toda manhã.

— É que Dylan estaria se colocando em uma posição vulnerável, se não precária, caso ficasse perambulando sozinho pelas ruas em vez de vir à aula, entende?

— Ah, você nem precisa me dizer isto, Sandra.

— A Drumhill é um santuário para alunos como Dylan.

— Meus nervos ficam em frangalhos quando penso nele sozinho por aí...

— Exatamente.

— As pessoas rindo e debochando dele...

— Pois é.

— Não. Escreva o que eu vou dizer, Sandra. De hoje em diante, ele estará aqui todo dia.

— É só o que pedimos, Moira.

— E se houver alguma coisa... mesmo a menor suspeita de alguma coisa... você pode me avisar imediatamente?

— Claro que sim.

— DUNDEE, DUNDEE, DUNDEE — berrei, quase quicando na confortável poltrona de couro.

— Por que todo este grande fascínio por Dundee, Dylan? — perguntou a mamãe. Não era uma de suas perguntas retóricas.

— Dundee é o único time sem as letras F, O, T, B, A ou L no nome.

— Ah, que maravilha, Dylan — disse a srta. Flynn.

— Não, vocês não entenderam. O Dundee é o ÚNICO time das ligas escocesa, inglesa, irlandesa e galesa sem F, O, T, B, A ou L no nome. O ÚNICO time, e eu descobri isso sozinho. Incrível.

— É mesmo? — disse a mamãe com sua voz de *caguei*.

— Vocês não acreditam em mim?

— Claro que acreditamos, Dylan — disse a srta. Flynn com sua voz de você-vive-no-mundo-da-lua-meu-rapaz.

Eu já tinha ouvido aquelas duas vozes muitas vezes antes.

— É isso que eu chamo de uma ótima ginástica cerebral, srta. Flynn.

— E certamente é, Dylan, certamente é. — A srta. Flynn parecia impressionada com meu exercício de ginástica cerebral. Provavelmente estava mesmo satisfeita, porque a ginástica cerebral tinha sido o seu presente para mim.

— Você devia experimentar fazer, mãe.

— Talvez no domingo, quando os jornais chegarem, eu experimente — disse mamãe.

— Mas isso é Ronan Keating. Trairagem. Não é justo.

— É perfeitamente justo — disse mamãe.

Nesse instante, tive vontade de apertar aquela campainha grande do *Family Fortunes*. A que faz aquele som de *você errou feio que é uma vergonha*.

— Não seria um exercício de ginástica cerebral adequado.

— Bobagem.

— Seria Ronan Keating — disse eu.

— Não seria Ronan Keating, Dylan — disse mamãe.

— Tá legal, agora fiquei confusa. O que Ronan Keating tem a ver com tudo isso? — perguntou a srta. Flynn.

— Ah, o Dylan gosta de fazer jogos de palavras, *Ronan Keating* significa *trairagem*.

— Ah, entendi.

— É uma linguagem só nossa, srta. Flynn — eu disse.

— Fantástico. Você tem outros? — perguntou a srta. Flynn.

— Cristiano Ronaldo.

— E qual é?

— Esse é difícil. Significa *quente*, porque *caldo* significa *quente* em italiano e rima com *Ronaldo*. É só pra quem sabe rimar muito bem e conhece outras línguas.

— Ah, que inteligente. Você é um homem de muitos recursos, hein, Dylan? — A srta. Flynn parecia entusiasmada. Arregalou os olhos para a minha mãe como costumam fazer os adultos quando crianças lhes perguntam o significado de *vagina*.

— Se eu vou ao dentista, digo que estou indo no Bob Dylan.

— Gostei desse. — A srta. Flynn se divertia.

— Mas eu nunca vou ao dentista.

— Ah, mas mesmo assim é bom. Talvez eu até use.

— Se quiser.

— Chega por hoje, Dylan! — interrompeu mamãe. — Às vezes a cabeça dele acelera demais.

— Nessa idade todos são assim, não é?

— É a influência do pai.

— Ok. Então acho que encerramos aqui, Moira.

— Tá legal, você é que sabe.

As duas se levantaram dos assentos. Era a minha deixa para também me levantar.

— E está tudo bem com você, tirando o...?

— Sim, por que não estaria?

Mamãe pareceu ficar incomodada com a pergunta e foi brusca com a srta. Flynn.

— Ah, por nada. Só quis saber, Moira, mais nada.

— Bom, eu estou ótima.

Eu já estava ficando um pouco vermelho e suado, por causa da vontade de falar "Cala a boca, mãe".

— Ah, desculpe, não tive a intenção de bisbilhotar.

— Obrigada por nos receber, srta. Flynn — disse a mamãe, estendendo a mão.

O que aconteceu com Sandra? Às vezes os adultos são tão esquisitos.

— Obrigada por virem até aqui — disse a srta. Flynn, apertando a mão dela.

— De nada. E lembre-se... se ele sair da linha, já sabe onde me encontrar.

— Não vou hesitar.

— Bem, obrigada mais uma vez por nos receber.

— Acho que você já pode voltar para a aula de inglês agora, Dylan.

— Não posso ir pra casa com mamãe?

— Faça o que a srta. Flynn está mandando você fazer — rosnou mamãe.

— Mas a gente só está estudando verbos.

— Exatamente, e como eles são importantes, não é? — disse a srta. Flynn.

— Mas eu já conheço todos.

— Até os verbos compostos? — disse a srta. Flynn. Ela era uma diabinha ardilosa.

— Quais são esses? — perguntei.

— Exatamente — disse mamãe. — Agora faça o que a srta. Flynn mandou, ou eu mesma levarei você até lá. — Caramba, isso seria a maior vergonha de todos os tempos!

— Não, eu vou. — E saí de lá a toda a velocidade, feito o Ligeirinho.

Zzzzzzzuuuuuuummmmmmm!
O particípio do verbo *comer* é *comido*.

Alguns verbos são fabulosos, que é uma palavra usada por americanos lesados quando estão empolgados. Descobri que dá para usar verbos que fazem você parecer que está falando chinês quando ditos muito depressa, feito *sing, sang, sung*. Fabuloso.

# 19

# Rap

Blair Road, 77

ML5 IQE

29 de outubro

Querido papai

E aí, mano? É isso que alguns rappers dizem quando se esbarram na rua ou em alguma cerimônia de premiação. Significa "Como vai você, meu amigo?". Às vezes eles dizem "Beleza, mano?", ou só "Beleza". Mas a minha favorita é "E aí, mano?", embora eu também goste muito de "Firmeza".

Só que se você falar qualquer coisa assim com um sotaque escocês, as pessoas vão achar que você ou acabou de sair do hospício, ou está prestes a ser carregado para o mais próximo. LOL significa "rindo alto". Vem de *Laughing Out Loud*. É um acrônimo. Na semana passada, a professora Seed nos ensinou isso na aula de inglês. Dá para falar um monte de coisas legais usando acrônimos. Por exemplo, LMAO vem de *Laughing My Arse Off* e significa "me borrando de rir". E ADIDAS é acrônimo de *All Dames in Denmark Are Sexy*. Você pode inventar os seus, se quiser. É muito fácil.

A escola anda uma loucura ultimamente. Loucura com L maiúsculo. Perdemos no futebol para o time da Shawhead, e você sabe como eles são ruins, não sabe? Depois eu me meti numa briga. Bem, não foi exatamente uma briga, foi mais uma confusão com um grandalhão da nossa escola. Mas só porque ele ia bater no Amir, e Amir é o meu melhor amigo, e eu lembro que você sempre me aconselhava a enfrentar quem me ameaçasse. Dê logo uma porrada na cara deles, você dizia. O cara não estava me ameaçando diretamente, mas ia bater um pênalti na cabeça do Amir. Então estava meio que me ameaçando, porque se alguém faz uma maldade com o Amir, mesmo que ele seja o pior goleiro da Terra, é como se estivesse fazendo comigo também. Foi por isso que pulei em cima das costas do grandalhão e me agarrei nele feito um homem possuído por um dingo raivoso. Aí foi uma confusão danada e um segundo depois eu já estava de cara virada para a parede, esperando que o professor McGrain viesse com seu velho sermão de sempre. Disseram que eu tentei morder o cara na nuca, o que é mentira da grossa. Mas prometi me comportar bem de hoje em diante.

Só que fiz uma coisa realmente maluca... aposto que você está se perguntando o que é. Convidei uma garota para ir à festa de Halloween comigo. Tipo num encontro. Foi horrível porque, quando fiz o convite, eu estava tremendo que nem aquele cara que vende a Big Issue na frente do supermercado. Só fiz isso porque era um item da minha lista de coisas para fazer antes de... Mas ainda não falei a você da minha lista. Achei que já era ruim o suficiente você estar em uma zona de guerra sem que eu ficasse contando os meus problemas. Em todo caso, a garota disse NÃO, o que no momento me desanima de ir à escola. Foi superchato, porque ela é bem bonita. Talvez eu só não seja o tipo dela.

Não tenho muita novidade para contar, só que a mamãe começou a botar comida nos olhos, que é a coisa mais esquisita que ela já fez desde que preparou aquela mistureba de feijão, atum e milho para o jantar. Se lembra disso?

NO-

Jento!

Tão

NO-

Jento

que você jogou o prato na parede.

Aquele foi um momento LOL.

Além disso, algum maluco anda ligando para a nossa casa e se recusando a falar. Sempre que eu atendo, fica calado do outro lado da linha. Acho que é um homem, por causa da respiração, mas não tenho certeza. Na escola já tivemos uma palestra sobre os perigos das gangues de pervertidos na internet, que seduzem meninos e meninas para atividades ilegais, então fico pensando que esse cara pode fazer parte dessas gangues. Mas está tudo bem, você não precisa se preocupar... Eu não fico falando com gangues de pervertidos na internet, nem me encontrando com estranhos em parques ou estações de metrô. Tenho a cabeça no lugar.

Ah, quase ia esquecendo. Vi uma coisa totalmente fora do campo esquerdo (uma analogia com o beisebol). Mamãe foi fazer compras e ficou com preguiça de voltar a pé (mas eu falei que o exercício seria tão bom quanto qualquer um que ela fizesse na aula de ginástica), então ela pegou um táxi. E um instante depois, abracadabra, o taxista está dentro da nossa cozinha, tomando uma xícara de chá. Mas não se preocupe. Dei uma bronca nele por estacionar na sua vaga. E o carro dele não era tão bom quanto o seu. O dele não era prateado, não tinha aerofólio e ligas de cromo reluzentes, nem podia ir de zero a sessenta em segundos. Zum!

Eu adorava aquele carro. É uma pena não termos permissão para ficar com as coisas enquanto você estiver na guerra. Nunca entendi isso. É uma dessas perguntas malucas que não me deixam dormir direito... junto com muitas outras. Espero que devolvam o carro quando você voltar. Alguma ideia de quando isso vai acontecer? Acho que podíamos dar uma volta de carro em Loch Lomond quando você voltar. Dedos cruzados para isso acontecer antes de março. Tem de ser! Podemos ir depois de todas as festas que as pessoas darão para você. Desconfio que você também vai querer tirar um merecido descanso antes de uma longa viagem dessas.

Em todo caso, é melhor eu parar por aqui e deixar você tirar um ronco. Você deve estar cansadão depois de passar o dia desmontando bombas e atirando em terroristas. Eu estaria. Adoraria saber das suas manobras e missões secretas, mas sei como é. Algum maluco poderia interceptar a sua carta e vir atrás da mamãe e de mim. Seria um pesadelo total para todos nós. Tenho uma ideia — você pode me contar todas essas histórias na nossa viagem a Loch Lomond.

Antes de me despedir, preciso dizer que ando ouvindo alguns dos seus antigos CDs de rap, embora a mamãe não goste que eu faça isso. Meus favoritos são N.W.A. e os Beastie Boys. Eles arrebentam, mano!

A gente se fala em breve, señor. (Isso é espanhol.)

bj
Dylan Mint

Como sempre, eu pus o nome do papai no envelope, junto com a patente dele (Sgt, abreviatura de sargento, que é um dos postos mais altos da força terrestre). Depois dei o envelope a mamãe, que ia mandar a carta para o correio das forças militares especiais, que então o entregaria ao carteiro das forças militares especiais, que o daria a papai, que então leria a carta, sorriria e ficaria com a garganta muito apertada ao dobrá-la e colocá-la de volta no envelope. Eu gostava de seguir a jornada das cartas. O correio era uma coisa alucinante. *Coisas legais para fazer antes de morrer número três: trazer papai de volta da guerra antes que... você-sabe-o-quê... aconteça* era tãããããããããão alucinante que minha cabeça estava girando quando terminei a carta.

# 20

# Fantasia

Na escola, todo mundo estava falando da festa de Halloween, tanto que o papo já estava me dando dor de cabeça:
— Você vai fantasiado de que na semana que vem?
— Não sei. Você vai como?
— Ainda não decidi. Você vai de quê?
— Não faço ideia. E você?
— Sei lá, mas estava pensando em ir fantasiado de...
BLÁ-BLÁ-BLÁ, SACO, SACO.
Para começo de conversa, eu nem queria ir à festa de Halloween da escola, mas quando minha mãe tocou no assunto — "Por nada neste mundo, Dylan, você vai a uma festa de Halloween depois do seu comportamento nas últimas semanas. Você deve achar que eu estou no mundo da lua ou algo assim, meu rapaz" — senti uma vontade de ir tão grande que me deu até dor de barriga. Fiquei desesperado

para ir. Teria lavado os pratos e limpado a privada até março, se pudesse ir. Não sabia o que ela queria dizer com "estou no mundo da lua", mas dei uma risada diante da imagem da mamãe sentada na lua, fazendo todas as coisas que ela gosta de fazer, como beber vinho e ver *Come Dine With Me*, *Eastenders* ou *Quem quer ser um milionário?*. Amir não parava de me mandar mensagem, infernizando minha vida para que eu fosse. Quase toda noite o telefone tocava *No Sleep Till Brooklyn* pelo menos cinco ou seis vezes, e ele sempre vinha com alguma ideia maluca sobre as fantasias que deveríamos usar.

*simon cowell + louis walsh?*
*nem q a vaca tussa*
*batman + robin?*
*vtc*
*jedward?*
*vc tah no mundo da lua?*
*o q?*
*nada*

Depois da confusão com o Pino de Boliche, eu tinha subido muito no conceito de Amir. Virara o melhor dos seus melhores amigos na vida. Mais até do que a sua família. A melhor coisa da briga com o Pino de Boliche, e que me deixou feliz feito Homer Simpson em um festival de cachorro-quente, era que todos pareciam ter esquecido o passa-fora colossal que eu levara de Michelle Malloy. Agora o papo era que eu tinha colocado o Pino de Boliche no lugar dele, e que Dylan Mint não aturava desaforo de ninguém.

E embora já me sentisse como o Ralph Macchio do *Karatê Kid I, II* e *III*, não queria que alguém pensasse que eu era um cara que não aturava desaforo de ninguém. Não queria ser Dylan Mint, o Psicopata da Escola.

Uma ideia incrível surgiu na minha cabeça quando eu estava tentando ver quanto tempo minha orelha conseguia permanecer dobrada. Um minuto, quarenta e três segundos. Com essa marca, eu ainda não poderia entrar para o Livro Guinness dos Recordes, mas já era um tremendo ponto de partida. Minha meta era chegar a três minutos.

*q tal cães de aluguel?????*
*do q vc tah falando?*
*é 1 filme*
*n vi*
*então vah ver*
*vou*
*é assim q nós vamos*
*ctz?*
*ctz*
*blz*
*cães de aluguel, fechado*
*trouxas de aluguel!!!*
*lol. Vc eh louco amir*
*todos somos... lol*

# 21

# Discussão

— DYLAN — berrou a mamãe para mim lá do pé da escada, com sua voz megafuriosa. A mesma voz que fazia meu coração bater cada vez mais depressa. — DYLAN!

Bum!
Bum!
Bum!
Fazia meu coração.

Botei minha cabeça em modo ultraflashback para ver se tinha feito algo em grande escala para irritar a minha mãe. Eu já tinha terminado minhas tarefas domésticas, ela não gritava comigo havia séculos por causa do "estado dos meus lençóis", nem teve um ataque ao investigar meu histórico na internet.

— DYLAN, SE EU TIVER DE SUBIR ESSA ESCADA...
— O que é?
— NÃO VENHA COM "O QUE É?" PRA CIMA DE MIM, MEU RAPAZ. DESÇA JÁ AQUI.
— Tá bem — falei, na esperança de que ela perceberia que não havia culpa na minha voz.

Assim que saí do quarto, vi minha mãe parada ao pé da escada segurando algo com a mão erguida. Ela acenava para mim como fazem os rebeldes infiéis quando estão cercados e não têm como fugir. Vi o que era na mesma hora. Se havia uma palavra melhor do que BUM, então era isso que meu coração estava fazendo.

— Dylan, desça daí agora.
— O que foi que eu fiz?
— O que você fez? Desça aqui que eu lhe digo o que você fez.

Fui descendo cada degrau em câmera lenta, arrastando a mão pelo papel de parede. Mamãe ficou olhando para mim o tempo todo. Acho que minha garganta apertou. Eu sabia que ela não ia me bater por causa da minha síndrome, mas seus olhos estavam cuspindo marimbondos.

— O que é isso? — disse ela.
— O que é o quê?
— Isso aqui.
— O quê?
— ISSO — disse ela, jogando o treco em cima de mim. Minhas reações não são lá muito rápidas, então, antes que eu pudesse pular fora, o objeto voador atingiu meu peito.
— Aaaaiiii.
— Deixa de frescura, Dylan. Nem doeu.

— Doeu *sim*, droga — falei, mas na verdade não tinha doído. Foi o choque, mais do que qualquer outra coisa, que me fez falar "Aaaaiiii".

— É só um pedaço de papel — disse mamãe. Reconheci a caligrafia toda torta. A minha. Também reconheci o papel, 80g/m². Magnólia. O meu papel. A minha carta. Minha carta para papai.

— Explique isto — disse mamãe, com um dedo de ET apontando para a carta caída no chão. Achei essa coisa do dedo meio ridícula, porque meus olhos não precisavam ser testados, eu podia ver a carta sem problemas.

— Explicar o quê?

— Isso. — E ela apontou novamente.

A essa altura eu já estava superconfuso, mas minha raiva aumentou, porque mamãe não deveria ler as cartas que eu mandava para papai. Ela havia cometido um ato criminoso gravemente grave. Se quisesse, eu poderia fazer com que ela fosse levada à força para a delegacia mais próxima, e depois à prisão, por violar a minha privacidade. Pensei em fazer isso, mas quando minha mente clareou decidi *não* enquadrar mamãe na lei, porque provavelmente me botariam para morar com uma família adotiva que teria uns nove cachorros, cinco gatos e quatro filhos adotivos pirados, todos sob um só teto, e eu detestaria. Portanto, diante disso, mamãe podia se considerar uma sortuda. A professora Seed já tinha falado que eu seria enquadrado na lei se continuasse no caminho em que estava.

— É a minha carta pro papai — falei.

— Ah, eu sei que é sua carta pro seu pai.

— Você não deveria ler isso.

— Eu sou sua mãe.
— É contra a lei.
— Não seja bobo, Dylan.
— Mas é.
— Ainda bem que eu li esta carta. Daqui para a frente vou ler todas as cartas que você escrever para o seu pai.
— Não vou te dar mais nenhuma.
— Nesse caso, elas não serão postadas.
— Eu mesmo posso postar todas.
— Não na base militar. Você não tem permissão para isso — disse ela. Era verdade. Somente as mães ou os pais tinham permissão para entrar no correio especial para entregar correspondência nova. Sozinho, eu representaria um grande risco para a segurança. Todo aquele negócio militar era capaz de deixar a pessoa pirada. — Eu preciso verificar cada carta antes que ela seja postada.
— Isso é bisbilhotice.
— Por que você escreveu que estranhos estavam ligando aqui para casa?
— Porque é verdade.
— Quando?
— No dia em que você estava deitada com os pepinos nos olhos.
— E por que você não me contou isso?
— Eu contei, mas você estava escondida embaixo dos pepinos.
— Quantas vezes já ligaram?
— Umas três.
— Seu pai não precisa saber dessas coisas, Dylan.

— Só estou tentando fazer com que ele ainda sinta como se estivesse aqui.

— Bom, mas não está.

— Eu sei...

— E nós precisamos aprender a conviver com isso.

— Mas ele deve estar triste pra caramba lá longe.

Então a mamãe virou o rosto para a esquerda e resmungou pelo canto da boca:

— Não aposte nisso.

— Ele ainda é meu pai e eu quero que saiba das coisas.

Mamãe ficou olhando fixamente para mim. Dava para ver seus pensamentos correndo e batendo uns nos outros, como aqueles carrinhos das cidades indianas na hora do rush. Ela queria falar algo, mas em vez disso mordeu a língua. Ficamos nos encarando, medindo forças com o olhar. Eu ganhei, porque ela falou primeiro.

Ha! Ha!

— E essa besteira sobre o taxista?

— Que besteira?

— Por que você está contando essa baboseira sobre ele, hein?

— Porque normalmente os taxistas não entram na casa dos passageiros.

— Ele não era um taxista qualquer, Dylan.

— Bom, eu achei que era uma história maluca que faria o papai rir quando fosse dormir à noite, em vez de pensar em todos os talibãs que querem o sangue dele o tempo todo.

Mamãe ficou calada por um tempo.

— Duvido que isso fizesse seu pai rir, Dylan.

— Por quê?

— Porque o seu pai tem um senso de humor diferente do meu e do seu, só isso.

— Não tem, não.

— Confie em mim... ele tem.

— Por que está dizendo isso?

— Porque é verdade.

— O papai tem o direito de saber quem ocupou a vaga dele e quem estava bebendo chá na casa dele. Tem o direito de saber de tudo isso.

— E eu tenho o direito de convidar quem eu quiser para vir na minha casa.

— Mas um taxista grandalhão? É estranho.

— Ele se chama Tony, e é meu amigo... O que há de estranho nisso?

— Ele deveria só deixar você em casa, não ficar tomando o nosso chá.

— Ele é meu amigo, Dylan.

— É um taxista.

— Eu não me importo que você escreva para o seu pai, mas não quero que fale a ele de cada fulano, sicrano ou beltrano que cruze a nossa porta.

— Por que não?

— Porque não quero, só isso.

— Todos os vizinhos vão pensar mal se virem taxistas na vaga do papai o tempo todo.

— Ah, não enche, Dylan.

— Eles vão pensar que você é uma piranha imunda — eu disse.

Sabia que não deveria ter dito aquilo, mas já estava em ponto de fervura, com o mercúrio borbulhando. E a mamãe também não deveria ter erguido a mão. Ela era a adulta responsável ali, ela é que deveria ter esfriado a situação. NÃO deveria ter erguido a mão. De jeito nenhum.

— NUNCA MAIS FALE COMIGO DESSE JEITO.

Eu dei um latido e rosnei.

— Não se atreva a vir com essa palhaçada, meu rapaz.

Rosnei e lati mais um pouco.

Mais alto.

AAAAUUUU!

— Você está fazendo isso de propósito, Dylan. Acha que eu sou idiota?

Gggggggrrrrrrrr.

— Acha que eu não sei qual é a sua jogada? — A mamãe estalou os dedos. — Quero que você pare com isso agora.

Gggggggrrrrrrrr.

— Você consegue ligar e desligar isso quando quer. Não pense que eu não sei qual é a sua jogada.

Era o que ela pensava, mas a mamãe não sabia como era difícil, como era duro guardar aquilo dentro de mim. Eu tinha que flexionar os punhos e os dedos dos pés com toda a força, para que a coisa não saísse. Tinha que fechar os olhos totalmente, na esperança de que tudo aquilo fosse embora, até ver bolinhas brancas dançando no escuro. Fechei os olhos com tanta força que fiquei até com dor de cabeça. Mesmo assim, nada foi embora. Mamãe não sabia coisa alguma sobre aquilo, ninguém sabia.

Apanhei a carta, amassei o envelope e joguei a bolota em cima dela.

— Fique com a merda da carta — disse, correndo de volta escada acima para pegar minha jaqueta.

— E pode esquecer dessa festa de Halloween — gritou ela para mim.

Eu agarrei minha jaqueta nova com zíper, que na verdade nem me agradava muito. Aquilo parecia ter custado dez paus, mas fedia como se tivesse custado cinco. Lembrei que mamãe tinha comprado a jaqueta um dia depois que o taxista bebera chá na nossa cozinha. Eu a chamava secretamente de a jaqueta da culpa. Então desci correndo a escada.

Bum.

Bum.

Bum em cada degrau, como um elefante aprendendo a andar. Passei direto por mamãe.

— Aonde você acha que vai?

— E você se importa? — gritei.

— Venha cá.

Não fui. Abri a porta e me virei para dar a palavra final.

— Aposto que você e o seu taxista mal podem esperar até março — eu disse, batendo a porta atrás de mim.

No meio do caminho, ouvi os gritos.

— DYLAN, DYLAN.

Continuei andando até o som dos soluços diminuir e sumir completamente.

O zíper prendeu no meio e resmunguei "jaqueta vagabunda". Depois de resmungar "jaqueta vagabunda", porém, eu disse: "Mas pra onde você vai, Dylan? Está quase na hora do jantar."

Quando ia para a escola ou às compras, eu sempre virava à direita ao sair do portão, mas como estava muito chateado decidi virar à esquerda. À esquerda, se chegava ao parque. Mamãe sempre me avisava que o parque era cheio de tipos perigosos, jovens cujos pais não sabiam o que eles estavam aprontando, nem por onde andavam. Os deliquentes locais. Ela falava que a polícia deveria prender os pais de todos eles por negligência. Papai nunca me levava ao parque: falava que o lugar era cheio de gente bebendo vinho barato e fumando haxixe vagabundo. Eu nunca fumei haxixe vagabundo, nem bebi vinho barato, de modo que também nunca entendi por que ele se recusava a me levar lá. Teria sido muito legal.

O único campo de futebol do parque tinha um dos gols menor do que o outro e dois travessões bambos. Quem pintou as linhas daquele campo só podia estar doido de vinho barato e haxixe vagabundo, porque eram todas tortas. O gramado era cheio de calombos; mesmo assim, enquanto cruzava o espaço, sonhei que marcava um gol na última gaveta, com um chute de meia bicicleta lá de fora da área. Imaginei que estaria correndo junto à torcida, com a camisa do time puxada por cima da cabeça, batendo nas mãos das pessoas. Todos estariam berrando e cantarolando o meu nome, feito um bando de loucos. Meu pai, Michelle Malloy, a srta. Flynn e todos os alunos da escola normal estariam lá. Seria uma coisa genial. Eu queria que meu time de futebol fosse realmente bom o suficiente para disputar todos os títulos importantes, feito a Copa das Escolas Regionais. Em vez disso, nós jogávamos um torneio de bosta, apenas entre as escolas especiais, a Supercopa das Escolas Especialoides... e não conseguíamos ganhar nem isso.

— PORRA DE ESPECIALOIDES. — A frase saiu sem querer.

Eu estava dentro da área, bem perto da marca do pênalti, que nem de longe ficava à distância regulamentar de onze metros do gol, no máximo oito metros e meio. Eu tinha certeza disso, porque contara os passos.

E caberá a ninguém menos que Dylan Mint, o melhor jogador da Escócia, bater esse pênalti no último minuto. Pênalti que, sem dúvida, fará a Escócia ganhar sua primeira Copa do Mundo. Observado por gazilhões de pessoas do planeta, Mint parece calmo e tranquilo ao colocar a bola na marca. Ele se afasta recuando, estufa o peito e aguarda o apito do juiz, que sopra. O mundo prende a respiração. Mint se aproxima... e chuta de pé esquerdo... a bola voa para a direita... o goleiro inglês mergulha... e é...

— E aí, Dildo?

— Falando sozinho outra vez, seu tosco?

Os dois sujeitos eram da escola normal que ficava no outro lado do parque. Eu conhecia os dois, porque tínhamos sido da mesma turma na escola primária durante alguns meses, antes que mamãe me tirasse de lá e me levasse para a Drumhill quando fiz oito anos. O mais alto, Fritz, usava suspensórios na calça jeans, coisa que não entendia, porque a calça era tão justa nas pernas que jamais cairia, nem em um mês inteiro só de sábados. O corte moicano me assustava um pouco. Seu parceiro, Gaz, nem tinha cabelo, mas não era como Kojak ou o pessoal do câncer. Sua careca era raspada até a pele; dava para ver as cicatrizes na pele, feito pedacinhos de mármore. Só não dava para saber se as cicatrizes se deviam a partidas de futebol — porque Gaz jogava muito melhor do que qualquer outro cara no nosso bairro — ou a brigas de garrafa. A barra da calça jeans estava enrolada até o alto das botinas vermelho-escuras.

— O que você está fazendo, Dildo? — disse Fritz.

— Nada, só...

— Só falando sozinho outra vez? — disse Gaz.

— Não, eu só estava indo pra casa.

— Mas você mora pra lá — disse Fritz, apontando na direção da minha casa. Uma direção oposta à que eu estava indo.

— Eu só estava dando uma olhada no campo antes de ir pra casa — falei.

— Mas não tem ninguém jogando, não tem ninguém aqui — disse Fritz.

— Quem faz isso é mongoloide — concordou Gaz.

— Você é algum tipo de mongoloide, Dildo? — perguntou Fritz.

— Não.

— Então por que vive falando sozinho? — perguntou Gaz.

— Não vivo falando sozinho.

— Todo mundo sabe que sim. Você xinga as pessoas nas lojas, faz coisas de mongoloide maluco — disse Fritz.

— Só um mongoloide totalmente pirado faria isso — disse Gaz.

Eu não sabia se eles estavam me zoando ou falando sério.

— É um problema que eu tenho. Não é de propósito.

— Bom, se você nos xingar, vamos fechar a porra das suas pálpebras com cola — disse Fritz, tirando do bolso da jaqueta um tubo de cola para provar que falava a verdade.

Nossa!

Aqueles caras estavam falando sério mesmo. Ringo Starr batucou baquetas no meu coração. Fiquei calado.

— Comece a gritar aquelas suas merdas malucas agora — disse Gaz.

— O quê? — disse eu.

— É, grite umas maluquices mongoloides — disse Fritz.

— Está tudo bem, não vamos fazer nada com você. Só queremos ouvir algumas — disse Gaz.

— É, dessa vez passa. Só queremos ouvir umas escroticies... Seria hilário pra caralho — disse Fritz.

— Não posso. As coisas acontecem quando querem, não tenho controle.

E se houve uma ocasião em que tive esperança de que algo saísse foi aquela. Eu queria praguejar e berrar com eles, mas nada acontecia. Eu sempre tentava reprimir, nunca passara pela minha cabeça forçar para sair.

— Vamos lá — disse Gaz.

— Mas eu não consigo — disse eu.

— É melhor conseguir, porra.

A voz de Fritz tinha mudado, feito a de um G-man que a gente vê na TV. Foi então que resolvi fingir. Já estava arrependido de ter discutido com mamãe.

— Anda logo, Dildo. Faz alguma coisa aí — disse Gaz.

Deixei o ar encher meus pulmões, estufei o peito e avancei correndo para eles como se faz nas touradas.

— GGGGGGGGGGRRRRRRRRRRR. ESCROTOS FILHOS DA PUTA DO CARALHO. GGGGGGGGG-GRRRRRRRRRRR.

Fritz e Gaz ficaram histéricos, correndo sem parar, tentando se esquivar de mim enquanto ficavam se pendurando um no outro. Estavam às gargalhadas. E logo ficaram sem fôlego.

— Você é mesmo um mongo maluco pra caralho, Dildo — disse Fritz. — Que loucura! Você precisa vir aqui e fazer isso pro resto da galera ver.

Então percebi por que meus pais nunca queriam que eu fosse ao parque. Prometi a mim mesmo nunca nunca nunca mais pôr os pés naquele parque.

— É melhor eu ir embora — falei.
— Espere aí — disse Gaz.
— Mas eu vou me atrasar.
— Onde está o seu parceirinho? — perguntou Gaz.
— Que parceirinho?
— O crioulo — disse Fritz.
— O macaco — disse Gaz.
— Eu não conheço nenhum crioulo ou macaco — falei.

Era verdade, porque não havia nenhum deles na minha escola ou no bairro, embora o papai costumasse dizer que Glasgow estava cheia deles e que dentro de dez anos haveria uns caras com nomes estrangeiros compridos jogando na seleção escocesa.

— O puto do pretinho fedorento que você conhece — disse Fritz.

— Eu não conheço nenhum pretinho puto — insisti, balançando a cabeça, com saudade da minha mãe. Temia ter minhas pálpebras coladas, estava com pavor de nunca mais enxergar, e queria ver o máximo possível antes que acontecesse você-sabe-o-quê.

— O puto do paqui — disse Gaz.
— Quem? Amir? — disse eu.
— Esse aí — disse Fritz.

— De qualquer forma, que espécie de nome crioulo é esse? — interrompeu Gaz.

— Acho que é paquistanês — comentei, e eles riram.

— É quase tão ruim quanto, Dildo — disse Gaz.

— É um nome de crioulo, é isso que é — disse Fritz.

— O nome Amir, na realidade, significa *comandante*. — Amir tinha contado isso a todo mundo durante uma aula de história, quando estávamos estudando o que nossos nomes significavam. O meu significava *mar grande*, mas eu não ia contar isto a Fritz ou Gaz.

— Que se foda o significado do nome dele, seu viadinho — disse Fritz.

— Ele consegue comandar isto aqui? — disse Gaz, pondo a mão no pinto, esfregando e puxando com força. Depois fez uma cara idiota, feito a da *Boneca Repolhinho*, toda torta e feia. — Consegue?

Achei que era uma pergunta séria, de modo que respondi.

— Hã, não sei.

E não sabia mesmo.

— Ele come a irmã dele? — disse Fritz.

— O quê?

Eu também entortei minha cara, porque era uma pergunta megaesquisita para fazer sobre alguém. Aquele era um dos momentos de estresse profundo em que às vezes eu me meto. Para aliviar a pressão, eu deveria estar fazendo algo como contar, exercícios de ginástica cerebral, assumir a posição de feto no útero, ou mexer com o Verde. Mas não havia possibilidade de tirar o Verde do bolso... Aqueles dois idiotas me tomariam a pedra e a jogariam no mato. Seria o fim do coitado do Verde. O mais espantoso de tudo é que eu não estava tendo tiques, berrando furiosamente, ou soltando grunhidos. Estranho, pois minhas entranhas pareciam a seção de percussão da nossa orquestra escolar. Eu estava na Cidade Normal.

— Ouvi dizer que os paquis comem as irmãs e primas — acrescentou Fritz.

— Hã... não acho que eles façam isso. — Tudo aquilo era novidade para mim, uma verdadeira revelação.

— Por que você anda com esse paqui? — disse Fritz.

— É, responda isso, Dildo — acrescentou Gaz.

— Porque ele é o meu melhor amigo — falei. Isto fez os dois rapazes uivarem de riso, como se eu fosse um comediante com piadas de matar de rir.

— Melhor amigo! Olha só essa merda... quantos anos você tem? — disse Gaz.

— Mas ele é.

— Ele é um paqui comedor de irmã, é isso que ele é, e você nunca deveria ser visto com ele, Dildo — disse Fritz.

— Ele estuda na sua escola especialoide? — perguntou Gaz.

— Não é uma escola especialoide — disse eu, embora no fundo soubesse que era.

— É pra malucos que não sabem limpar a bunda e vivem se mijando — disse Fritz.

Os dois riram novamente.

Eu só fiquei parado ali, feito um especialoide triste, totalmente em silêncio. Era difícil argumentar contra o que eles estavam dizendo sobre a Drumhill, porque todo dia alguns alunos realmente precisavam que alguém limpasse a bunda deles. Mas eu não era um deles. Nem Amir.

— Você vive se mijando, Dildo? — perguntou Gaz.
— Não.
— Tem certeza? — perguntou ele novamente.
— Você e seu amigo paqui já mijaram na irmã dele? — perguntou Fritz.
— Não. Eu usaria o banheiro se quisesse mijar — respondi, porque certamente não mijaria em alguém, por mais desesperado que estivesse. Daria um nó no pinto antes de mijar em qualquer pessoa.

Eles tornaram a gargalhar diante da minha resposta. Os dois formavam uma dupla de hienas risonhas e idiotas. Não durariam nem um minuto na Drumhill.

— Você já viu alguma garota mijando? — perguntou Gaz.

Meus olhos dardejaram em direção ao céu. Ao mesmo tempo, minha mente entrou em modo superacelerado, porque... o negócio era que eu já tinha visto milhões de garotas mijando na escola. Por exemplo, no segundo ano eu vi Marta Lenton se agachar atrás da carteira, erguer a saia e mijar no chão todo, só porque a professora ia pedir que ela lesse algo em voz alta. O medo tomou conta da sua bexiga. Em outra ocasião, vi Suzanne Donnelly paralisada em um lugar, com mijo escorrendo pelas pernas e formando uma poça a seus pés — foi na aula de economia doméstica —, só porque ela estava com medo das cenouras que estávamos usando. Portanto, na realidade, eu poderia ter respondido sim àquela pergunta, mas não fiz isto.

— Não.

Fritz acrescentou outra pergunta:

— Você já viu uma xota?

— Não.

— Você já cheirou uma xota? — disse Gaz.

Era uma pergunta realmente boba de se fazer, porque se eu nem sequer tinha visto uma, como poderia ter cheirado uma? A menos que tivesse feito a coisa de olhos vendados. Para mim aqueles caras do parque só diziam coisas sem sentido.

— Para que eu ia querer fazer isso?

— Porque é bom — disse Gaz, pondo a língua para fora e fingindo fazer o barulho de uma cobra, ou ser uma cobra; não consegui perceber a diferença. Confuso, não? Eu não sabia o que as cobras e as xotas tinham em comum. Toda aquela conversa estava ficando maluca, e eu sentia falta da minha mãe. Ainda tinha muito a aprender sobre muita coisa, isso com certeza. Talvez aquilo ali fosse o que os adultos e professores queriam dizer quando falavam em conversas intelectuais. Por mais que eu adorasse poder ficar papeando com os dois ali, o tempo estava passando, e eu tinha certeza de que mamãe estaria quase louca procurando por mim. Não queria que ela ficasse nessa situação.

— Preciso ir — falei.

— Não, não precisa, não — disse Fritz, com a expressão do rosto mudando de Rapaz Risonho para Mestre da Cola.

— Você só vai quando a gente mandar, Dildo — disse Gaz.

Fritz balançou a cabeça, concordando, e completou:

— Ainda temos muita coisa para conversar, Dildo.

— Tipo o quê? — eu quis saber, achando que já tínhamos esgotado os assuntos do dia. E que o papo fora até bem interessante.

— Você se amarra num charuto? — disse Gaz.

— Eu não fumo.

Mais risadas.

— Você e seu "melhor amigo" paqui já treparam um com o outro? — disse Fritz.

— O quê?

— Vocês se comem?

Então foi a minha vez de rir e dizer:

— Que pergunta mais Billy Bonkers.

— Mais o quê? — disse Gaz.

— Uma pergunta boba — falei, porque, obviamente, Gaz e Fritz eram os burraldos da semana.

— Vocês chupam o pau um do outro? — disse Fritz.

— Não, por que faríamos isso?

— Porque vocês dois gostam de afogar o ganso — disse Gaz.

— A gente nunca faria uma maldade dessas.

— Puta que pariu, parece que a gente tá falando com um total mongoloide, Gaz — disse Fritz.

— Ele é um mongoloide — concordou Gaz.

Outras risadas. Mais altas.

— Sério mesmo, gente, eu preciso ir, mas se vocês estiverem aqui amanhã, ou depois de amanhã, podemos levar outro papo, se quiserem.

Isso era uma cascata total. Claro que eu não ia voltar para encontrar aqueles dois escrotos. Os assuntos da nossa conversa eram bons para pensar na hora de dormir, mas nada além disso. Duas coisas me afastavam: o cabelo deles e a cola. Eu também não estava muito feliz com as coisas que eles tinham falado sobre Amir e sua família, mas fiquei calado por uma única razão: para que minhas pálpebras continuassem sem cola.

— Puta que pariu! — disse Fritz.
— Podemos conversar agora, Dildo — disse Gaz.
— A menos que você não goste de nós e queira sair correndo — disse Fritz.
— Não, é só que...
— Acho que o Dildo não gosta de nós, Fritz.
— Acho que talvez você tenha razão, Gaz.
— Fico ofendido com isso, Fritz. Esse fedelho mongoloide e abusado não gosta de nós — disse Gaz, dando um passo na minha direção.
— Seu fedelho mongoloide abusado.
— Eu não estou sendo um fedelho mongoloide abusado.
— Ele não está sendo um fedelho mongoloide abusado, Fritz — disse Gaz.
— Aposto que ele é um fedelho mongoloide abusado e *sujo*, Gaz.
— Eu não sou — implorei.
— Aposto que ele é um putinho *imundo*, Gaz.

Gaz chegou muito mais perto e pude sentir seu bafo; era muito pior do que o de Amir em qualquer dia da semana. Acho que Gaz realmente andara bebendo vinho barato e fumando haxixe vagabundo. Um bafo mortal! Recuei para longe dele um pouco.

— Eu não sou imundo. Tomo banho todo dia — insisti.

Aqueles caras eram cegos feito toupeiras, já que qualquer pessoa poderia ver que eles eram bem mais imundos do que eu.

— Esse idiota é hilário, Gaz.
— Engraçado pra caralho — disse Gaz. Depois recuou um pouco.

— Conta um negócio aqui pra gente, Dildo — disse Fritz.
— O quê?
— Você já consegue gozar? — disse Fritz, agitando rapidamente a mão em concha na frente do seu pinto.

Eu não respondi.

— Você é um punheteiro idiota maluco?
— É, você se alivia em cima da barriga toda noite, Dildo?
— Não — respondi, olhando para o chão. Eu sabia cento e dez por cento do que eles estavam falando, mas tinha vergonha demais para discutir o assunto com estranhos; até com Amir eu teria receio de falar sobre essas coisas. Eu jamais tentei fazer o que eles estavam falando. Se a mamãe me pegasse fazendo algo assim, provavelmente iria ao Inferno e voltaria. Ninguém lá em casa gostaria que isso acontecesse.

— Aposto que o Dildo aqui lambe o próprio troço, Fritz — disse Gaz, dando uma risadinha.

— Meu Deus! Por que alguém ia querer fazer isto?

Aquilo era, tipo, a coisa mais nojenta no planeta; até pensar nisso já me deixava enjoado. Aqueles caras eram mais do que idiotas. Animais lambedores. Loucura.

— Aposto que quando o jato bate na sua cara você lambe tudo — disse Gaz.

Os debiloides tiveram outro ataque de riso histérico. Era o efeito do haxixe vagabundo, pensei.

— Eca!

Só falei isto, porque era esta palavra que descrevia o que eu sentia quando pensava no que Gaz dissera.

— Você já deu alguma trepada, Dildo? — perguntou Fritz.
— Pois é, já comeu alguém? — acompanhou Gaz.
— Não vou dizer.

Eu podia ter contado a eles minha intenção de fazer isso mesmo com a Michelle Malloy, mas não queria arrastar o nome dela para a lama, e o fato de nós ainda não termos feito a coisa significava que eu não podia responder à pergunta deles com um grande sim. Se eu houvesse respondido sim, talvez eles até tivessem posto o braço em volta dos meus ombros e me dado um pouco de vinho barato ou haxixe vagabundo.

— Vamos lá... Quem você traçou, Dildo? — disse Gaz.
— É, quem pegou essa minhoca mongoloide maluca?
— Alguém da escola? — perguntou Gaz.
— Você comeu outra especialoide? — disse Fritz.
— Isso é loucura total, cara — berrou Gaz.
— Surubão especialoide — disse Fritz.
— Olhem, eu preciso ir pra casa depressa, porque minha mãe está com meu jantar pronto — disse eu.
— Escute só o cara, Gaz. Nenezinho da porra da mamãe.
— Aposto que ele come a mãe também.
— É, Dildo? É isso mesmo? Você come a sua mãe? — disse Fritz.

Nossa!

Isso era o que, na escola, o professor McGrain chamava de uma pergunta disparatada.

— Isso é contra a lei — falei, causando convulsões nos dois. Ou eu era o cara mais engraçado no nosso conjunto residencial, ou aqueles panacas gargalhariam até diante de um par de cuecas pendurado em um varal.

— Talvez as bolas dele sejam carecas demais pra trepar com alguém... é isso? — disse Fritz.

— É, você tem pentelho, Dildo?

— Por que vocês querem saber isso? — perguntei. Depois me toquei que aqueles idiotas podiam ser dois jóqueis de jiboia, especialmente porque queriam saber dos pelos em torno do meu pinto e se eu fazia justiça com as próprias mãos nas horas vagas.

— Estamos fazendo uma pesquisa pra escola — disse Gaz.

— É, mostra aí seus pentelhos pra gente — concordou Fritz.

— Não.

— Como assim... não? Mostra os seus pentelhos pra gente agora, Dildo.

O tom de Gaz mudara, de uma voz cheia de risadas e risinhos para uma voz que queria arrancar dez cagalhões de dentro de mim. Meu radar do mal entrou em alerta.

— Não, não quero fazer isso.

— Bota tudo pra fora já, Dildo, ou essa cola vai agora mesmo pra porra da sua cara.

O tom de Fritz já era o mesmo de Gaz. Obviamente o haxixe vagabundo já deixara de fazer efeito, e o riso deles se evaporara feito água salgada na aula de ciências. Papai tinha cento e vinte por cento de razão quanto ao haxixe.

— É, e depois vamos colar a porra das suas mãos nas traves do gol, assim você nunca vai conseguir escapar — disse Gaz.

— E ninguém vai te encontrar — disse Fritz.

— Vai morrer bem ali na porra da linha do gol — acrescentou Gaz.

— Feito a porra do mongoloide que você é.

Eles pareciam uma daquelas péssimas duplas antigas, Cannon e Ball, ou Little e Large, que viviam sendo reprisadas na TV, mas eu não achava tanta graça quanto todas aquelas pessoas na plateia, que ficavam loucas com as piadas podres deles.

— Eu preciso mesmo ir pra casa.

— Primeiro você mostra seus pentelhos, depois pode ir pra casa — disse Gaz.

— É, ponha tudo pra fora — disse Fritz.

E ele avançou na minha direção, empurrando com força meu ombro esquerdo e enfiando as mãos no cinto da minha calça jeans, já puxando
    e puxando
    e puxando
    o meu cinto
    e repuxando
    e repuxando
    e repuxando
    o cinto em direção à minha barriga, de modo que o gancho da calça começou a machucar o meu pinto, o meu saco e o buraco do meu cu. Soltei um ganido estridente. Gaz encorajava Fritz, e os dois idiotas uivavam de tanto rir. Eu não conseguia distinguir exatamente o que eles estavam falando, mas sabia que era algo esquisito, e não a coisa certa a fazer. Só pessoas que não tinham a porcaria da cabeça no lugar fariam algo assim. Gaz logo chegou para se juntar à festa. Veio por trás e segurou o meu cinto. Os dois juntos já estavam me içando do chão.
    Para cima.
    Para baixo.
    Para cima.
    Para baixo.
    Para cima.

Para baixo.

A porcaria de um trampolim humano!

Meu pinto, o buraco do meu cu e o meu saco doíam demais. Aquela brincadeira podia ser megadivertida se feita direito, mas aqueles maníacos eram grosseiros demais. A dor no meu pinto, no buraco do meu cu e no meu saco começou a deixar meus olhos marejados. Uma situação complicada.

Então os puxões passaram para segundo plano, porque eu só conseguia sentir uns cutucões nos rins e uns apertos fortes no pinto e no saco. Era tanta dor que senti vontade de berrar feito um *bambino* faminto.

Eu queria minha mãe.

Eu queria meu pai.

Eu queria meu melhor amigo.

Minhas orelhas doíam.

Meus olhos doíam.

Meu coração doía.

Cerrei os dentes com força para não chorar. *Não deixe que te vejam chorando, Dylan. Não deixe que te vejam chorando, cara*, fiquei dizendo a mim mesmo. Então, por um bilionésimo de segundo, achei que AQUELA era a hora, que tudo terminaria assim, com meu pinto e meu saco em frangalhos, meus olhos colados, e eu abandonado à deriva no parque, antes de desabar perto da marca do pênalti. Certamente, porém, aquele não era o fim terrível de Dylan Mint? Ainda estávamos em outubro, e março continuava bem longe. Aquela era uma situação totalmente nem que a vaca tussa. Eu, Dylan Mint, não deixaria este mundo sem meu pinto e meu saco. Pelo menos não naquela noite!

Fechei os olhos e senti uma lágrima rolar no meu rosto. Então apertei os punhos e a bunda.

Não sei de onde ele veio, porque não senti sua chegada como geralmente sentia; dessa vez não houve ímpeto algum. Nem qualquer indício. Ele simplesmente surgiu do nada. Graças ao pessoal do céu que isso aconteceu, porém, porque ele logo fez sua mágica. Quando os dois idiotas boçais puseram os olhos nele, imediatamente me largaram, recuaram, pararam a alguns metros de distância e ficaram vendo o sr. Cachorro, o super-herói da Síndrome de Tourette, fazer seu número.

Eu lati.
Mordi.
Rugi.
Uivei.
Grunhi.
Arreganhei.
Rosnei.
Roí.
Arranhei.

No começo até funcionou, mas depois Fritz ergueu o punho. Assim como Gaz. Estava na hora do show. Eu pus as mãos na cabeça para fazer um capacete. Fiquei esperando que tudo desabasse em mim, feito as bolas de neve no inverno. Fechei os olhos com força novamente. Esperei e esperei. Cantei para mim mesmo uma canção que fiz sobre não se poder falar em bibliotecas.

E esperei.
Nada aconteceu.

Ouvi pessoas conversando. Não conversando como os amigos fazem depois da escola, ou antes e depois de uma partida de futebol.

— Vocês aí, saiam deste parque antes que eu dê um pé na bunda dos dois.

— Ninguém pode entrar aqui de carro, senhor.

— Gary Darcy, eu conheço o seu pai, então, se eu fosse você, meu filho, pegaria o rumo de casa e parava de fazer besteira.

— Você não conhece o *meu* pai — disse Fritz.

— Não, Paul Fitzgerald, mas conheço a sua mãe, e na próxima vez que ela entrar na traseira do meu carro não ficará feliz de saber o que você anda aprontando.

— Nós não aprontamos nada.

— Vão se mandando antes que eu chame a polícia.

— Mas só estamos conversando.

— Você chama isso de conversar? Não foi o que eu vi. Bom, vamos deixar a polícia julgar isso.

— Não, por favor.

— Nós já vamos.

— Deem o fora, então, e se eu vir qualquer um dos dois de sacanagem aqui outra vez, vou à polícia direto. Isso aqui é um parque público, não um ponto de deliquentes.

Só então tive coragem de espiar por trás das mãos. Abri os dedos devagar, como o leque das espanholas em Torremolinos, quando fomos assistir a uma dança doida em que se bate os pés no chão.

Caramba! Olha só!

E não é que era aquele carro que tinha roubado a vaga de papai? A monstruosidade bordô. E o tal taxista amiguinho de chá da mamãe estava no banco do motorista, com a janela abaixada, olhando para mim. A distância, Fritz e Gaz já estavam a caminho de casa. Nem se viraram para acenar ou coisa parecida.

— Você está bem, Dylan? — perguntou o taxista.

— O que você está fazendo aqui?

— Esses garotos são amigos seus?

Precisei refletir muito naquela pergunta. A resposta não me veio num estalar de dedos.

— Hã... não sei. Não tenho certeza. Talvez pudéssemos ser amigos se eles não bebessem vinho barato e fumassem haxixe vagabundo. Quem sabe? Uma coisa era certa: nossas brincadeiras precisariam ter regras claras, se algum dia voltássemos a brincar juntos. No entanto, eles não iam querer Amir por perto, porque ele era paqui, e eles odiavam paquis, o que significava que nem em um gazilhão de anos eu poderia ser amigo de Gaz e Fritz. Quem não era amigo de Amir não era meu amigo, e quem odiava paquis também NÃO era meu amigo. De modo que aqueles dois drogados estariam decididamente fora do radar como potenciais novos parceiros para Amir depois que eu pegasse o ônibus só de ida para o além.

— Na realidade, não. Não sou amigo deles. Não gosto deles nem um pouco. São dois pentelhos. — Então eu ri, porque tinha dito a palavra *pentelhos* livremente diante de um adulto.

— Que bom. Esses garotos são más companhias, Dylan. É bom você ficar bem longe deles.

— Vou fazer isso.

— Bom garoto.

219

— É proibido entrar de carro aqui, sabia?
— Sério?
— É, porque você pode danificar a grama e aí todos os jogos precisariam ser cancelados.
— Não vou me esquecer disso, meu rapaz. Agora entre aqui que eu levo você para casa. — O taxista estendeu o braço e abriu a porta do passageiro. — Vamos, eu te levo de volta para casa.

Eu não me mexi, porque aquilo podia ser o golpe do século. Ele podia estar me enganando, cara. Podia estar tentando confundir a minha cabeça e saber coisas de mim. Podia ser o chefe de uma gangue de pedófilos que queria me atrair para o carro, vendar meus olhos, me levar até o esconderijo da gangue e filmar tudo. Depois ele colocaria o vídeo na internet, que viraria uma sensação no YouTube. Então todos os professores e alunos da Drumhill saberiam que eu tinha feito sexo pedófilo com uma megagangue de pedófilos. Eles me sacaneariam muito. Michelle Malloy não me tocaria nem com uma vara para salto depois desse incidente, posso garantir.

— Não te conheço direito.
— Já nos encontramos duas vezes na sua casa.
— Eu sei, mas aqui é um parque.
— Eu estava tomando chá na sua cozinha, lembra?
— Sim, lembro.
— Nós vimos *Quem quer ser um milionário?* juntos, lembra?
— Sim, lembro.
— Eu estacionei na vaga do seu pai, lembra?
— Sim, lembro.

— Eu falei que você podia pegar emprestado meu livro sobre Friedrich Nietzsche, lembra?
— Sim, lembro.
— Sou amigo da sua mãe, lembra?
— Minha mãe e meu pai falaram que eu não deveria nunca entrar no carro de um estranho, por mais simpático que ele fosse.

O taxista sorriu.

— Bom, é um ótimo conselho, Dylan. Talvez seja melhor obedecer.
— Acho que vou sim.
— Se você quiser ir a pé, por mim tudo bem.
— Acho que vou, sim.
— E se você esbarrar com aqueles dois palhaços outra vez?

Aaaarrrrgggg! O taxista me pegou nessa. Eu não tinha resposta. Mais do que nunca, não queria esbarrar com qualquer outro palhaço a caminho de casa.

— Hã...
— Olhe, sua mãe me ligou e pediu que eu tentasse te encontrar.
— É mesmo?
— Ela estava louca de preocupação, Dylan.
— Estava mesmo?
— Louca de preocupação — repetiu o taxista.

Aquilo me deixou triste e feliz; triste porque não gostei de pensar em minha mãe louca por minha causa, e feliz porque apesar de tudo ela me amava. E sabe do que mais? Eu também a amava. Acho que eu também teria ficado louco de preocupação se ela estivesse no parque com um bando de bebedores de vinho barato e fumantes de haxixe vagabundo.

Dava para entender o que ela estaria sentindo. Agora eu só queria um dos abraços especiais de mamãe. Queria apertar seu corpo com tanta força que o sangue pararia de circular na sua barriga.

— Mas eu não fiquei tanto tempo na rua.
— Ela gosta de saber onde você está, acho.
— Então a mamãe pediu para você me procurar?
— Ela me ligou.
— Por que não veio ela mesma me procurar?
— Talvez tenha pensado que seria mais rápido com um carro.
— Talvez...
— E eu já estava na rua, então seria mais fácil.
— Talvez.
— Então, o que você me diz, parceiro?
— Nada.
— Não é isso, o que me diz sobre a carona para casa?

O taxista fizera um trabalho convincente, então resolvi ir com ele. Caso tudo se revelasse uma grande armadilha, e eu fosse raptado para um obscuro barracão pedófilo, simplesmente amaldiçoaria minha sorte e não teria a quem culpar, além de mim mesmo, por fazer tais escolhas de bosta na vida. A srta. Flynn disse que eu tinha que melhorar minhas escolhas na vida. *Vamos nessa*, pensei ao me aproximar do carro bordô do taxista.

Procurei sinais de atividade criminosa e comportamento anormal no carro do taxista; foi muito difícil para mim não abrir o porta-luvas para ver se ele tinha um martelo ali. Ele também precisaria de uma corda — de tamanho suficiente para enlaçar um pescoço —, alguns sacos de lixo pretos e talvez, o mais importante de tudo, um pouco de clorofórmio. A festa de Halloween na semana seguinte já estava me parecendo atraente.

— Você não deveria ter fugido assim, Dylan — disse o taxista.

— Bem...

— Sua mãe ficou desesperada.

— Como você sabe?

— Já falei, ela me ligou...

— Não, como você sabe que ela ficou desesperada?

— Dava para ouvir pela voz dela.

— Mas como você sabe qual é o som da voz desesperada dela?

— Bom, eu só estava tentando avaliar as emoções dela.

— Só eu conheço o som da voz desesperada dela, além do meu pai.

— Tá legal, garotão. Eu só sei que ela ficou muito chateada quando você saiu daquele jeito.

— Ela não deveria ter lido a minha carta, então.

— Que carta?

— Minha carta pro meu pai.

— Ah.

— Ela leu a carta.

— É mesmo?

— E foi isso que me fez sair correndo feito maluco.

— Entendi.

— Ela não deveria ter invadido a minha privacidade.

— Concordo.

— O quê?

— Concordo que ela não deveria ter invadido a sua privacidade ou lido a sua carta.
— Você concorda?
— Claro. A correspondência entre duas pessoas deve ser sacrossanta.
— Experimente dizer isso pra minha mãe.
— Vou ter uma palavrinha com ela — disse o taxista, ligando o som do carro.
Olhei para ele.
— Você não gosta de música?
— Gosto. Eu não sou maluco, sabe.
Ele deu uma risada, mas diferente do riso daqueles dois patetas de antes.
— Eu sei. Eu quero dizer se você gosta dessa música aí?
Aproximei meu ouvido do sistema de som e fiquei escutando atentamente durante trinta e três segundos. O cantor tinha uma voz sonhadora, cremosa e vaporosa, parecia que eu estava comendo musse de chocolate.
— Hã...
— Posso botar outra, se estiver incomodando.
— Não, tudo bem. Acho que gosto dessa.
— Graças a Deus. Por um momento achei que tinha um fã do Take That no meu táxi.
— Quem é?
— Velha guarda.
— Acho que não conheço.
O taxista riu novamente, com um sorriso largo como o rio Clyde.
Eu também sorri, com um sorriso mais largo ainda.
— Não, velha guarda significa que eles são antigos.

— Tipo anos 1980?
— Antes.
— Quem são eles, então?
— Já ouviu falar do Pink Floyd?
— Acho que não.
— Bom, Dylan, o Pink Floyd é, provavelmente, a melhor banda de todos os tempos.
— Nunca ouvi falar deles.
— Que heresia! — disse o taxista. Eu não sabia o significado daquilo, mas dei uma risadinha para não parecer burro.

Então ele começou a cantar uma música sobre alguém que se sentia entorpecido e confortável, o que me deu vontade de estar em qualquer lugar, menos ali. Prometi que faria uma pesquisa na internet sobre a tal banda Pink Floyd, se a mamãe já não tivesse me proibido de usar a internet.

— Eu achava que os Beatles eram a melhor banda de todos os tempos — falei ao taxista. Papai era tipo o maior fã de todos os tempos dos Beatles, e nós sempre escutávamos as músicas deles na nossa casa, quando ele estava lá. Assim como um pouco de rap pesado.

— Que nada, os Beatles eram só o Take That daquela época.

Ele soltou uma risada curta. Eu fingi que ria, como sempre faço quando as pessoas contam uma piada ruim e eu não quero que fiquem ofendidas. Lancei o olhar pela janela, vendo as fileiras e fileiras de casas idênticas passarem. Cada uma parecia gêmea da outra. Fiquei feliz quando dobramos a esquina da nossa rua — isto significava que o taxista não ia me levar para um antro imundo e me apresentar em uma bandeja ao seu alegre bando de pedófilos.

Assim que o carro parou, as cortinas começaram a tremelicar. Nora Abelhuda estava parada atrás delas. Às vezes nós nos chamávamos de Nora Abelhuda, se estivéssemos espiando pela janela e tentando não ser vistos. Naquele momento ali, mamãe é que era a Nora Abelhuda. Para começar, eu não tinha a menor ideia de quem era essa personagem, Nora Abelhuda. Ela devia passar o dia todo espiando pela janela; provavelmente não tinha televisão.

O taxista entrou na vaga de papai outra vez e puxou o freio de mão, que fez um barulho parecido com um peido estridente.

— Você está na vaga do papai de novo. — Dava para acreditar naquele taxista?

— É só por um minuto, garotão, pode ser?

— Acho que sim — falei, balançando a cabeça.

— Vamos lá, rapazinho — disse ele, dando um soco leve na minha coxa. — Só vamos falar para a sua mãe que eu encontrei você perambulando pelo parque, tá legal?

— Era o que eu estava fazendo mesmo.

— Não, quero dizer que não vamos contar que você topou com aqueles dois perturbados.

— Hã, tá legal, então.

— A gente não precisa deixar sua mãe mais preocupada ainda.

Olhei para mamãe, parada na porta de braços cruzados. Era a sua postura de fúria total.

— Boa ideia.

— Pronto para encarar? — disse o taxista.

— Eu não fiz nada de muito errado, senhor.

— Pode me chamar de Tony.

— Eu não fiz nada de errado, sr. Tony.
— Tenho certeza de que tudo vai ficar bem, Dylan.
— Tá.
— Pronto? — disse ele, desligando o Pink Floyd.
— Espera!
— O que eu posso fazer por você?
— Posso fazer um pedido?
— Claro que pode, garotão.
— Você pode não me chamar de garotão ou rapazinho?
— Claro, sem problema. Chamar de Dylan está bem?
— Dylan é ótimo.
— Tá legal, Dylan, vamos nessa — disse Tony, virando para abrir sua porta.
— Espere!
— Sim.
— Posso fazer uma última pergunta?
— Claro que pode.
— O que significa *sacrossanta*?

Mamãe me deu um dos seus abraços especiais ali mesmo na soleira, o que foi tão constrangedor que fiquei de cara vermelha. Era uma vergonha total pensar em todas as Noras Abelhudas da nossa rua que estavam vendo aquele nosso abraço ali. Mas foi um abraço apertado e seguro; eu gostei. Amava tanto mamãe, e dava para ver que ela sentia o mesmo por mim, porque minhas costelas estavam estalando sob a pressão daquele extraordinário abraço. Portanto, não só meu pinto, o meu saco e o buraco do meu cu estavam com uma dor infernal, agora minhas costelas também. Mas eu nem me importei, porque estava supercontente de voltar para casa.

— Desculpe o negócio da carta, Dylan — disse mamãe.
— Tudo bem, mãe. Desculpe ter jogado o papel em você e saído correndo.
— Eu não deveria ter lido sua carta, filho.
— Eu sei, afinal as cartas são sacrossantas, mas é isso aí.
Tony estava parado atrás de mim e nós nos entreolhamos rapidamente. Aquilo era o que se podia chamar de uma piada interna.
— Você tem razão, Dylan, tem total razão — disse mamãe.
— Eu não quero mais brigar — falei, porque andava brigando demais nos últimos dias.
— Nem eu. Vamos ser amigos de novo?
— Tá legal.
— Ótimo.
— É melhor a gente não brigar de novo até março — falei, sabendo que isso faria o coração dela disparar.
— O quê? — disse mamãe, recuando e lançando um olhar para Tony.
— Nada. Só quero dizer que devemos ser amigos de novo.
— Concordo — disse ela, como se o peso de dez caminhões houvesse sido removido dos seus ombros.
— Vou subir e tomar um banho — falei.
— Boa ideia — disse mamãe. — Quer ficar e tomar um chá, Tony?
— Por que não? — disse Tony. — Tchau, Dylan — acrescentou enquanto eu subia a escada.
— Você não tem algo a dizer ao Tony primeiro? — disse mamãe.
— Deixa isso pra lá, Moira — disse Tony.
— Obrigado por me salvar.

— Como assim, *salvar*? — disse a mamãe, virando para Tony. — O que aconteceu?

— Ele quis dizer *achar* — disse Tony.

— Sim, eu quis dizer *achar*. Achar, salvar, é tudo a mesma coisa. De qualquer forma, obrigado por me achar, Tony.

Ele deu uma piscadela.

Pisquei de volta, mas foi só por reflexo. Outra piada interna. Uma coisa quase secreta.

# 22
# Personagens

*e aí dylan?*
*nd d+*
*fazendo o q?*
no banho
*com quem? lol*
tua mãe. lol
*vi cães de aluguel*
e?
*maneiro*
tah a fim?
*claro*
gênio, então sou mr. blue
*mr. orange*
vc tem terno?
*meu pai tem 1. e vc?*

meu pai tem 1 d funeral q posso usar
*gravatas?*
gravatas d funeral. minha e do meu pai, posso t dar 1.
*vai ser d+ dylan*
eu sei
*vc vai tentar traçar a MM?*
n sei... acho q n amir... provavelmente n
*vc podia tentar a pauline mcstay??*
nem q a vaca tussa. lol
alguma palavra dos médicos?
n, pq?
às vezes surgem umas curas malucas pras coisas
tourette n tem cura amir
*desculpe soh pensei*
melhor eu ir, foi 1 dia maluco, tô pregado
*tô sabendo capitão*
e vc?
*no banho tb*
com quem, teu pai? lol
*tua mãe. lol*
a gente se v d manhã
*tá legal melhor amigo*
tchau
*tchau*

Quando paramos de conversar, pulei do banho e me sequei, pensando em como as toalhas são coisas de doido porque, quando secam, na realidade ficam molhadas. Vida!

A razão para pular do banho, porém, era que o valente Amir tinha plantado uma megassemente na minha cabeça: curas. Entrei na internet e busquei *curas para Tourette* no Google: havia tipo quarenta trilhões de páginas sobre Tourette. Entrei em tipo nove delas, mas todas diziam a mesma coisa, que NÃO HÁ CURA. NADA. *NIENTE*. ZERO. Um sujeito nos Estados Unidos (sempre na porra dos Estados Unidos) ficou paralítico, danificando a coluna de tanto tremelicar devido aos tiques. Agora precisava sugar hambúrgueres por um canudo e surfar na internet usando uma baqueta de metalofone presa à cabeça. Algumas de suas pinturas sem mãos também estavam na rede, mas teriam recebido conceito D na nossa aula de arte. Também havia uma mulher que não conseguia comer, nem caminhar em linha reta, tão fortes eram os sintomas da sua Tourette. Vivia coberta de calombos e machucados, porque não parava de cair. Já tinha quebrado os braços, o quadril, a omoplata e os joelhos.

Cristo, que quebradeira!

Não eram os problemas daquelas pessoas que me assustavam, não, era o que elas diziam: que, quando tinham a minha idade, a Tourette delas era "administrável e de baixa intensidade". Então talvez fosse uma coisa boa março estar a quase cinco meses de distância, porque obviamente eu não queria aquela vida de merda: ficar pintando quadros com a cabeça ou andar tropeçando por aí.

Li que alguns médicos espertinhos queriam abrir buracos nos cérebros das pessoas e inserir ali umas coisinhas elétricas que ajudariam a parar com os tiques e tremeliques. Nem que a vaca tussa eu ia deixar um médico abrir um buraco na minha cabeça. Aqueles médicos pensavam que estavam trabalhando numa obra, ou coisa assim?

Páginas demais.

Sem Cura. Sem Cura. Sem Cura. Sem Cura. Sem Cura. Sem Cura. Sem Cura. Sem Cura. Sem Cura. Sem Cura. Sem Cura. Sem Cura. Sem Cura. Sem Cura. Sem Cura. Sem Cura. Sem Cura. Sem Cura. Sem Cura. Sem Cura. Sem Cura. Sem Cura. Sem Cura. Sem Cura.

À noite, quando fechei os olhos na cama, ainda via SEM com o olho esquerdo e CURA com o direito.

Vida!

# 23

# Funeral

Para ir à festa de Halloween, precisávamos de um plano. Ora, nós tínhamos um plano e tanto. Nosso plano era impecável, embora Amir nem precisasse de um plano, porque tinha permissão de ir à festa de Halloween. Ele só estava no plano para ganhar a parada. Mamãe me falou que estava "sendo fiel às suas convicções e responsabilidades como mãe" ao manter a decisão de me proibir de ir à festa. Eu poderia ter feito um escândalo e escrito *puta* no espelho do banheiro com o batom dela, mas estava tentando me mostrar à altura da descrição materna e ser "um garoto muito mais maduro". Ela falou que estava na hora de crescer e deixar todas as minhas "travessuras infantis para trás". Eu concordei. Afinal, já tinha quase dezessete anos. Se você visse tudo pelos olhos da minha mãe (o que seria mais do que superlegal), perceberia que eu vinha agindo feito um panaca idiota e egoísta nos últimos meses, embora até tivesse bons motivos para isso.

O plano impecável envolvia pegar emprestado o terno de funeral — como ele chamava — do meu pai e fingir que o tio de Amir morrera subitamente. Eu diria à mamãe que a pressão de possuir um restaurante indiano de alto nível derrubara o homem, fazendo com que ele sofresse um enfarte devido ao estresse e ao aperto no crédito. Amir sabia de todo o plano, que brotara diretamente da minha imaginação. E caso os tiras o pegassem para prestar depoimento contra mim, Amir jamais abriria o bico no interrogatório. Eu confiava nele, e ele era o meu melhor amigo, então jamais seria um dedo-duro. O único porém que eu conseguia enxergar era que o valente Amir era paquistanês, não indiano, e Glasgow não tinha restaurantes paquistaneses, não que eu soubesse. Era o tipo de risco que eu estava preparado para assumir, mas sabia que tudo daria certo naquela noite porque a mamãe não tinha o menor interesse em Amir, nem fazia ideia do esquema familiar dele. Nunca descobriria a verdade. Eu simplesmente diria que gostaria de ir ao funeral para dar meu apoio ao triste Amir.

— Quando ele morreu? — perguntou mamãe.
— Dois dias atrás — menti.
Ela entrou em seu estado de pensar-em-voz-alta.
— É terrível o que os banqueiros fazem com as pessoas.
Não era uma pergunta. Caso pudessem falar, minhas entranhas teriam dito: *ufa!*
— Eu sei, é um horror. Amir está arrasado por causa disso.
— E quando é o funeral?
— Sexta-feira.

— No Halloween?

— Esquisito, né? Eu achava que tudo fechava no Halloween.

— Não seja bobo, Dylan.

— O PUTO DO PAQUI MORREU! Que merda, desculpe. A coisa simplesmente escapuliu. Eu vinha me saindo tão bem. Não queria dizer nada daquilo. Detestava dizer coisas que não queria. O médico me falou que era uma "ação comportamental cognitiva subconsciente inevitável". Na realidade, ele falou isso para mamãe, que falou para mim, e eu anotei porque não sabia direito o que significava. Ainda não sei, mas acho que foi a gota d'água.

— Você tem certeza que quer ir?

— O Amir precisa do melhor amigo dele lá, demonstrando apoio.

— E os irmãos?

— Ele não tem irmãos.

— Ah, eu achava que na cultura deles só havia famílias numerosas...

— Bom, a dele não é.

— A gente aprende uma coisa nova a cada dia, acho.

— Posso pegar emprestado o terno do papai?

— Que terno?

— O terno de funeral dele.

— De que terno você está falando?

— O terno preto.

— Que terno preto?

— O que fica pendurado ao lado do guarda-roupa.

A razão pela qual o terno não ficava pendurado dentro do guarda-roupa, como deveria, era mais uma das coisas bizarras da vida. Eu realmente não entendia aquilo. Era como as toalhas no nosso banheiro: eu era proibido de me secar com elas. Mamãe punha aquelas toalhas lá só para mostrar, de modo que elas viravam nossas Toalhas Só Para Mostrar. Para que serviam, então? Um guarda-roupa serve para a gente pendurar coisas *dentro*, não *do lado*. Uma tolha serve para a gente se *secar*, não *olhar*. Como meu simples olhar para a toalha conseguiria secar minhas mãos? As coisas precisavam mudar aqui em casa. Eu atrairia o papai para o meu lado quando ele voltasse da sua missão no exterior. Papai era craque em fazer com que as coisas acontecessem do seu jeito. Quando ele voltasse, seria *hasta la vista*, Toalhas Só Para Mostrar.

— Ah, aquele.
— Pois é, aquele.
— O terno de funeral do seu pai?
— Sim.
— Quem falou para você que aquilo é um terno de funeral?
— Papai.
— Só podia ser. Aquilo serve em você?
— Não sei.
— Você já experimentou, pelo menos?
— Não.
— Seria bom.
— Papai e eu temos mais ou menos o mesmo corpo.

A maioria dos nossos parentes diziam que eu era a cara dele.

— Você acha?
— O tio Terry falou que filho de peixe, peixinho é.

— Deus me livre — disse a mamãe, de um jeito nada engraçado.

— Também posso usar minha gravata de funeral.

— Que gravata de funeral?

— A que eu comprei para o funeral do vovô Joe.

— Ah, eu esqueci disso.

— Ainda está novinha, porque só usei uma vez.

— E os sapatos?

— Não pensei nisso.

— A Matalan está fazendo uma liquidação.

— NÃO! — exclamei. Meus dias com sapatos vagabundos já tinham terminado. — Só é preciso dar um brilho em um dos meus sapatos antigos.

— Você é que sabe.

— Então, posso experimentar o terno do papai?

— Acho que sim.

— Beleza.

— Sabe de uma coisa?

— O quê?

— Estou orgulhosa de você, Dylan — disse ela. — Desde aquele nosso mal-entendido sobre a carta, você está sendo um menino de ouro.

Isso me fez baixar os olhos para o chão, porque eu não queria ficar contando cascatas para mamãe e deixar que ela pensasse que eu era de ouro. Queria que ela tivesse orgulho de mim por algo profundo, como pegar uma partida de futebol pelo cangote e salvar meu time do lamaçal maldito em que todos tinham se metido, ou por ter conseguido o papel de Danny Zuko na nossa montagem escolar de *Grease*, em vez de fazer um dos caras que não cantavam nem dançavam lá no fundo e só mexiam nos objetos de cena enquanto os atores principais trocavam de figurino ou de posição para a cena seguinte. Uma porcaria de escravo. Mas não... agora mamãe estava orgulhosa de mim por contar lorotas.

— PUTO MENTIROSO FILHO... Desculpe, mamãe... O ESCROTO ESTÁ MENTINDO!

— Quer um pouco de sopa de tomate?

— Não, eu estou legal.

Mamãe ficou só olhando.

— Sério, estou completamente satisfeito!

— Tem certeza?

— Tenho.

— Que bom — disse ela, estalando uma beijoca na minha bochecha. Eu não vi, porque isto seria impossível sem ter um espelho, mas sabia que a marca dos seus lábios ainda estava lá, feito uma tatuagem rosada.

— Obrigado, mamãe, por me deixar ir ao funeral.

— É ótimo você querer estar ao lado do seu amigo nessa hora.

— Pois é.

— Mas também é uma pena, porque eu já ia dizer que você podia ir à festa de Halloween, afinal.

— Sério?

— Sim, sério.

— Por quê?

— Como eu falei, você voltou a ser meu menino de ouro, e eu sei que os últimos meses foram muito difíceis para você... para todo mundo.

— Foram mesmo.

— A última coisa de que você precisava era que eu também fosse linha-dura.

— Acho que sim.

— Talvez eu tenha sido rígida demais com você.

— Então eu posso ir à festa de Halloween?

— Bom, agora já não pode, não é?

Aquele plano de bosta estava começando a fazer água.

— Não, acho que não.

Que porcaria de roubada.

— Talvez eu possa pedir que o Tony apanhe você no funeral, quando tudo acabar.

A essa altura, o plano parecia as Cataratas do Niágara no dia mais chuvoso da temporada de monções. Noé e todos os animais teriam sido a melhor aposta para levar aquele plano até o final.

— Não, tudo bem, ele não precisa fazer isso.

— Ele não vai se incomodar.

— Eu não sou muito fã daquele carro bordô dele.

— Ah, qual é, Dylan.

— O jeito que ele dirige me deixa enjoado, e não quero vomitar no táxi dele, porque ele passaria horas parado, perderia uma tonelada de grana, e sua família não poderia se alimentar bem. Além disso, ele só bota música de bosta para tocar.

— Mas agora você já gosta do Tony.

— Não, não é isso. TAXISTA COMEDOR PENTELHO.

— Dylan!

— Desculpe, não. É só que nós vamos para a casa dos pais do Amir depois... Não sei a que horas vamos terminar de comer e falar sobre gente morta.

— É provável que eles façam as coisas de forma diferente, imagino.
— O Amir falou que haveria um monte de comidas malucas.
— Parece ótimo.
— Portanto, talvez o pai do Amir me dê uma carona pra casa.
— O pai do Amir?
— Sim.
— Mas é um funeral, Dylan.
— E daí?
— Ele não vai estar um pouco bêbado?
— Ele não bebe álcool, de modo que não vai bater com o carro e matar alguém.
— Ele não bebe? — disse mamãe, e um *!* surgiu na minha cabeça.
— É contra as coisas em que ele acredita, acho.
— E quais são elas?
— Não sei direito... Que toda a bebida é ruim... E que é legal casar aos dez ou treze anos de idade... E ele se obriga a passar muita fome, porque talvez não queira que seu país se encha de gente obesa feito os Estados Unidos... E ele acha que se deve rezar na sexta-feira, sempre ajoelhado... E ele não tem Natal. Quanta maluquice, não? E não tenho certeza do que mais...
— E no que o Amir acredita?
— Não tenho quarenta e cinco por cento de certeza que são as mesmas coisas, mas tenho cento e cinquenta por cento de certeza que ele odeia racistas.
— É mesmo?

— É, e eu também.
— Muito bem.
—Acho que o pai dele também. Talvez seja por isso que ele não toque na bebida do demo, porque todos os racistas bebem feito cachorros loucos.
— Bom, eu não entendo dessas coisas, Dylan.
Mamãe foi até a janela e fez seu número de Nora Abelhuda, sem falar mais comigo. Parecia que estava impaciente com algo ou alguém, mas não comigo, porque eu voltara a ser o seu menino de ouro. Estufei as bochechas e dentro da minha cabeça me chamei de idiota por causa do plano. Plano impecável, grandes merdas. Só não entendia por que a minha mãe continuava olhando lá para fora. Tinha certeza de que ninguém estava parado lá, porque a TV já mostrava os resultados do *X Factor*. Mamãe não estava vendo coisa alguma acontecer lá fora. Nada. Ha ha ha. Estranho. Esquisito. Uma zerolândia. Para que ficar olhando para o nada?
— Dylan, filho, podemos conversar sobre uma coisa aqui? — disse ela.
E eu estava prestes a falar "Manda ver, gatona", pensando que se tratava de um daqueles colossais Papos de Mamãe e Eu. Meu instinto afiado-feito-faca despertara, porque mamãe raramente me chamava de *Dylan* e *filho* na mesma frase sem que a coisa fosse colossal. Em todo caso, não consegui falar "Manda ver, gatona", porque meu bolso começou a vibrar e cantar *No Sleep Till Brooklyn*. Eu sempre ficava empolgado quando Amir me ligava, porque isto significava que havia algo muito sério a discutir. Provavelmente ele queria novidades sobre o plano impecável. Tínhamos feito um pacto: só falar sobre o assunto, e nunca escrever coisa alguma, caso

nossos telefones ou mensagens pudessem ser rastreados, ou tivéssemos esquecido de deletar algo incriminador (que significa nos fazer parecer criminosos). Nos tempos de hoje, era moleza grampear os telefones de dois trouxas feito nós. Não transmitir qualquer informação escrita era o que eu chamava de procedimento detetivesco correto. Então subi correndo com o telefone.

Alguns papos mais tarde, tudo estava tudo beleza. Fiquei sentado na cama, com o Verde nas mãos enquanto olhava para o céu pintado de laranja, azul e cinza lá fora. Se eu fosse pintor, aquilo daria um quadro genial, mas sou uma bosta pintando. Antigamente eu ganhava bilhões de livros para colorir no Natal, e eles me deixavam confuso pra cacete. Além disso, todas as figuras no final pareciam ser de cavalos. Para que ter manadas de cavalos coloridos?

Fiquei sentado na cama pensando em algumas coisas: todos aqueles cavalos desenhados; que eu nunca tinha encostado em um cavalo na vida (tinha medo demais, de qualquer forma); que eu nunca tinha feito um monte de coisas na minha vida; em todas as coisas que eu jamais teria chance de fazer. Percebi que minha lista de *Coisas legais para fazer antes de morrer* estava afundando feito um balão furado; se eu não conseguia fazer as barbadas, como trazer o papai de volta para casa sem necessidade de um saco mortuário, convencer Michelle Malloy a querer fazer coisas comigo (além de me socar), ou arranjar outro melhor amigo para o valente Amir, como, neste mundo de grandes porcos racistas, ia conseguir ordenhar uma cabra ou pintar um quadro com um céu maneiro? Dobrei minhas orelhas frias para dentro e pisquei com força, a fim de que elas pipocassem para fora outra vez. Fiquei fazendo isso vezes sem conta. Não queria voltar para a mamãe lá embaixo, mesmo que já fôssemos amigos mais que ótimos outra vez.

Eu sabia do que se tratava. Ela não precisava bater um Papo Colossal comigo. Eu tinha visto. Com meus próprios olhos, tinha visto. Sabia qual seria o assunto do nosso Papo Colossal. As Malditas cartas. A maldição da nossa casa.

Tinha visto a coisa em cima da geladeira.

*Prezada sra. Mint. Blá-blá-blá. Venha ao hospital no dia 5 de novembro, às 10 da manhã. Traga seu filho, Dylan Mint.* Blá-blá-blá. Assinado: *Doc.*

O meu médico.

# 24

# Festa

Geralmente, os eventos estudantis na Drumhill eram uma Bosta com B maiúsculo. E as festas na escola eram sempre os piores deles, pois ficavam abarrotadas de gente que não conseguia dançar. Que não conseguia dançar de verdade, no sentido literal, o que significava que todo mundo simplesmente ficava de pé na beira do salão olhando para a grande pista vazia ou para o chão. A pista de dança era o nosso ginásio, que usávamos para fazer exercícios e ser proibidos de subir nas barras. O DJ era sempre o professor Comeford. Se a música dele fosse uma comida, teria gosto de merda. Ele falava coisas tipo: "Vamos lá, Drumhill, vamos balançar essa pança e sacudir o esqueleto na pista de dança." Havia muita gente que já balançava sem precisar dançar, mas não podíamos fazer nada em relação a isso. Nossas festas escolares eram como os dias normais de aula, só que de noite, com roupas diferentes e músicas idiotas enquanto a gente só queria bater um papo com nossos amigos. Era engraçado ver os professores com roupas de sair. Na última festa, a srta. Flynn usara uma blusa transparente e dava para ver o sutiã dela por baixo. Era preto e rendado. A professora Adams usava uns sapatos com salto agulha, grandes e brilhantes. Donut os chamava de Sapatos Me Coma. Alguns professores arrastavam os idiotas até a pista e dançavam com eles. Mas eles só conseguiam usar os braços e a cintura, então não era uma dança de verdade. Para os professores era um completo vexame.

O Pino de Boliche nos contou que foi à festa da escola normal no ano passado e que o lugar estava cheio de pessoas querendo transar. Todo mundo dançava músicas quentíssimas. Ele falou que havia um milhão de garotas estonteantes, cheias de gás, fazendo fila para arranjar homem. O pessoal ficava fumando no banheiro e os professores estavam pouco se lixando. *Aquilo*, sim, parecia uma festa de verdade, tirando a maluquice nos banheiros. Fazia a nossa reunião escolar parecer uma missa de domingo.

As calças do terno do papai serviam perfeitamente, mas o paletó engolia meus ombros. Os músculos dele eram muito maiores do que os meus; seus braços pareciam troncos de árvores, e os ombros eram os de um leão de chácara furioso. Papai malhava três vezes por semana. Depois ele sempre precisava ir ao pub para se reidratar, ou seus esforços na academia não adiantariam porra nenhuma. Era assim que as coisas eram no exército — não havia espaço para os fracos; os fracos eram abandonados ao longo do caminho. Ou ao longo da estrada, como se falava no lugar onde papai estava.

Pelo menos, a ginástica cerebral não causava problemas de hidratação. Papai não me levava à academia, dizia que eu era jovem demais.

Seis tentativas de amarrar a gravata. Quando tudo ficou do meu agrado, a gravata, os óculos escuros e o terno me fizeram parecer uma versão até maneira do papai. Michelle Malloy ficaria espantada quando pusesse seus doces olhos em mim. Não, não ficaria — ela daria uma risadinha e me xingaria de algo horrível que me deixaria de garganta apertada e me daria vontade de chorar, além de socar o que estivesse mais perto, feito uma parede ou uma sebe. Fiquei escutando a tal banda favorita do taxista, uma música falava que os professores das escolas deveriam deixar os alunos em paz, sem estragar a cabeça deles. Era uma música supermaneira. Botei para tocar um monte de vezes, até fazer parte do meu cérebro.

— Não está tarde demais para um funeral, Dylan? — disse a mamãe, que tinha um bom motivo para perguntar, afinal já eram seis da tarde, o que não era exatamente o horário normal para enterro. Eu não tinha me lembrado disso ao bolar o plano impecável. Hora de pensar depressa.

— Foi a hora que o Amir me mandou chegar. Acho que é o horário normal dos funerais no país dele.

Ela não respondeu, só continuou deitada no sofá vendo na TV um *reality show* sobre pessoas feias que tentavam se embelezar cortando o cabelo, aplicando toneladas de maquiagem e comprando roupas de cores vivas. Nunca funcionava.

— Tá legal, mas então me ligue se precisar de uma carona para casa, e eu chamo o Tony.

— Tá bem.

Fiquei surpreso que a minha mãe nem pediu o telefone do Amir. Acho que ela não queria ligar para a casa do Amir e ter que falar com os pais dele, o que era bom para mim.

— Tá legal, tchau — falei, indo para a porta.

— Ah, mas me faça um favor antes de ir, Dylan.

— Tudo bem.

— Veja se tem pepino na geladeira.

Chegar perto da geladeira me deixou meio tonto, porque a porcaria da carta do médico estava ali em cima. Eu realmente tinha esperança de não precisar passar por outra ressonância. Tenho que me lembrar de achar um lugar melhor na casa para botar as cartas importantes que chegassem.

\*

Eu tinha combinado de encontrar Amir perto da escola às seis e meia. No caminho, senti o olhar de todo mundo sobre mim. Todo mundo que passava por mim fazia algo que me desagradava.

Olhar.

Rir.

Apontar.

Cochichar.

Eu realmente não queria berrar algo nojento para aquelas pessoas. Tinha deixado o Verde no outro bolso. Alerta de desastre. Era preciso fazer algum exercício de ginástica cerebral. Tentei pensar em nomes de times de futebol escoceses que começassem e terminassem com a mesma letra. Um exercício de ginástica cerebral sério! Coloquei os óculos escuros para esconder o rosto das pessoas e não ver suas expressões enquanto riam de mim. Eu quase nunca andava pela rua naquele horário, de modo que provavelmente as pessoas achavam divertido ver o maluco do Dylan Mint se aproximando delas todo elegante, com aquelas roupas maneiras. Se soubessem o que eu estava sofrendo, em março sentiriam a dor da culpa. Ha!

— PUTA FEIA RISONHA. — Uma mulher estava rindo bastante ao telefone, cagando e andando para Dylan Mint e seus problemas.

Celtic. O mais fácil. Mint 1 x 0.

— PIRANHAS GORDAS. — Duas mulheres carregando sacolas de compras, rindo e gemendo feito gatos do mato. Vi um pacote de biscoitos saindo de uma das sacolas.

Kilmarnock. Mint 2 x 0.

— CALEM A BOCA, BICHONAS. — Dois sujeitos de terno andando atrás de mim estavam conversando muito alto. Acho que o trabalho deles era mostrar casas para as pessoas e tentar vendê-las. Algo poderia ser mais chato do que isso?

Dundee United. Os três primeiros eram moleza, porque jogavam na primeira divisão. Mint 3 x 0.

— TIRA LOGO UMA FOTO, SUA PUTA RUIVA ESCROTA. — Uma mulher de cabelo vermelho passou por mim, olhando, olhando e olhando. Acho que ela gostou do meu visual.

East Fife. Esse foi mais difícil. Levei muito tempo pensando, e até esqueci das pessoas que estavam passando. Muito bom. Mint 4 x 0.

— COMEDOR DE CRIANCINHA. — Um padre que estava entrando no carro olhou para mim e sorriu.

Pensei muito no último. Olhei para o chão e entrei no ginásio cerebral. E̱ast Stirlingshir e̱. Uau! Que lenda. Mint 5 x 0. Não tinha pra ninguém. O cérebro desse garoto aqui era avançado demais para uma cadeira na escola normal ali adiante na rua.

Mas, ufa, fiquei satisfeito ao ver Amir me esperando.

— Não parece que estamos vestidos pro Halloween — disse Amir.

— O plano é esse, Amir.

— Isto nem chega a ser uma fantasia, não é? A gente deveria ter vindo como Transformers ou um cacho de uvas, algo assim. Eu me sinto como se estivesse indo pro tribunal com essa roupa.

— Deixe de ser tão reclamão, Amir. Nós estamos ótimos.

— O-o-onde está Wally também teria sido uma boa fantasia.

— Ele não era do Paquistão.

— Nem o Mr. Orange — disse Amir, sorrindo por saber que me pegara nessa. Depois fez sua cara de veja-se-aprende--isso. — Em todo caso, resolvi não vir como Mr. Orange.

— Por quê?

— Porque ele é o informante da polícia. Não quero ser dedo-duro.

— Então quem você é agora?

— Mr. Blonde — disse Amir, dando de ombros como se fosse o máximo ser Mr. Blonde.

— Mas ele é um louco.

— Não me importo que seja, ele é muito mais maneiro do que o Mr. Orange.

— Só que o Mr. Blonde é muito mais pirado do que qualquer um da nossa escola, e ele morre no fim... além de cortar fora a orelha de alguém e ir botar fogo no corpo... quer dizer...

— E daí? — disse Amir, chutando o chão, arranhando os sapatos e parecendo nada maneiro. Acho que ele estava nervoso.

— Você está legal, Amir? — perguntei.

— Só acho que estamos horríveis.

— Estamos ótimos.

— Mas todo mundo vai estar vestido como celebridades, super-heróis ou astros esportivos. Ninguém vai saber quem a gente é.

— Claro que vai.

— Na última hora eu ia me vestir de Sachin Tendulkar ou Imran Khan.

— Quem?

— Como assim "quem"? São jogadores de críquete famosos no mundo todo.

— Só que ninguém teria a menor ideia de quem eles são.

— Mas no Paquistão teriam.

— Só que não estamos no Paquistão, Amir, e duvido que os especialoides da Drumhill saibam quem são esses caras.

— Deixa pra lá. Vamos nessa.

— Depois de você, CUZÃO... Merda, eu não queria dizer isso, Amir.

— Tudo bem. Às vezes eu s-s-sou mesmo.

— Não é, não.

— Você vai tentar cantar a Michelle Malloy de novo? — perguntou Amir.

— Ela não vai estar lá.
— Você acha?
— Ela é boa demais pra festas de Halloween na Drumhill.
— É mesmo?
— Diz que aquilo é só para fracassados.
— Bom, eu diria que qualquer um que esteja sentado no sofá, vendo *Come Dine With Me*, em vez de ir na festa de Halloween é que é fracassado, na minha opinião.
— Como você sabe que ela está vendo *Come Dine With Me*?
— Meu cérebro é bom pra essas coisas, Dylan. Pode confiar em mim, amigo... Ela estará colada no *Co-co-me Di--di-ne With Me*.
— Se você diz, parceiro...
— Quem é fracassado agora?
— Bem...
— E quem vai se dar bem hoje à noite? — disse Amir, dando um tapão nas minhas costas. — Meu melhor amigo, Dylan Mint!
O tapa doeu de dizer ai.
— Vamos andando.
Havia muita atividade no pátio de recreio. Duas enfermeiras conversavam com um espantalho e um zumbi. Um caubói e um Bob, o Construtor, trocavam gargalhadas com um hip hopper — talvez fosse um rapper, porque, na verdade, eu não sei a diferença — e um iPod gigante. Um bombeiro perseguia um alienígena com sua mangueira de imitação, usando-a como se fosse um pinto imenso. E uma freira tentava ajeitar o babador do amigo bebezão. Era tudo muito bizarro e genial. Parecia uma versão Glasgow daquela cena do bar em *Star Wars*.

Uma música de Amy Winehouse soava no pátio. Aquela em que as pessoas tentam fazê-la cortar da sua vida as drogas e as biritas do demo e se internar numa clínica de desintoxicação. Minha mãe gostava de cantar essa música quando tocava no rádio. Acho que Amy deveria ter escutado aquelas pessoas. Aposto que a coitada da garota não teve tempo nem de um último desejo antes de partir. Pena. Mas não era uma música para dançar. Acho que o professor Comeford devia estar tentando bancar o moderno.

A srta. Flynn estava meio que dançando junto à porta. Obviamente, estava ali de plantão, tanto para controlar a entrada, quanto para impedir que os malucos fizessem as suas esquisitices no pátio. Seus pés estavam grudados no chão, mas seus quadris balançavam um pouco. Ela vestira a tal blusa. Dava para ver uma parte do seu sutiã por baixo. Preto. Aposto que ela comprou aquilo na M&S, na H&M ou na T.K. Maxx. Às vezes eu estreitava os olhos só para conferir a seção feminina, quando ia a essas lojas com a minha mãe. São lojas que vendem todos esses negócios de seda e renda que fazem uma mulher se sentir sensual e importante. Conseguimos sentir o perfume dela quando nos aproximamos mais.

— Oi, meninos. Deixem-me adivinhar — disse a srta. Flynn, olhando para nós dois de alto a baixo.

— Aposto que você nunca vai adivinhar — falei.

— Ninguém vai — disse Amir para mim, com um rosto nada sorridente.

A srta. Flynn estava fingindo que pensava, como se ligasse muito para as nossas fantasias.

— Acho que já sei — disse ela.

— E quem somos?

— Os Blues Brothers.
— Quem? — perguntei.
— Quem? — perguntou Amir.
— Deixa pra lá — disse ela. Depois fingiu que pensava outra vez. — Vocês são uma dupla de leões de chácara ou guarda-costas?
— Não — falei.
— Ah — disse a srta. Flynn, mostrando um pouco de decepção na voz.
— Sinto muito, srta. Flynn.
— Essas fantasias são uma boa porcaria — resmungou baixinho Amir, num tom de estou-me-sentindo-uma-merda-hoje.
— Mais uma tentativa e depois contamos.
— Tá legal, a última — disse a srta. Flynn. Ela fingiu colocar um chapéu na cabeça. — Só que agora vou precisar botar meu chapéu pensante.

Era como se ela estivesse falando com dois bebês de quatro anos de idade, ou com os dois maiores lambedores de janela da Drumhill. Depois estreitou os olhos ao máximo, para mostrar que estava pensando feito uma mulher possuída.
— Acho que agora sei — ela disse, por fim.
— Quem? — perguntei.
— Quem? — perguntou Amir.
— Vocês... são... — ela começou a dizer.

Só que houve uma pausa imensa entre *vocês* e *são*. Depois ela repetiu.
— Vocês... são... personagens... de... um... filme... famoso?
— Sim, n-n-nós somos — concordou Amir, todo entusiasmado.

Fiquei parado atrás de Amir, olhando direto para os olhos da srta. Flynn. Au-au! Dei uns latidos silenciosos. Não eram latidos do sr. Cachorro, era só eu tentando dar à srta. Flynn uma pista de quem nós estávamos vestidos. Eu realmente esperava que ela tivesse visto o filme. Então fingi beber um pouco de água e dei mais uns latidos fingidos. Aquilo já estava virando o pior jogo de mímica do mundo. A srta. Flynn parecia confusa.

— Quem, srta. Flyin? Quem? — disse Amir, como se estivesse prestes a mergulhar na blusa transparente dela de tão excitado.

Puxei minha orelha para fora ao máximo com uma das mãos e com a outra fingi cortá-la fora. Amir viu isso, mas achou que eu estava apenas fazendo meu número de sempre com a orelha, e felizmente não comentou.

— Ora, rapazes, eu percebi logo de início. Só estava brincando com vocês — disse a srta. Flynn.

— Quem somos então? — disse Amir.

— Bom, não tenho certeza absoluta sobre a cor de cada um, mas decididamente vocês dois são do filme *Cães de aluguel*.

— Genial — disse Amir. — Eu achei que ninguém ia ter a menor ideia de quem éramos.

— Bom, Amir, todo mundo saberá quem vocês são, tenho certeza.

Quando passamos pela srta. Flynn, o cheiro do seu perfume fez meu nariz tremelicar. Então Amir e eu trocamos um olhar do tipo eu-sei-que-você-sabe-que-eu-sei. Meus olhares prediletos. Eu queria agradecer a ela. Quando a deixamos bem para trás, Amir e eu trocamos outro olhar do tipo eu-

-sei-que-você-sabe-que-eu-sei. Então pusemos nossos óculos escuros, prontos para entrar na festa.

— É difícil enxergar com estes óculos — disse Amir.

— Então tire.

— Só que não vou parecer tão estiloso.

Nós dois tiramos os óculos.

— Vou pegar uma bebida. Quer uma Coca?

— Traga uma Fanta laranja. Vou só ficar aqui e ver se as gos-gos-gostosas vêm a mim — disse Amir.

— Boa sorte — disse eu, indo para o bar.

Bem, não era exatamente um bar, mas duas carteiras encostadas e cobertas por um áspero papel branco, o mesmo papel que colocamos nas mesas da cantina para o almoço natalino da escola. Uma caixa de metal com troco e alguns copos de papel compunham o *bar*. O professor Grant era o barman.

— O que vai beber, senhor? — disse ele.

— Quero uma vodca com tônica e uma piña colada, sr. Barman.

— A vodca e a colada acabaram neste exato minuto, senhor.

— Que tal um gim-tônica?

— Não tem mais gim, infelizmente.

— Me prepare um *snakebite*, então.

— Também acabou, senhor.

— Que pena... então me veja uma Budweiser.

— Já era.

— Becks?

— *Finito*.

— Energético?

— Não tem.
— Água?
— Disso temos gabilhões.

O que estávamos fazendo se chamava dramatização; fazíamos isso o tempo todo na aula de teatro do professor Grant, e eu era bastante bom nisso... ele mesmo me falou. Eu já estava pensando que, quando terminasse a escola, talvez pudesse virar o primeiro ator com a minha síndrome a aparecer na telona ou em *Eastenders*. Mas tentava não pensar nessas coisas, porque aí eu ficava supertriste... e como agora estávamos na grande festa de Halloween, a última coisa que eu queria era ficar triste e infeliz. Portanto ri bem alto, para que o professor Grant percebesse que nossa cena terminara de vez. Se não risse, talvez continuássemos a noite toda, e eu tinha coisas demais a resolver para ficar parado ali, dramatizando com o professor Grant a noite toda. Além disso, ele tinha de ser um barman. De verdade.

— O que posso oferecer a você, Dylan?
— Posso levar uma Coca-Cola e uma Fanta laranja, professor?

Não havia geladeira, de modo que todos os refrigerantes estavam empilhados atrás dele. Todos quentes e borbulhantes. Na minha visão, alguns dos zumbis da Drumhill não deveriam misturar sua medicação com bebidas feito aquelas. O resultado poderia ser uma poção desastrosa.

— Uma Coca e uma Fanta... é pra já!

O professor Grant pôs as bebidas nas carteiras/bar e encheu dois copos plásticos. Eu já nem queria provar aquilo.

— Obrigado, professor.
— Você está fantasiado de quê? Um dos Blues Brothers?

— Não, eu sou um dos personagens de *Cães de aluguel*.
— Ah, sei. Bem, muito bom, Dylan, muito bom.

Dava para ver que o professor Grant nunca vira o filme. Estava tocando aquela canção da Beyoncé que fala de ter no dedo uma pedra do tamanho de uma uva. Era uma canção que todas as meninas pareciam adorar; adoravam tanto que apontavam para seus dedos anulares enquanto dançavam, como se todos os homens devessem sair dali e gastar seu dinheiro suado na porcaria de um anel cintilante bobo. Canção idiota. Dança idiota. Mensagem idiota. E, como eu esperava, todos os caras com alguma condição de andar ficavam parados na beira da pista de dança/ginásio sem nada para fazer.

— Isto está uma merda. Não tem nenhuma gata aqui — disse Amir.

— Ainda é cedo. Fica frio, Amir.

Examinamos a pista de dança, bebericamos nossos refris e tentamos transpirar estilo. Na América diriam que estávamos "trabalhando nisso", ou que fizemos "um bom trabalho".

— Olhem só essas duas bichas.

A voz era tão alta que sobrepujava até a de Beyoncé. Donut estava lá, com dois caras do terceiro ano. Estava fantasiado de roqueiro punk. Os dois caras do terceiro ano estavam fantasiados de pirata e papa. Um punk, um pirata e o papa. Que bando tosco!

— Olhem só a fantasia de *vocês* — comentei.

— Ééé — disse Amir.

— Vocês tão fantasiados de quê, afinal? — perguntou Donut.

— Personagens de *Cães de aluguel*.

— É mesmo? — Donut pareceu impressionado. — É mesmo? Vocês são de *Cães de aluguel*?

— É, é mesmo. — Amir deixara de ter medo de Donut depois do nosso desastre futebolístico.

— Filme do caralho, colega — disse Donut. Os escoceses não deviam usar gírias americanas, não parece certo. Cantar com sotaque americano tudo bem, mas Donut soava como o povão. Segredo: eu também fazia isso às vezes, mas sempre sozinho. — E aí, rapazes, o que está acontecendo aqui?

Amir e eu nos entreolhamos, como se Donut estivesse falando com outra pessoa. Será que ele estava tentando ficar nosso amigo ali na festa de Halloween? Tinha nos chamado de rapazes, como se fôssemos dois dos rapazes da sua gangue de rapazes.

— Hã... nada de importante, só vendo a pista de dança — falei.

— Nenhuma putinha na área? — disse Donut.

Amir riu e eu percebi por quê.

Donut virou-se para o pirata e o papa.

— Lesados, vão até o bar e peçam que a bichona do Grant me dê uma Coca com gelo.

Os dois terceiranistas obedeceram. Lesados. Eu jamais seria escravo de alguém. O conselho do papai era dar uma porrada com toda a força na fuça de quem abusasse da amizade. Eu achava que Donut estava abusando do pirata e do papa ali.

— Qual é o seu veneno, Amir? — perguntou Donut. Era uma maravilha estonteante que ele falasse uma frase que fosse para o valente Amir sem usar a palavra *paqui* ou *Pak--man*. Internamente, aquilo me deixou feliz por Amir.

— O quê? — disse Amir, falando também por mim.
— O que você tá bebendo?
— Hum... só uma Fanta.
— De que tipo?
— Hum... laranja.
— Fanta fresca! — disse Donut.
— Não, não é — disse Amir.
— Não, não quis dizer que você é fresco, Amir. Quero dizer que a sua bebida precisa ser turbinada. — Então ele se virou para mim. — O que tá engolindo aí, D-Boy?

*D-Boy?* Deduzi que aquilo significasse *garoto-Dylan*, e que o *D* fosse uma abreviatura. Era um papo de parceiros de verdade. Eu não estava muito certo de *D-Boy* como meu novo apelido, mas não queria mandar Donut vazar, porque ele estava se esforçando bastante para agir com camaradagem, mesmo que parecesse estar lendo todas as suas falas em um roteiro cinematográfico americano.

— Só uma Coca-Cola.
— Isso é brincadeira de criança. Tem que turbinar, botar uma porra aí.

Amir e eu demos um risinho abafado ao pensarmos em Donut botando porra nas nossas bebidas. Uma imagem podre. A essa altura, Donut já tirara dois frascos do bolso interno da sua jaqueta de couro punk: meia garrafa de vodca e um frasco de formato estranho contendo outra coisa qualquer.

— O que é isso? — perguntei, apontando para o frasco de formato estranho.
— Grappa — disse Donut.
— Que diabo é isso? O nome pa-pa-parece de detergente de banheiro.

— Craca — falei.

— É gostoso pra caralho. Vem da Grécia, Itália, ou alguma outra porra de país hispânico.

Fiquei tentando imaginar que país seria aquele.

— Onde você arrumou isso? — perguntou Amir.

— Peguei essa porra lá na garagem do meu pai. Ele nem vai sacar... É totalmente sem noção.

— E o que a gente faz com isso? — perguntei.

— Tá falando sério, D-Boy?

— Quer dizer... é pra misturar na bebida ou é cowboy?

Eu, falando *cowboy*.

— O que descer mais redondo pra você, D-Boy, o que descer mais redondo pra você. Querem um pouco?

Lancei um olhar rápido para Amir — que captou meu olhar —, depois para os frascos e de volta para Amir. Dava para ver que ele não queria parecer medroso. Eu também não. Nenhum de nós queria ser o fracote ali. Só que minha mãe ia me matar se me pegasse bebendo, assim como os médicos — era superperigoso biritar e ao mesmo tempo tomar o tipo de medicação que nem a minha. Eu sabia muito bem que Amir seria tratado feito um vira-lata de quintal pelo pai caso fosse pego bêbado como um gambá. Acho que pessoas como Amir e seus parentes nem sequer bebiam. Então torci o rosto e olhei para Amir. Ele entendeu o sinal, como só os melhores amigos são capazes de fazer. Às vezes aquele troço de percepção extrassensorial de *Além da imaginação* funcionava entre nós. Loucura!

— Hã... não sei direito, Donut. Não posso beber com a minha medicação — falei. Foi o meu jeito de escapar daquela humilhação adolescente de não ser um cara descolado. Eu parecia a caricatura de um careta.

— E você, Amir? Seu pessoal deve gostar de um pouco de grappa, sendo estrangeiros e tudo mais.

— Eu não, cara. Minhas tripas iam sofrer a noite toda, e eu teria que passar o resto da festa na privada.

Amir não mencionou que levaria umas boas porradas do pai, se ele visse. O homem talvez enchesse Donut de porrada também, mas acabaria nos jornais por bater em uma criança especial, e então eles precisariam fugir do país devido à repercussão.

— Você precisa pegar leve no curry, Amir. Em todo caso, rapazes, vocês é que estão perdendo — disse Donut.

A essa altura, o pirata e o papa voltaram do bar, entregando a Donut sua Coca-Cola com gelo. Donut engoliu logo cerca de três-quartos da Coca-Cola; depois jogou um pouco da vodca *e* da grappa dentro do restante. E que se dane a segurança.

— Beleza, agora vou ver o que esta merda de festa tem a oferecer — disse ele.

— A gente se vê — falei.

— Adiós — disse Amir.

— O quê? — perguntou Donut.

— Nada, só falei di-di-virta-se — disse Amir.

— Bom, se mudarem de ideia e quiserem uma turbinada, eu vou estar por aí... Quer dizer, a menos que me embole com uma gata.

— Ok, boa sorte — disse eu.

— Legal, a gente se vê — disse Amir.

— Certo, colegas, vamos arrumar umas xotas da Drumhill pra nós. Preciso afogar o ganso — disse Donut para o piratinha e o papa, que foram atrás dele para pista de dança, já bastante cheia a essa altura. Todos dançavam ao som de Lady Gaga, que cantarolava algo sobre os fotógrafos dos tabloides. Em que diabos o professor Comeford estava pensando?
— D-Boy?
— O quê? Não me chame assim, pau mole.
— Tô brincando. Dylan?
— O que é?
— Você acha que o Donut transa *mesmo* com as gatas?
— Nem por um cacete.
— Pois é, foi o que eu pensei.
— Feio demais.
— E gordo.

Bebemos mais duas Coca-Colas e Fantas laranja, o que fez a gente ir mijar duas vezes, comemos uns amendoins, conversamos com uma variedade de empresários, vagabundos, ladrões, futebolistas, Michael Jacksons, bruxas e professores de geografia sobre as nossas fantasias e mais nada em particular. Ficamos olhando a pista de dança, rimos dos movimentos amalucados dos dançarinos, tentamos enxergar através da blusa da srta. Flynn novamente e sacaneamos a seleção musical do professor Comeford. Então a coisa ficou tão entediante quanto o Canal 4.

— Quer dançar? — perguntou Amir.
— Com quem? Não há ninguém com quem dançar.
— Podíamos dançar um com o outro.
— Dançar um com o outro?
— É.

— Amir, as pessoas vão achar que somos dois giletes, se dançarmos um com o outro.
— Por quê?
— Porque sim.
— Isso é burrice, mais nada — disse Amir.
— Por que você não dança com uma garota?
— Não tem ninguém que eu queira de verdade...
— Tem medo?
— Não.
— Então vá.
— É só que...
— Só o quê?
— Só que eu n-n-não sei dançar muito bem.
— Olhe em volta, Amir. Quem daqui sabe?
— Sim, mas eu só sei dançar *bhangra* e nem que a vaca tussa vou fazer isso aqui.
— Que tal aquela dança de *Quem quer ser um milionário?*.
— Pare de falar merda, Dylan.
— Que tal aquela ali? — perguntei, apontando para uma garota um ano mais nova que a gente. Uma garota bonita, bem da praia de Amir.
— Quem?
— A que está fantasiada de gata.
— Priya?
— É, esse é o nome dela. Ela não é feia. Acho que vocês se dariam bem.
— Só porque ela é uma paqui? — disse Amir. Acho que ele não estava feliz.
— Não, não estou falando disso. Só pensei...
EU NÃO QUIS DIZER ISSO.

— De qualquer jeito, ela não é paquistanesa.
— Não?
— Não, é indiana.
— Ah, tá. Bom, mas isso é legal, não é?
— Não, não é, Dylan.
— Por quê?
— Ela é uma hindu da Índia e eu sou um muçulmano do Paquistão. O que meus pa-pa-pais achariam? Iriam explodir feito duas bombas!
— Mas que porcaria de inferno, Amir. Só estou falando que você deveria dançar com ela. Não falei que você deve apresentar a garota aos seus pais e ter filhos.
— Bom, isso não vai acontecer. Posso garantir a você.
— Não há mal em uma dancinha.
— De qualquer forma, essa música é uma bosta pra dançar.
— Então espere uma música melhor e vai fundo.
— Danço com ela com uma condição.
— Qual?
— Que você chame a amiga dela pra dançar.
— Quem?
— Aquela garota fantasiada de borboleta.
— O quê? Ela?
— É, ela.
— Nem que a vaca tussa, Amir — retruquei. Ele estava apontando para uma gorduchinha de cabelo tingido que mancava pronunciadamente. Acho que tinha nascido com um quadril torto. — Qual é o nome dela?
— Não é Sophie, ou algo assim?

Bem nessa hora o professor Comeford botou para tocar "Bonkers", de Dizzee Rascal, uma das músicas mais geniais que eu já ouvi, de longe a melhor da noite, e a mais irônica. Eu poderia ter cortado os fios do equipamento dele, só por ter feito aquilo comigo. Eu jamais pensaria em dançar com aquela menina, se o número dois da minha lista de *Coisas legais para fazer antes de morrer* não fosse *Fazer Amir voltar a ser um cara feliz outra vez, em vez de um p\*\*\* triste!*

— E então... você topa? — disse Amir.

— Preciso mesmo?

— A ideia foi sua. Vamos nessa.

Colocamos os óculos escuros e avançamos para nossas mulheres. Nas festas escolares, o jeito de fazer a coisa era se aproximar da dama sortuda por trás, bater no seu ombro e simplesmente começar a dançar. Ela acompanharia a dança, se fosse uma gata legal. Mole, mole. Bom, esse era o grande plano. Mas Amir não seguiu as regras... como eu já deveria saber. Em vez disso, ele se inclinou à frente e falou algo em seu idioma para Priya, que deu um sorriso (talvez tenha sido mais uma risada, mas era difícil saber por causa dos bigodes de gata dela) e respondeu algo no mesmo idioma para ele. Em um segundo os dois já estavam balançando os esqueletos feitos loucos, felizes como o quê.

Dei um tapinha no ombro de Sophie através de uma de suas asas.

Primeiro Tapinha.

Nada.

Segundo Tapinha.

Nada.

Talvez ela tivesse perdido a sensibilidade naquela parte do corpo.

Terceiro Tapinha. (Mais para um golpe.)

Algo.

— Puta que pariu... O quê? — disse Sophie.

— Hã... desculpe... mas... hã... você quer dançar?

— Não, não quero dançar porra nenhuma. De qualquer forma, essa música é uma merda. E se eu quisesse dançar essa música de merda, não seria com você — disse ela, saindo bruscamente da pista de dança. Bom, na verdade, manquitolando.

Uau!

Completamente pirada.

Fiquei ali feito um idiota, sem saber se continuava parado ou mexia os pés no ritmo de "Bonkers". Pouco me interessava o que Sophie (fosse qual fosse o nome dela) tinha dito... Aquela era uma canção megafantástica. O que Dizzee Rascal faria? Sophie e eu não éramos compatíveis. A professora Seed me ensinara essa palavra. Ela ficaria orgulhosa de me ver usando todas as suas palavras. Eu deveria ter sido o Rei do Vocabulário dela durante aquela semana.

Amir e Priya estavam dançando de forma esquisita. Acho que era a tal dança *bhangra* que Amir falara que não ia dançar. Eles eram muito bons na coisa, e havia um monte de gente assistindo, embora os dois parecessem estar matando moscas acima da cabeça. Pensei comigo mesmo: *Acredite em você, valente Amir!*

Eles continuaram dançando a música seguinte, "Radio Ga Ga", do Queen. Eu fui discretamente até o banheiro. Não precisava dar uma terceira mijada... talvez apenas meia mijada, se realmente fizesse força... só fui até lá para matar tempo, até "Radio Ga Ga" acabar e eu recuperar o meu Amir. Quando ouvi "Last Night", dos Strokes, penetrar por baixo da porta do reservado, voltei. E você não acreditaria — os dois continuavam lá, agora dançando de um jeito livre e amalucado. Amir tinha razão, ele dançava mal pra cacete.

— Você não dança, Dylan? — pergunteou a srta. Flynn.

Eu me aproximei dela à porta, para ver qual era. Entediante, com E maiúsculo. Provavelmente eu deveria ter ficado em casa com a mamãe, vendo gente tentando perder peso na TV. Se um dia ela descobrisse a farsa do funeral, eu me afundaria num monte de estrume. Isto é uma *metáfora*... acho. Eu só tinha mentido por causa dessa festa de Halloween de bosta. Ninguém sabia do que eu estava fantasiado, as garotas eram um lixo quando tentavam ser normais, a Coca-Cola estava fervendo e a música era um sofrimento. De longe, aquela era a pior festa que eu já tinha visto na vida. Não dava para acreditar que aquela seria a última festa a que eu iria. Eu deveria ter posto *Vá a uma festa da boa, onde ninguém queira brigar com você e consiga ficar com alguma gostosa* na minha lista. Tarde demais.

— Não tem ninguém pra dançar comigo, professora.

— Ah, não acredito nisso. Você já convidou alguém?

— Já.

— E?

— P-F.

— Perdão?

— Passa-fora.

— Tenho certeza de que você não convidou ninguém.

Foi então que eu a encarei com um daqueles olhares que a mamãe lança para mim, ou que papai lança para mamãe. Um olhar que indica que você acha que a pessoa é a Burralda da Semana, ou que está com vontade de lhe dar um soco na fuça.

— Não vou convidar todas as garotas do salão pra dançar comigo. O que acha que eu sou... burro ou coisa assim?

Estalei a língua e balancei a cabeça quatro vezes, porque a srta. Flynn estava me irritando. Ela não estava tendo aquilo que chamam de *tato*.

— Não estou falando que você é isso, Dylan. Estou...

— O quê? Você acha que eu vou sair por aí, recebendo um passa-fora de tudo que é garota? Todas elas são umas drogas, de qualquer forma. PORRA DE FESTA DE MERDA. BOCETUDAS.

— Desculpe se te irritei, Dylan — disse ela, pondo a mão no meu ombro. Eu me senti mal. Secretamente, queria que ela me abraçasse, para poder sentir seus peitos encostando em mim outra vez. Pensei em chorar, mas decidi não fazer isso. — Por que você não vai dar uma voltinha lá fora, respirar um pouco de ar fresco? Onde está o Amir?

— Dançando com uma garota há umas vinte músicas sem parar.

— Ah, bom, isso é animador, não?

— Para mim, não.

— Você não está feliz pelo Amir?

— Eu... hã...

— Ele é o seu melhor amigo, não é? Você deveria ficar feliz que ele esteja se divertindo.

— Eu *estou* feliz por ele.

— Quem é a garota?
— Aquela do nome indiano esquisito.
— Ah, Priya?
— É, essa mesma.
— Mas que coisa linda...
Só que isto não foi dito para mim, e sim para o céu, como se a união de Amir e Priya estivesse escrita e fosse a coisa mais romântica que já acontecera em qualquer evento escolar da Drumhill em toda a história dos eventos escolares da Drumhill.
— Linda — repeti. — Vou dar uma volta.
— Tá legal. A gente se vê, cara de pavê.
— Até já.
Eu sabia que deveria acrescentar "daqui a pouco te vejo, cara de percevejo", mas estava farto de brincadeiras infantis. Eu já não era mais criança. Era Dylan Mint. Um adolescente. Um jovem vestido dos pés à cabeça como um personagem de *Cães de aluguel*, que é um filme sofisticado e maduro para adultos e estudantes. Eu também tinha uma doença terminal, que decididamente não é uma coisa infantil para se enfrentar, mas achava que estava enfrentando aquilo de uma forma legal pra caralho, superincrível, e só queria que as pessoas não pisassem em ovos quando falassem comigo. Eu *estava* ultrafeliz pelo valente Amir. Vai fundo, meu filho. Dê umazinha em nome da rapaziada. Só não esqueça de usar camisinha. Dê-lhe uma bimbada maneira, seu maluco. Era isso que eu deveria estar dizendo para ele, mas os alunos da Drumhill jamais deveriam ter pensamentos assim, não é?
Não era hora de ginástica cerebral, e eu não me sentia estressado ou ansioso. Só enchi meus pulmões com o ar frio e

soprei alguns círculos com meu hálito. O Pink Floyd cantava algo sobre inspirar o ar, e aquela música ficou tocando na minha cabeça enquanto eu andava lá fora. Havia um cheiro de Halloween no ar. Escuro, frio, fumacento e frutado. A escuridão era total, como em *Todo mundo em pânico 1, 2, 3, 4 e 5*. Tudo vazio. Sombrio. Bruxuleante. Frio. Um momento perfeito para um tarado puxar você para as moitas e agarrar seu equipamento. Sem necessidade de venda nos olhos. Fiquei dizendo a mim mesmo, *Dylan, você já pegou ar fresco suficiente para uma vida inteira... e o resto da sua vida só vai durar mais cinco meses. É hora de voltar e agarrar esta festa de Halloween pelos chifres.*

A ideia era encontrar o meu melhor amigo (pressupondo que ele e a tal da Priya já tivessem resolvido a parada), paquerar mais algumas gatinhas, entregar ao professor Comeford uma lista de músicas bacanas para tocar, arriscar uns passos maneiros na pista de dança, ir para casa, fingir tristeza, subir para a cama e ficar bem confortável sob as cobertas. Essa era a ideia que girava na minha mente. E foi então que ouvi o primeiro grunhido... bom, na verdade, aquilo mais parecia um gemido... vindo da direita, bem embaixo da janela da sala do professor McGrain. O barulho me fez parar de repente. Fiquei paralisado, enraizado no chão feito o mato no nosso jardim. Então ouvi um bufo, um estalo e um som que não consegui identificar. Se precisasse escrever aquilo na aula da professora Seed, porém, seria *aaarrrccchhhkkktttssscccchhhtttccchhhccchhh*. Por um bilionésimo de nanossegundo, achei que os pedófilos estavam avançando sobre mim, ou pior, sobre a festa escolar de Halloween. Empunhei meu celular, caso precisasse chamar a polícia e pedir que mandassem uma equipe da SWAT o mais depressa possível. Disquei 999 e pus meu polegar sobre a imagem do telefone verde, pronto para ativar o número da polícia caso um dos pedófilos tentasse alguma gracinha nojenta. Então ouvi um arquejo... feito uma náusea seca... um estalo, e depois alguém falou "Porra". Não como um "porra" normal, mais como "*Pooooooooooorra*". Aquilo pareceu durar uma eternidade. Eu cliquei na grande tecla quadrada do meu celular, virando um archote improvisado, pus o aparelho na minha frente e fui caminhando devagar na direção do som da "*Pooooooooooorra*".

O que vi me derrubou cem por cento. O relato do médico sobre a *degeneração* da minha doença só tinha me derrubado cinquenta por cento, de modo que dá para imaginar como eu fiquei ali. E qualquer coisa acima de cinquenta já me deixa ansioso e psicologicamente estressado. Tremor tremelique. Sacudidela. Urro. Latido. Grunhido. Menu completo.

— HURRA. HURRA. — Minha cabeça e meu corpo tremiam feito um terremoto japonês. — HURRA.

Apontei a luz do celular para a frente. Papai teria ficado muito orgulhoso da minha habilidade como membro das forças especiais. Talvez eu pudesse ser cadete das forças especiais quando esta missão terminasse? A Drumhill virara uma selva, uma zona de guerra; eu tinha penetrado profundamente no território inimigo. Não havia como voltar. Com a ajuda da tocha telefônica, espiei primeiro os tênis, com as solas para cima, bem diante de mim. Alguém estava de joelhos, que já deviam estar bastante doloridos, no cascalho pedregoso. A luz só me veio quando reconheci aqueles tênis. Adidas vermelhos de cano alto. Um bem grande. Outro pequeno. Parados lado a lado.

SEEEEEM CHAAAAANCE!
A mochila Converse.
SEEEEEM CHAAAAAAAAAACE MAIS AINDA!
A mochila jazia no chão, meio coberta por um vômito gosmento. Por falar em coisas nojentas... Minha nossa, caramba, cacete, puta que pariu... Era ninguém menos que Michelle Malloy de quatro no chão, fazendo barulhos horrendos e vomitando as tripas. Papai falava que qualquer pessoa vomitando na privada parecia estar dirigindo um ônibus de porcelana. Bom, neste caso, Michelle Malloy era a chefe da frota dos ônibus de porcelana. A coitada da garota devia ter comido uma maçã do amor suspeita.

— PIRANHA NOJENTA. PUTA... Ah... desculpe, Michelle.

Não consegui evitar... as palavras simplesmente meio que escapuliram. Se Amir estivesse ali, teria tido um acesso de riso ao ouvir minha saudação. Ele adorava essas merdas.

— Que porra você quer aqui, Dylan? — disse ela. Alarme de charme.

— Nada. Saí pra pegar ar fresco e ouvi o barulho, só isso. Vim ver o que era, caso fosse... você sabe.

— Ok, então você já ouviu, agora vá se fo...

Só que ela não teve tempo de falar "der", uma vez que todas as cenouras picadas, cebolas molengas, salsichas e troços cor de vinho jorraram de sua goela e se espalharam pela parede. Um pouco também salpicou na sua mochila, que eu afastei com o pé.

— Não toque na porra das minhas coisas, Dylan.

Ela continuou de quatro, feito um cachorrinho. Na mesma posição que eu visualizava quando fechava os olhos à noite.

— Não, eu só estava...
— Bom, não faça isso.
— Você comeu alguma coisa estragada? — perguntei.
Ela não respondeu. Preferiu só vomitar e gemer um pouco mais.
— Posso fazer alguma coisa, Michelle? CARA DE PIRANHA... desculpe.
— Caralho, não dá pra ver que eu estou morrendo aqui, Dylan? Que porra você pode fazer?
Ah, uma conexão.
— Talvez eu possa trazer a srta. Flynn — disse eu.
— Faça isso e você vira presunto, Dylan.
— Por quê? Ela será capaz de ajudar.
— Foda-se a ajuda dela.
Então ela pôs tudo para fora outra vez. Michelle Malloy era a pessoa mais grosseira que eu conhecia, com um megafone na sua boca suja. Ela era maluca. O máximo. Mesmo naquele momento sombrio, ali de quatro no chão, cheia de vômito e fedor, ela continuava sendo a garota dos meus sonhos. Uma garota que precisava da ajuda do D-Boy Dylan Mint.
— Que tal um copo de água? — disse eu.
— Você tem um copo aí?
— Não, mas posso voltar e pegar — ofereci.
— Tá legal, mas se você ousar dizer alguma coisa para aquele balde de esperma que é a Flynn vai virar a porra de um presunto. Sacou?
— Não direi uma só palavra, Michelle. Juro pelo meu coração.
— Traga duas garrafas.

Corri mais depressa do que qualquer um da Drumhill já tinha corrido. Eu poderia ganhar a prova sênior de sessenta metros com tranquilidade, mas ela só acontecia em junho, de modo que seria mais uma porcaria de sonho impossível. O que Michelle não sabia era que eu também tinha surrupiado a sua mochila Converse, mas só para limpar a sujeira. E não para vasculhar suas coisas. Era algo que eu queria muuuuuuuuuuuuuuuuuuuuuuuuuuuuuuuuuuuuuuuuuuuu uuuuuuuuuuuuuuuuuuuuuuuuuuito fazer, mas uma coisa que se podia dizer sobre Dylan Mint é que ele não era um cachorro fuçador.

— Duas garrafas de água — pedi para o professor Grant no bar.

— Aqui neste bar nós só vendemos vodca, meu rapaz.

Não era hora de fazer dramatização, mas eu não queria ser grosso e berrar "Ande logo, Grant, sua bichona. Isto aqui é um caso de vida ou morte, cara". De modo que entrei no jogo.

— Tá legal, duas garrafas da sua melhor vodca, mas rápido, sim?

Ele sorriu e me passou as garrafas. Eu peguei as duas, passei a grana para ele e corri para o banheiro a fim de limpar a mochila Converse de Michelle. Quando saí, vi Amir dançando uma música de uma boy band qualquer, acho, uma música sobre um dos membros da banda que queria que sua namorada voltasse, pois ele ficava cantando que não tinha a intenção de fazer o que fizera com a garota e que, caso ela voltasse, dessa vez seria para sempre. Porcaria de história mais improvável, essa do carinha da boy band. O valente Amir estava apimentando as coisas com a valente Priya, que também parecia gostar de pimenta. Eles eram um casal apimentado. Ele me avistou e fez nosso sinal de que tudo estava mais do que legal: dois polegares para cima. Eu devolvi o sinal com apenas um polegar, pois precisava segurar a água, mas ele entendeu o recado. Amir estava feliz, o que me deixou feliz... e também um pouquinho triste. Mas não era hora de ficar espionando enquanto Amir e sua gata dançavam até se acabar... Eu precisava sair fora a jato.

— Aqui! Vim o mais depressa possível, Michelle.

Estendi a garrafa para ela.

— Hum — disse ela, abrindo a mão.

Vi seu rosto pela primeira vez. Minha nossa, aquilo era como olhar para o palhaço mais triste do circo: sombra verde escorrendo pela lateral do rosto, manchas de batom vermelho como se ela tivesse beijado um camelo e um troço preto espalhado pelas bochechas. Suada e exausta. Uaus! Michelle Malloy de joelhos na minha frente, suada e exausta. Engoli em seco. Só que ela ainda parecia bonita. E entornou toda a primeira garrafa com dois goles. Decididamente, ela entraria na Equipe de Bebedores Mais Rápidos que eu tinha com Amir.

— PORRA DE MOCHILA FEDORENTA.

— Cadê a porra da minha mochila, Dylan?

— Desculpe, Michelle. Levei a mochila até o banheiro e dei uma limpeza nela, pra não ficar toda incrustada e fedorenta.

Estendi a mochila para Michelle. Ela arrancou a bolsa de mim.

— Você olhou aqui dentro?

— Não.

— Você olhou o que tem dentro desta porra, Dylan?

— Não, não olhei. FODA-SE A SUA MOCHILA, PIRANHA.

— É melhor não ter olhado mesmo.

— Eu não olhei. Juro por tudo.

Ela estendeu a mão para a segunda garrafa e começou a beber. Do nada, o momento eureca me bateu feito uma bola de pingue-pongue na têmpora.

Bum!

Michelle Malloy estava embriagada, derrubada, siderada, encharcada, acabada, bêbada feito gambá.

— Você andou bebendo, Michelle? — perguntei a ela.

— O que você acha, Einstein?

— Eu diria que sim.

— Até parece que eu estou com a porra de um detetive aqui.

Hum, saquei. Donut tinha enchido Michelle com aquela bebida que surrupiara do pai.

— Você bebeu aquela bosta do Donut?

— O quê?

— O Donut deu bebida pra você?

— Por que a porra do Donut me daria alguma bebida?

— Mais cedo ele bebeu um pouco.

— Eu nem falaria com aquele gordão babaca.

— Então você comprou a bebida?

— O que é isto, Dylan, a Santa Inquisição?

Aquilo me fez parar subitamente. O que a Santa Inquisição tinha a ver com o porre de Michelle Malloy na festa da Drumhill em Glasgow era de fundir os miolos. Fiquei calado. Aí sentei ao lado dela.

— Se você quer mesmo saber, eu estava no parque — disse ela.

— Qual parque?

— Que porra de importância tem, qual parque?

— Só perguntei.

— Tinha árvores.

A cabeça de Michelle estava balançando e sua fala parecia arrastada, mas isso podia ser efeito da medicação que ela tomava.

— Eu diria que você deve ter passado por uma lobotomia — comentei, tentando erguer seu ânimo.

— Você só fala merda, Dylan... Que história é essa agora?

— Você falou que só viria à festa de Halloween se tivesse passado por uma lobotomia.

Eu sorri para ela, com aquele meu jeito de tenho-toda-a-sua-ficha-gata.

— Eu estou lá dentro? — disse ela, apontando para o ginásio.

— Não.

— Você me viu lá dentro na noite de hoje?

— Não.

Michelle não tinha estado lá durante a noite; se tivesse, eu teria fixado meus olhos nela mais cedo.

— Estou fantasiada de alguma coisa?

Talvez estivesse, sei lá. De dama da noite, por exemplo.

— Não. PUTA.

— Portanto, eu não fui à porra da sua festa de Halloween para fracassados.

— Então por que você está aqui?

— Estou procurando alguém.

— Quem?
— Você não conhece.
— Como você sabe que eu não conheço?
— Porque é alguém que não estuda aqui.

Bom, eu não sou perito em ciência forense, nem sequer detetive, investigador, ou mesmo um policial qualquer, mas o motivo que Michelle Malloy acabara de apresentar para estar na festa de Halloween (procurar alguém que nem sequer deveria estar naquela festa de Halloween, para começar) parecia uma mentira gigantesca, daquelas bem suculentas.

— Isso me parece uma mentirinha.
— Fale direito, Dylan. Você não é a porra de um bebê.
— Parece estranho que alguém, que não frequenta a Drumhill, esteja na festa de Halloween da escola.
— Eu falei que estaria na festa?
— Não.
— Então pronto.

Então ficamos em silêncio por algum tempo. Pensei em voltar e encontrar Amir. Michelle Malloy pôs a cabeça entre as mãos.

— Estou fodida. Estou muito fodida.
— Como assim? Você não está bem?
— Não posso ir pra casa neste estado. Minha mãe vai ficar TODA cheia de merda.
— Você pode se esgueirar pela janela.
— Com a porra dessas pernas? — disse ela, coberta de razão. — Eu deveria ter ficado na casa da minha amiga hoje, mas ela resolveu ficar de sacanagem com dois babacas que encontramos no parque. Não consigo descobrir onde ela está, e agora estou fodida.

— Foram os dois babacas que te deram bebida?
— Sim.
— E você acha que sua amiga vai ficar bem com esses dois babacas?
— Ela está meio que namorando um deles.
— Isso é coisa da pesada.
Michelle Malloy continuava com a cabeça entre as mãos.
— O que esses dois babacas te deram pra beber?
— Buckfast e uma bituca de haxixe.
Então tive meu segundo momento eureca. Desta vez, uma bola de golfe na cabeça.
— Algum desses babacas se chamava Gaz ou Fritz?
Michelle Malloy ergueu a cabeça.
— Você conhece os dois, Dylan?
— Não muito, mas já esbarrei com eles, e posso confirmar que são uma dupla de babacas.
— Claro que são.
— Por que sua amiga está namorando um deles?
— Porque é uma maluca.
— Mas você falou que ela não estuda aqui.
— E não estuda.
— Então ela é da escola normal?
— É.
— Tomara que ela fique bem com os dois babacas.
— Ela vai ficar. Sou eu que estou fodida. Não tenho ideia do que vou fazer.
— Deve haver uma saída.
— Eu não vou pra casa neste estado, cacete.
— O que mais você pode fazer, Michelle?

— Porra nenhuma, Dylan. Acho que vou ser obrigada a virar a noite.
— O que... passar a noite fora?
— O que mais posso fazer?
— Mas está gelado pra dedéu.
— Está um pouco frio.
— Você vai morrer congelada.
— Não, não vou.
— Mas você só tem essa saia curta, com uma meia-calça. Vai morrer.
— Vou invadir a escola.
— Como?
— Eu ia entrar na festa dos fracassados e simplesmente continuar lá dentro quando todos fossem embora.
— Você não pode fazer isso.
— Posso, sim.
— Você nem está fantasiada.
— Vou dizer que sou uma vadia bêbada.

Então ela vomitou novamente, mas desta vez nada saiu, além de uma grande tripa de bile que ficou pendurada na sua boca. Fiz uma careta para mim mesmo, porque aquele era um momento de puro eca. Eu gostava de ficar perto de Michelle Malloy, tirando a parte do vômito, do catarro, do suor e dos palavrões. Ela era o meu tipo de mulher. E parou de vomitar.

— Basta eu dizer para aquela baranga da Flynn que estou vestida feito a porra de uma estudante especialoide e ela vai me deixar entrar.
— Nesse estado aí, não.
— Obrigada pelo incentivo, Dylan.

Foi então que eu tive meu *terceiro* momento eureca. Um momento eureca com a força de uma bola de boliche no meio da cara.

— Por que você não dorme lá em casa? — perguntei. Até tentei sussurrar a pergunta, porque um jovem de dezesseis anos geralmente não convida uma jovem de dezesseis anos para passar a noite na sua casa. Eu queria que Michelle Malloy pensasse que eu era sensível, vulnerável e bonito, que era um Príncipe Encantado tentando ajudar uma bela donzela em apuros. Mas não foi um sussurro. A coisa saiu mais parecida com um berro agressivo e pervertido. — POR QUE VOCÊ NÃO DORME LÁ EM CASA?

Ahhhhhh, merda meleca, Dylan!

O que você fez, meu filho?

Silêncio.

A pergunta era idiota.

A ideia era idiota.

Eu era idiota.

Michelle Malloy pôs a cabeça entre as pernas e ficou calada durante séculos. Já a minha cabeça dardejava de um lado para o outro; felizmente, ela não podia me ver. Sua cabeça acabou se erguendo daquela área tão feminina.

— O quê? — disse ela.

— O quê, o quê?

— O que você me perguntou, Dylan?

— Bom... eu... hum... falei... DYLAN SEU MERDA...

— Vamos, pare de se esconder atrás do seu problema. O que você acabou de falar aí, Dylan? — perguntou ela.

Eu arquejei e enchi o peito com o máximo de ar possível.

— Eu falei... por que você não dorme lá em casa?

— No seu cafofo?
— É — confirmei. Cafofo era uma palavra tão genial. Fiquei furioso por não ter lembrado dela. Parecia que Michelle Malloy gostava de palavras maneiras. Eu ia me esforçar muito mais para também usá-las. Então disse: — É, meu cafofo.
Ela deu umas risadinhas.
— Não estou brincando, Michelle... Sinceramente, não estou.
— Pois é, é por isso que eu estou rindo.
— Sério, você pode morgar na minha cama hoje, se quiser — disse eu.
Ela riu mais alto ainda, coisa que me deixou muito confuso, porque eu estava ali me oferecendo para ser um ótimo parceiro para ela, e não é cortês rir quando alguém está se oferecendo para ser parceiro ou ajudar quando você está em uma situação muito enrolada.
— De que merda você está falando?
Ficamos nos entreolhando. Não de um jeito fantasticamente romântico. Mais como duas feras prontas para a batalha.
— Você é a porra de um pentelho, Dylan... sabia disso? — disse ela.
Essa foi a gota que fez o copo transbordar. Eu me vi pronto para explodir. Dylan Mint deixou de ser um garoto bunda-mole para ser uma fera de bunda firme. Papai teria estourado BUM de orgulho.
— Olhe, Michelle Malloy, eu só me ofereci pra ajudar porque você está em um estado lamentável. Quer dizer, olha só pra você. Está tão arrasada que parece um sofá velho, e o seu bafo fede que nem o carpete de um alcoólatra. Se

tentar ir pra casa desse jeito, sua velha vai explodir e talvez expulse você de uma vez por todas. Você vai ter que morar na rua, dormir em uma cama de papelão e vender revistas *The Big Issue* na frente do supermercado para comprar drogas e cidra. E tudo porque recusou a oferta de dormir na minha cama. Se quer ver os dentes de um cavalo dado, o prejuízo é seu. Só não diga que não tentei.

A essa altura, eu já estava me preparando para voltar à festa de Halloween e dançar um pouco.

— Não pense que isso significa que você vai conseguir trepar comigo — disse ela.

— O quê? — perguntei.

— Eu não vou trepar com você, Dylan.

Achei que logo meu coração ia precisar daqueles dois ferros pesados para ser reanimado, de tanto que martelava. Uma reanimação cardiorrespiratória louca. Eu não acreditava que Michelle Malloy realmente usara a palavra *trepar* na minha companhia. Em uma conversa real. Duas vezes. Ina-creeeemee-entável, não? O fato de que ela falara que *não* queria trepar comigo podia significar que, na verdade, ela *queria*, sim. Papai sempre diz que, se uma mulher fala que quer fazer algo, geralmente significa que ela quer fazer o contrário daquilo. Talvez aquela fosse uma dessas vezes. Ah, eu não sabia. As mulheres são muito confusas.

— Se eu dormir no seu cafofo, a coisa para por aí — disse ela.

— Eu sei, é por isso que eu falei com você.

— Não existe nada aqui, Dylan — disse ela, abanando o dedo entre nós dois.

— Eu sei que não.

— E nada de bronha, também.
— Eu sei, Michelle, absolutamente nada que comece com a letra B.

Era um mistério: quando as pessoas falavam de assuntos sexuais, a letra *B* frequentemente aparecia em algum lugar.

— E decididamente... nada de trepar.

Três vezes. Eu mal podia esperar para contar aquilo a Amir. Talvez a letra B aparecesse para ele durante a noite.

— É claro.
— Nem sequer um beijo.
— É só pra dormir, Michelle.
— Tá legal, então eu durmo lá — disse ela.

Uau! x 80.

Michelle Malloy ia dormir na minha cama logo mais, com sua cabeça no meu travesseiro. Que loucura! Talvez nossos pés também se encostassem, o que seria uma máquina de esquisitice supersônica, quando eu sentisse o pé grande e o pé pequeno dela ao lado dos meus pés normais. Tocando um ao outro. Ah! Caramba!

— Mas se você tentar qualquer palhaçada comigo, Dylan, eu corto fora a porra dos seus colhões. Sacou?

— Saquei — concordei, e decididamente não haveria qualquer palhaçada, porque eu realmente queria manter meus colhões. Gostava deles.

— Tá legal, então vamos — disse Michelle, levantando-se. — Puta merda, parece que minha cabeça foi atingida por um foguete.

— Só preciso falar com o Amir que não vou estar aqui depois da festa. Encontro você no portão principal, tá bem?

— Tá.

Corri de volta para a festa de Halloween e procurei Amir. Ele continuava dançando com a tal garota, Priya. Fui até o meio da pista de dança, puxei Amir para o lado e levei um papo de melhor amigo ao pé do ouvido dele.

— Amir, preciso ir embora.

— O que aconteceu? — disse ele.

— Michelle Malloy vai dormir na minha casa porque bebeu demais e está me esperando no portão. Vamos lá pro meu quarto, mas claro que não vamos trepar.

Os olhos de Amir se iluminaram e seus dentes ficaram mais brancos do que leite.

— Você está de sa-sa-sacanagem comigo.

— Não estou... É verdade.

— Você não vai dar uma trepadinha?

— Não. Ela vai cortar fora os meus colhões se eu fizer isso. É só pra dormir, parceiro. Depois explico tudo.

— Tá legal, comandante.

— Vocês dois aí parecem um pacote de queijo com cebola — disse eu.

— Dylan, a Priya é LPC — disse ele. Isso significa legal pra cacete. — Acho que vai dar tudo certo com a gente.

— Você acha que vai precisar de camisinhas?

— Não, ela é uma ga-ga-rota legal.

— Qual é o problema dela?

Só perguntei porque todo aluno da Drumhill sempre tinha um problema... por qual outro motivo estariam naquela escola?

— Ainda não tenho certeza, mas ela é demais.

— Tá legal, parceiro, mas eu preciso correr. Michelle Malloy tá me esperando.

Escancarei a goela e os olhos, como se tivesse dito *A porra da Helena de Troia*. Amir fez o mesmo. Era um momento feliz para nós dois. Já não havia mais perigo de sermos Trouxas de Aluguel. Saí voando da festa de Halloween, passei correndo pela srta. Flynn à porta e rumei para Michelle Malloy, que iria dormir na minha cama.

MINHA CAMA!

# 25
# Chorando

Tony, o taxista, levou a gente ao hospital em seu carro bordô. Mamãe continuava meio furiosa por causa da noite que Michelle Malloy passara lá em casa, mas pelo menos já estávamos nos falando novamente.
    Ufa, ufa, ufa!
    Eu já tinha lido que alguns homens punham uma droga psicoinsana na birita ou no rango das garotas para que elas apagassem. Depois que elas apagavam, esses homens maníacos tentavam mergulhar seu pavio na gata apagada. Então, enquanto caminhávamos para a minha casa na noite da festa de Halloween, fui pensando... se jogasse uma droga na sopa de tomate que ia dar a Michelle Malloy quando chegássemos em casa, eu poderia riscar *ter intercurso sexual real com uma garota* da minha lista de *Coisas legais para fazer antes de morrer*. Mas eu NÃO tinha drogas sexuais,

NÃO era um maníaco psicótico, e provavelmente aquilo nem contaria, já que somente um de nós (eu) estaria com a respiração pesada e o palavreado sujo. Se soubesse que Michelle Malloy ia destruir meu quarto todo, mijar na cama e ganir a plenos pulmões por achar que iria morrer, eu jamais a teria convidado para dormir na minha casa. Não, não é verdade... eu teria convidado mesmo assim.

Mesmo sem ganhar nem uma cutucada, qualquer coisa com a letra B ou sequer um beijo, eu recebi um abraço à moda antiga. Quando tudo ficou demais para ela, que começou a rugir feito um ser endemoniado dentro de um incêndio, eu precisei aninhar Michelle Malloy nos braços, alisar sua cabeça e secar suas lágrimas. Gostei desta parte. Ela babou no meu ombro, mas eu nem liguei... Afinal, era a baba de Michelle Malloy. Quando ela voltou para casa, a fim de vomitar em paz, tomar banho e bebericar um pouco de sopa de tomate (ideia minha), achei um bilhetinho que ela havia escrito para mim no computador.

*Obrigada, Mint, você é um maluco legal.*
*Desculpe ter sido uma filha da p#*@ com você.*
*Me liga um dia.*
*M*

Mamãe virou um godzilla de tanta raiva quando descobriu. Depois que a mãe de Michelle veio buscar a filha lá em casa de manhã, eu e a minha mãe ficamos berrando, grunhindo e latindo um para o outro. Ela falou "DYLAN, VOCÊ É UM BLÁ-BLÁ-BLÁ", e eu falei "EU TE ODEIO, ODEIO A

PORRA DESTA CASA E TODO O BLÁ-BLÁ-BLÁ". Ela falou que não tinha ficado "incensada" e "magoada" porque eu deixara uma garota vomitando no meu quarto a noite toda; o problema fora a mentira "horrível" e "odiosa" que eu contara sobre o funeral do tio do Amir... Eu chegara a *mentir* sobre "a morte de um pobre homem". Tony, o taxista, abriu outro rombo no nosso plano impecável de merda ao contar à mamãe que os muçulmanos enterram seus mortos só vinte e quatro horas depois. Aparentemente, Tony não era tão burro quanto os demais taxistas. Eu passei dias a fio sem sair do quarto, o que foi dureza, porque o ambiente ainda fedia ao vômito de Michelle e as manchas na parede não queriam sair. Eu fiz muitos exercícios de ginástica cerebral ali dentro e alisei o Verde até a pedra quase sumir. Tony, o taxista, falou que a mamãe passou dois dias inteiros depois da nossa briga com saquinhos de chá e fatias de pepino nos olhos. Nós dois demos umas risadinhas, e ele disse: "Portanto, não ofereça sanduíches de pepino a qualquer visita que venha aqui bater papo." Ele achou isso hilariantíssimo. Eu fingi que ria, pois não queria que ele ficasse superconstrangido por ter feito uma piada tão ruim. Por que diabos você ofereceria a alguém um sanduíche de pepino, se havia macarrão instantâneo e sopa de tomate no armário da cozinha? ADULTOS!!!

Não foi de todo ruim passar tanto tempo naquele quarto vomitado. Eu escrevi uma carta para o papai, fechei o envelope com cola Pritt e fita adesiva supercolante e grampeei duas vezes. Precisava ter certeza de que a mamãe não ia dar uma espiadela. Ela possuía antecedentes, e eu precisava me garantir.

Blair Road, 77

ML5 IQE

2 de novembro

Oi, paizão

Como anda a parada aí? Ouvi isso num filme americano. Pois é, provavelmente, você já adivinhou: eu ando vendo trilhões de filmes ianques. Meus favoritos são *Cães de aluguel, O balconista, Mulher nota 1000, Clube dos cinco* e *Buffalo '66*. Você já viu algum deles? Na realidade, nem sei direito se você e os rapazes conseguem ver algum filme aí onde estão. Provavelmente não, porque as ondas sonoras poderiam ser interceptadas pelos terroristas e aí eles poderiam detectar o paradeiro de vocês rapidamente. Pensando bem, não é uma boa ideia colocar a vida em risco por causa de *Cães de aluguel* ou *O balconista*. Se você quiser, posso escrever uma sinopse detalhada deles??? É isso que estamos fazendo na aula da professora Seed, só que os filmes que ela escolhe são tãããããããããããããããããão horrendos. *Titanic* e *O paciente inglês*. AHMEUDEUS ECA!!!!!!
Acho que as coisas estão bem aqui. Mamãe continua a mesma. Temos tido muitas brigas (mas não de socos) recentemente. Acho que talvez seja porque eu estou passando por aquela fase — você sabe, a fase que os garotos atravessam, em que só conseguem pensar em mulheres nuas e ficam fazendo as coisas que as mães não gostam? Bom, acho que estou passando por esse período. Seria bom ter você aqui, para que a gente pudesse conversar sobre todos esses troços, e você pudesse me dar uns conselhos de homem para homem. Mas talvez eu possa pedir isso ao Tony. Ele é um amigo novo da mamãe. É taxista, mas tem cérebro. Não tenho certeza, mas acho que ele lê quando espera muito tempo por uma corrida; de certa forma, é uma

boa ginástica cerebral. Ele aparece aqui de vez em quando, para papear e tomar chá, mas seria esquisito se eu lhe pedisse um papo de homem para homem, porque para mim Tony não é o cara. Com isso, quero dizer que ele não é meu pai. Eu achava que ele era um babaca total, mas o Tony não é mau sujeito. É superfã do Pink Floyd e dos Kinks. Você conhece algum deles?

Não posso assumir toda a culpa pelas brigas, porque acho que a mamãe está passando por uma mudança mental na sua vida. Ela está naquele estágio em que as mulheres mudam os pensamentos do seu cérebro de um dia para o outro e já não sentem que são uma mulher. É uma maluquice. Quem seria uma mulher, hein? Estamos tendo exatamente esse tópico na seção "adulta" da nossa aula de biologia, mas para falar a verdade eu não estou entendendo bem a coisa. É o número 77 no livro-texto, mas eu ainda não li tudo. Curto mais inglês, teatro e EF.

Um dos meus colegas lá da escola passou a noite aqui e mamãe ficou louca, porque esse colega era uma garota. Só que não aconteceu nada. Ela dormiu na minha cama e eu capotei no chão. Ela roncava muito, e eu passei quase toda a noite acordado. É uma boa guardar isso para dar uma sacane*** nela no futuro. O meu melhor amigo, Amir, aquele que eu já mencionei, arrumou uma gata nova. Ela é como ele, se é que você me entende. O nome dela é Priya. Ela é um ano mais nova que a gente. Eu fico chamando Amir de pedófilo ou papa-anjo, coisa que ele detesta. Mas, embora ela seja a sua nova melhor amiga, eu sempre serei o seu verdadeiro melhor amigo, porque nunca direi coisas como "não quero mais que você me beije, Amir", ou "Amir, não quero que você segure a minha mão". Eles se conheceram na festa de Halloween da escola (essa é outra história). Ainda não perguntei ao Amir se eu sempre serei o seu melhor amigo (serei). As garotas vêm e vão, mas os melhores amigos são como irmãos de mães diferentes por toda a vida.

Vi no noticiário que algumas tropas estão sendo enviadas para casa, porque, como o nosso lado já quase ganhou a guerra, as pessoas não precisam mais da nossa ajuda e, se as tropas ficassem, seria um incômodo aos olhos do povo, que então começaria a ter ódio e rancor delas. E nesse lugar que você está? Já tem uma data para retornar? Perguntei para a mamãe um monte de vezes quando você volta, mas ela só fala que você "vai voltar quando tiver que voltar". Perguntei até ao Tony, o taxista, mas ele falou que isso estava "fora do seu alcance". Tony vivia estacionando na sua vaga, mas depois que lhe dei uma bela bronca ele já não ousa fazer isso. Contei isso na minha última carta a você, mas houve um problema com a entrega, um assunto muito chato para mencionar agora. Mas vou alugar seu ouvido quando você voltar para casa — na verdade, não vou "alugar", é só uma expressão.

Já estamos em novembro e março está apontando ali na esquina, então seria D+ (isso significa demais) se você pudesse estar em casa nessa época. Mas seria megalegal ter você aqui antes do Natal. Se não der, talvez você possa me escrever outra carta e pedir que ela seja enviada secretamente por um dos seus parceiros, os espiões ninjas. Eu não contaria a ninguém. Mas tudo bem se você não puder fazer isso. Na realidade, eu seria capaz de recitar até dormindo a carta inteira que você me escreveu, de tantas vezes que já li. Loucura, né?

Ok.

Preciso pregar o olho, já que amanhã é um GRANDE dia... Tudo será revelado. Só posso dizer que vou me encontrar com um grande médico do cérebro.

Vou tentar mandar outra carta o mais depressa possível. Aguenta firme, cara!

bj
Dylan Mint

A caminho do hospital minhas mãos estavam muito suadas, quase encharcadas, e minhas pernas tremiam feito um cachorrinho dentro de um micro-ondas. Minha mente jogava uma espécie de pingue-pongue, Boa-Notícia-Má--Notícia-Boa-Notícia-Má-Notícia, e isso já estava me deixando quase louco. Para tentar interromper o jogo de pingue-pongue, pensei em Michelle Malloy e acrescentei seu nome à lista de contatos do meu celular, escolhendo a canção *Rehab* como o toque exclusivo dela, para poder identificar suas chamadas assim que o aparelho tocasse. Era uma brincadeirinha só minha.

— É só me ligar quando estiverem para sair e eu venho buscar vocês dois — disse Tony, o taxista, ao parar o carro bordô perto da entrada do hospital.

— Não precisa — disse a minha mãe.

O quê? Uma carona grátis! Claro que vamos aceitar. Eu detestava pegar ônibus. As pessoas ficavam olhando e rindo. Olhavam escancaradamente. Pouco se importavam com o que eu sentia.

— Mas eu quero — disse Tony, o taxista.

*Boa, Tony*, pensei comigo mesmo.

— Tá legal, te dou um toque — disse mamãe.

Notei não uma, mas DUAS coisas Loucas com L maiúsculo. Primeiro, a mamãe usou a palavra *toque*. Ela poderia ter usado montes de outras palavras, como *ligar, telefonar* ou *chamar*. São *sinônimos*. Ao usar *toque*, era como se ela tivesse voltado a ser adolescente. Loucura. Segundo, ela tocou no braço de Tony, o taxista, ao falar "Tá legal, te dou um toque". Tony estava daquele jeito que todos os taxistas ficam, com o braço para fora da janela aberta, como quem diz "E aí, querida, para onde?", quando a mamãe colocou as pontas de três dedos no braço NU dele. Loucura.

— Então vamos, Dylan — disse ela para mim.

— Acabe com eles, garotão — disse Tony, o taxista, para mim.

Acenei para ele enquanto o carro se afastava.

Preciso respirar pela boca sempre que entro em um hospital. O cheiro me lembra aquelas salas especiais da Drumhill, para onde os alunos são levados a fim de terem as bocas limpas ou as bundas lavadas. Eu nunca estive lá, nem Amir.

— Quer beber alguma coisa? — perguntou a mamãe quando passamos pela loja que vende flores para gente moribunda. Eu não quero flores no meu leito de morte. Quero enfermeiras sensuais tocando o meu pinto.

— Não vou conseguir beber.

— Por que não?

— Porque isto aqui é um hospital. Não consigo beber em hospitais.

— Que tal um lanchinho, então?

Eu adoro lanches. Claro que eu comeria um lanchinho se estivéssemos em casa. Um dos biscoitinhos de mamãe, ou então amendoins.

— Não.

— Sem fome?

— Também não consigo comer em hospitais.

— Isto tudo é novidade para mim, Dylan — disse mamãe.

Eu me virei para ela, com meu olhar de Jesus-ninguém-me-entende. Hoje em dia os pais simplesmente não compreendem os filhos.

— A comida deles te embrulharia o estômago.

— Bem, então é melhor você torcer para não precisar ficar aqui... Vai morrer de fome.

Isso me deixou em pânico, com um verdadeiro turbilhão nas tripas.

— Eles não vão me prender aqui, vão? — perguntei. — Mamãe, eles não vão fazer isso, vão?

— Não entre em pânico, Dylan. Claro que não vão prender você aqui. É só um exame geral.

Mamãe passou a mão pelo meu cabelo e fez um carinho suave na minha cabeça. Ela faz isso sempre que percebe que uma crise de pânico está a caminho ou que a merda vai bater no ventilador. As pessoas que estavam comprando flores ou revistas para os moribundos tentavam não olhar para mim, mas olhavam, porque eu estava soltando uma mistura de rosnados e gemidos que parecia o motor de um carro tentando dar a partida em uma manhã de inverno fria. O carro do papai fazia aquilo às vezes. Minha mãe me abraçou. Foi então que percebi que tínhamos virado Mãe e Filho Amigos novamente.

— Você vai ficar legal, meu bem... Vai ficar legal.

— Muito legal?

— Muito legal.

— Jura?

— Juro.

— Eu te amo, mamãe — falei, porque os adolescentes raramente dizem isso para suas mães, mas a mãe é a única coisa de que um adolescente precisa quando o medo surge.

— Eu também te amo, Dylan — disse ela, alisando meu cabelo como se eu tivesse uma crina de cavalo.

O médico que entrou NÃO era o médico de antes. Era um médico diferente daquele que só falava besteiras incompreensíveis na última consulta que fiz — o médico que soltara a bomba, fazendo os olhos da mamãe darem a impressão de que ela andara nadando em uma piscina cheia de sal. Esse médico novo era mais jovem, tinha o cabelo supermaneiro cheio de gel e não usava gravata. Um médico sem gravata! Que legal. Com o outro, eu precisava ser visto, e não ouvido, mas esse médico me fez sentir que eu podia ser visto *e* ouvido. Ele sorriu para mim, mas não de um jeito que me fizesse pensar que queria fazer taradices comigo. Aquele médico era bacana. Ele queria que *eu*, e não a mamãe, respondesse a algumas das suas perguntas. E quando a gente pensa bem, isso era uma coisa supersensata, que fazia total sentido, porque todos aqueles troços aconteciam comigo, na *minha* cabeça, e eu era o único que sabia que diabos estava acontecendo ali dentro. Ninguém mais sabia, nem a mamãe.

Ela sabia muitas coisas sobre mim, mas não as
  coisas
  profundas
  profundas
  profundas.
Nem o valente Amir sabia.

— Você deve ser o Dylan — disse o médico, estendendo a mão para apertar a minha.

Eu apertei a mão dele, mas não falei "Oi", "Olá" ou "Sim, meu nome é Dylan". Depois o médico apertou a mão da mamãe.

— Bom dia — disse ele à mamãe.

— Bom dia — devolveu ela.

— Como você está, Dylan? — perguntou o médico.

Eu olhei para a mamãe.

— Responda ao doutor, Dylan — disse ela.

— Hã... estou bem.

Eu só estava assim porque ainda achava que precisava ser visto, e não ouvido.

— Meu nome é dr. Cunningham. Colm Cunningham.

— Meu nome é Dylan. Dylan Mint.

O médico riu, mas eu não tinha contado uma piada. Ele falou o nome dele para mim, eu falei o meu nome para ele — é isso que as pessoas fazem.

— Ele é sempre assim? — comentou o médico para a mamãe.

— Sempre — disse ela.

— Você pode me chamar de dr. Cunningham, dr. Colm, ou só Colm, se preferir.

— Acho que vou te chamar de Doc Colm, pode ser?

— Claro, Dylan.

Eu balancei a cabeça.

— Tá legal, vamos ver... Eu andei examinando o seu caso.

— Eu vou precisar ficar no hospital, Doc Colm?

Ele riu novamente e olhou para a mamãe, que abanou a cabeça.

— Não, Dylan, você não vai precisar ficar no hospital. Por que achou isso?

— Porque sim.

— Não, isso aqui é só uma consulta inicial, para discutirmos nossa linha de ação — explicou o médico.

— Só escute, Dylan.

— Então, eu só vou te fazer algumas perguntas, Dylan. Tudo bem?

— Tudo bem. Manda ver, Doc Colm.

— Esse cara é uma figuraça, não é? — brincou o médico, olhando para a mamãe, que soltou uma risadinha.

— Se é — concordou ela, ainda rindo.

Acho que se eu não estivesse ali o médico e a mamãe já estariam dando em cima um do outro. Graças a Deus pela minha presença, ou então a coisa poderia se descontrolar e o dr. Colm perderia o emprego. Aí como eu ficaria?

— Tá legal, Dylan, agora vamos falar sobre a sua Tourette. Tudo bem? — perguntou o dr. Colm.

— Tudo bem — respondi.

— Você diria que a sua Tourette está ficando pior, melhor ou igual?

— Igual.

— Tirando os tiques vocais e faciais, que outros sintomas você tem?

Eu olhei para a mamãe, que me deu o sinal verde.

— Às vezes eu xingo e falo coisas estranhas.

— Isso que você chama de coisas estranhas são coisas inapropriadas?

— Sim.

O dr. Colm anotou o que eu disse.

— Coisas ofensivas?

— Às vezes.

— Você fica ansioso com frequência?

— Sim, mas depende da situação.

— Você sua profusamente?

— O que significa *profusamente*?

— Você sua muito?

— Sim.

— Em que partes do corpo?

Era uma pergunta estranha. Talvez eu contasse isso para a srta. Flynn.

— Nas costas.

— Algum outro lugar?

Eu não queria contar a ele que às vezes suava no pinto e no saco; teria sido constrangedor demais, então não mencionei isso.

— Na cabeça e embaixo dos braços.

Depois de falar isso, tive um acesso de tiques que durou uns cinco segundos. O médico esperou o acesso terminar e a mamãe pôs a mão na minha coxa.

— Relaxe, Dylan, está tudo bem.

Eu tinha me esforçado tanto para não xingar o médico que já estava coberto pelo tal suor profuso. Dava para sentir o filete escorrendo por trás da cueca.

— Ok. Você está indo bem, Dylan. — Então ele se virou para a minha mãe e achei que era a minha deixa para ser apenas visto, não ouvido. — O Dylan exibe algum sinal de comportamento obsessivo ou compulsivo?

— Tipo TOC? — perguntou ela.

— Exatamente — disse o dr. Colm.

— Exibe, sim.

Fiquei vendo os dois conversando sobre mim, como se fossem dois jogadores de pingue-pongue batendo uma bola invisível de um lado para o outro.

— A senhora pode me dar mais detalhes?

— Bom, vamos ver... Ele dobra as orelhas para dentro do ouvido, principalmente quando está com frio.

O dr. Colm estreitou os olhos, o que significava que não sabia do que mamãe estava falando. Ela prosseguiu, como se fosse uma mulher com percepção extrassensorial.

— Ele simplesmente dobra as orelhas e coloca no ouvido. Acho que fica mais confortável, ou algo assim.

Os dois olharam para mim, o manequim. O dr. Colm rabiscou mais alguns troços.

— Você fica mais confortável quando dobra as orelhas para dentro, Dylan? — perguntou o médico.

— Um pouco.

— Só um pouco?

— Muito.

— Bom garoto — disse ele, rabiscando e rabiscando. Depois perguntou para a mamãe: — Mais alguma coisa?

— Bom, ele não consegue adormecer se as meias não estiverem ao pé da cama.

Olhar de Médico Confuso.

— Como assim?

— Ele tira a roupa e põe tudo no cesto... quer dizer, tudo menos as meias, que precisam ser colocadas ao pé da cama.

— Entendi — disse o dr. Colm. Ele me deu uma olhadela que significava *Ahhhhhhh, coitadinho*. Meu controle de tiques já estava a maior merda. *Maior merda*: uma aliteração. — E isso é toda noite, ou só de vez em quando?

— Não, toda noite — respondeu a mamãe.

Baixei a cabeça, morto de vergonha por fazer aquelas idiotices todas. Eu não queria fazer aquilo. Não mesmo. A srta. Flynn me disse que eu precisava aceitar o fato de que eu fazia coisas que as outras pessoas simplesmente não faziam. Então aceitei. O que ela não sabia é que as pessoas fazem coisas que os especialoides não fazem. Nós não brigamos na rua e vomitamos por aí (Michelle Malloy não conta, foi uma vez só), não furtamos lojas, nem assaltamos ninguém, não fraudamos a previdência social, não engravidamos meninas adolescentes, não bebemos até cair e não andamos pelas ruas vestindo uniformes esportivos baratos (uniformes esportivos só devem ser usados para praticar esportes). Isso não é nenhuma engenharia aeroespacial difícil de entender, dã! Os professores não sabiam nada do que acontece por aí.

— E você fica deprimido às vezes, Dylan? — perguntou o dr. Colm.

Olhei outra vez para a mamãe em busca de permissão.

— Às vezes.

— Você simplesmente se sente pra baixo? Às vezes fica sentado no seu quarto, sem vontade de ver as pessoas?

— As duas coisas.

Rabisco, rabisco.

— Você tem amigos?

— Sim, tem o Amir, que é o meu melhor amigo, e uma amiga nova chamada Michelle Malloy.

— Ela é sua namorada? — O dr. Colm perguntou isso com um sorrisinho no rosto, como se quisesse ter um megapapo de homem comigo, para que eu lhe contasse todas as maluquices geniais que vínhamos fazendo. Se deu mal, Doc Colm.

— Não, a mamãe não gosta dela.

— Dylan! — reclamou ela. Depois virou-se para o médico.

— Isso não é verdade.

— E você continua tomando toda a sua medicação?

— Sim.

Eu precisava tomar um monte de comprimidos malucos, quase um gazilhão por dia. Era um pé no saco. Nem conseguia pronunciar o nome deles. Minha mãe e a escola faziam questão de que eu tomasse tudo.

— Bom, acho que você não vai precisar tomar mais a maioria deles, Dylan.

— O quê?

— Nós vamos reduzir a quantidade de medicações que você toma — disse o dr. Colm.

— Por quê? — perguntou a mamãe.

— Principalmente porque eles não estão funcionando como agentes de prevenção para o tipo de Tourette que Dylan tem. Estão meramente suprimindo os sintomas. Há uma escola de pensamento, à qual eu me filio, que defende que uma receita de tal magnitude contribui muito pouco para permitir o desenvolvimento cognitivo e o consequente aumento da prevenção.

Minha cabeça já doía com as loucas palavras adultas do dr. Colm.

— Então você está dizendo que pode prevenir a Tourette do Dylan diminuindo a medicação dele? — questionou a mamãe.

Desculpem... como é? Eu estava confuso.

— Não é exatamente isso. Só queremos ir por outro caminho, tentar uma abordagem diferente.

— Que vai parar a Tourette dele? — perguntou a mamãe.

— Bom, que vai pelo menos acalmar a Tourette, mas é preciso lembrar que, no momento, essa síndrome não tem cura. Isso não significa que não possamos tentar outras maneiras e técnicas a fim de reduzir radicalmente os sintomas.

Aquilo era superdemais. O último médico falara que eu só tinha até março. O papo dele com minha mãe deu uma rasteira no meu cérebro. Agora o dr. Colm estava falando de prevenção e de reduzir os palavrões, o sr. Cachorro, os tiques, os grunhidos, os gemidos e os espasmos.

— E isso é possível? — insistiu a mamãe.

— É melhor não nos adiantarmos demais aqui. Só desejamos colocar o Dylan em uma nova trajetória.

— Que é? — disse mamãe.

— Bom, queremos permitir que o cérebro dele aprenda hábitos novos.

Mamãe olhou para nós dois.

— Nós acreditamos que a função cerebral do Dylan se acostumou tanto aos tiques, gritos, palavrões e tudo o mais, que aprendeu os padrões e as práticas disso, de modo que já produz tudo involuntariamente. O que tencionamos conseguir é que o cérebro do Dylan se reprograme, aprendendo um novo padrão e uma nova prática.

Fiquei superanimado de pensar que meu cérebro seria reprogramado como um computador.

— Como vocês vão fazer isso?

— Nós desenvolvemos uma técnica nova, utilizada de forma experimental em alguns pacientes pioneiros. Achamos que o Dylan seria um candidato perfeito... Se tivermos permissão para isso, claro.

Mamãe parecia confusa.

— Eu preciso esclarecer para a senhora que nossos primeiros resultados, nos testes com os outros pacientes, foram nada menos que excepcionais.

Então os dois olharam para mim. Será que precisavam que eu aprovasse aquilo, fosse lá o que fosse?

— O que você acha, Dylan? — disse a mamãe.

— Hum... não sei se entendi direito — respondi.

— Posso explicar? — disse o dr. Colm.

Meu coração estava disparado. Será que o dr. Colm não fazia ideia do que ia acontecer comigo em março? Será que ele pulara essa página ao ler as anotações sobre o meu caso?

— Nós vamos tirar um molde da sua boca e dos seus dentes — disse o dr. Colm.

— Por quê? — questionei, percebendo que a mamãe queria fazer a mesma pergunta. — Meus dentes estão ótimos. Eu não preciso ir ao dentista.

— Eu sei que não, Dylan. Nós só acreditamos que muita coisa pode ser compreendida a partir dos dentes e da boca, e, com base nisso, podemos controlar os tiques e movimentos físicos que você faz.

— Mas o que vai acontecer, exatamente? — perguntou a mamãe.

— Vamos fazer para o Dylan um aparelho bucal sob medida, que ele terá que usar o tempo todo, menos à noite.

— E isso vai ajudar o Dylan?

— Achamos que sim — disse o dr. Colm. — Vamos ser claros... isso não curará a Tourette do Dylan num passe de mágica, mas acreditamos que reduzirá drasticamente os seus sintomas, em especial os tiques.

— Então isso é bom, Dylan. Você não acha? — perguntou a mamãe para mim.

Minha cabeça estava prestes a explodir de tanta confusão. O suor parecia pior do que nunca. Minha bunda estava encharcada. Eu simplesmente precisava botar tudo para fora.

— PENTELHO MENTIROSO ESCROTO.

— Dylan!

— Mas aquele outro médico falou que eu ia morrer em março!

Pronto. Falei. Soltei a coisa. Não tinha mais volta. Era o meu momento. A minha hora.

— O quê? — retrucou mamãe. Só que o olhar no seu rosto era mais do tipo: *Que porra é essa que você está dizendo, Dylan, seu maluco do cacete?*

O dr. Colm deu uma risada entre os dentes, como se estivesse pensando: *Uau! Este idiota é ainda mais louco do que eu pensava. O palhaço vai precisar de mais do que um aparelho bucal para se salvar.*

— Do que você está falando, Dylan?

— Aquele outro médico falou que em março a Tourette ia me matar.

— Quando foi isso, Dylan? — perguntou a mamãe.

— Quando a gente foi falar do exame de imagem — expliquei.

— Aquele não era o *seu* exame... Eu estava com você, Dylan — disse a mamãe. — Eu estava com ele, doutor, e posso garantir que isso não foi dito lá.

— Foi, sim. Ele falou que tudo era incontroverso e você ficou chorando. Eu não sabia o significado disso, então fui pesquisar na escola e tudo passou a fazer sentido para mim.

— Não, não é o que você está pensando, Dylan — insistiu a mamãe.

— O médico também falou que você precisava me preparar para o que vai acontecer. Só que ele engoliu em seco antes de falar as palavras "o que vai acontecer".

— Você entendeu tudo errado, Dylan — disse ela.

— Mas você estava chorando.

A mamãe ficou calada. Eu olhei para o dr. Colm.

— O outro médico falou que a vida que eu conheço chegaria a um fim abrupto. Eu lembro, Doc Colm, eu lembro — insisti.

O dr. Colm se recostou na cadeira.

— Dylan, não posso comentar sobre essas coisas... Isso é para você e sua mãe conversarem a respeito. Mas posso lhe garantir que a sua Tourette não é degenerativa, o que significa que não se deteriorará ao longo do tempo, ou seja, não vai piorar, e significa que definitivamente não vai te matar.

— Então por que a mamãe estava chorando?

— Acho que, a partir das palavras do meu colega, você simplesmente captou algo de forma diferente e chegou a uma interpretação errada.

— Mas por que você estava chorando, mãe?

— Você entendeu tudo errado, Dylan — disse ela, olhando para o dr. Colm em busca de apoio, mas acho que o grandalhão também estava se perguntando por que ela havia chorado naquele dia. — E não consigo lembrar se chorei.

— Chorou lá, chorou a caminho de casa, chorou quando chegou e passou os dias seguintes com uma enorme dor de cabeça. Fiquei achando que eu tinha feito algo de errado. Fiquei muito assustado, porque ia morrer em março e você nem ligava — falei. — Como pode não se lembrar disso?

Minha cabeça girava de um lado para o outro, indo e voltando. Meus olhos piscavam, e eu estava fazendo o que os médicos chamam de esgares físicos. Só que não havia sinal do sr. Cachorro. Ficamos olhando para a mamãe.

— Eu chorei porque... Eu chorei... Eu estava chorando porque...

Antes de chegarmos ao nó da questão, o dr. Colm disse:

— Se for um assunto pessoal...

Boa, dr. Colm.

— Não, eu vou ter que contar para ele mais cedo ou mais tarde — disse mamãe.

— Prefere que eu deixe vocês a sós?

— Não é necessário — respondeu ela.

Eu podia ver sua respiração, entrando e saindo. A atmosfera estava tão densa que só poderia ser cortada por um bom par de tesouras de poda. Eu estava tão concentrado que todos os meus tiques e ruídos desapareceram de uma só vez. Ficamos esperando, esperando. Mamãe inspirou uma quantidade gigantesca de ar, como a gente faz ao tentar cruzar a piscina inteira nadando debaixo d'água. (Eu nunca consegui. Amir falou que ele já, mas eu não estava lá para testemunhar, de modo que tecnicamente não contava.) Mamãe veio à tona respirar e depois descarregou os canhões.

— O que vai acontecer em março é...

— Sim...?

— O que vai acontecer é que eu vou ter um bebê, Dylan.

— Um bebê?

— Dois, na verdade.

— Dois?

— Gêmeos.

PUTZ QUE PARIU, como Donut às vezes dizia.

— Eu estou grávida, filho. Você vai ter dois irmãozinhos ou irmãzinhas, ou talvez um de cada — disse a mamãe.

Olhei para o dr. Colm, que olhou para a parede atrás do ombro esquerdo da mamãe. Ela olhou para o chão, porque sabia que eu sabia que ela sabia que eu sabia que o dr. Colm não sabia.

PUTZ QUE PARIU. Isso foi o que eu disse.

— Então eu não vou morrer? — perguntei a mamãe, só para ter cento e vinte e cinco por cento de certeza.

— Não, não vai. O médico estava falando todas aquelas coisas sobre os bebês, não sobre a sua Tourette, meu amor — disse ela. — É por isso que eu fui ao hospital naquele dia. Era o meu exame que nós estávamos discutindo, não o seu.

— E é por isso que você estava chorando?

— É.

— Então a vida que eu levo agora *não* chegará a um fim abrupto em março?

— Não. Claro que não.

— Então você só estava chorando porque vai ter um bebê?

— Dois.

— Dois bebês... Brinquedos e mais brinquedos!

— Pois é.

Olhei para o dr. Colm.

— As mulheres são estranhas — falei. Ele riu. — Então por que eu pensei que estava morrendo?

— Acho que você simplesmente interpretou de forma errada o que o médico falou, Dylan, só isso — disse o dr. Colm.

— Então ele era médico de bebês?

— Mais ou menos — respondeu a mamãe.
— Mas por que você me levou naquele dia, se era só papo de mulher? — perguntei a ela.
— Eu precisava da sua presença, para me apoiar e me lembrar de que ter um filho é uma coisa linda.
— É por isso que você me deu o *499 fatos do futebol para impressionar seus amigos!?*
— Dei o livro porque você queria.
— Obrigado, mãe.

*

Quando o dr. Colm foi colocar o gesso gosmento na minha boca, nem precisou falar "Abra bem", porque minha boca já estava escancarada feito a de um hipopótamo bocejando. Acho que por isso chamam de ficar boquiaberto. Eu também estava feliz da vida porque não ia morrer.
Que dia!

# 26
# Verdade

Eu não curto muito biologia; todas aquelas coisas não entram de jeito nenhum na minha cabeça. A seção 6.6 do nosso curso de biologia me deixava confuso. Meu rosto e o pescoço ficavam vermelhos quando a professora falava de pintos, das partes femininas, de óvulos e espermatozoides que nadam. Aparentemente, pode-se até contar as células de esperma que nadam. Seria um emprego e tanto! Nossa turma ficava num supersilêncio quando a professora de biologia falava dessas coisas. Amir parecia ficar constrangido, embora seu rosto não demonstrasse; ele simplesmente me dava uns olhares de melhor amigo louco e eu sabia o que ele estava pensando.

Posso ser uma porcaria em biologia, mas sabia o que era necessário para fazer um bebê. Um homem e uma mulher. Eu sabia que as mães precisavam de pais para fazer bebês. E sabia que o *meu* pai não estava no país para fazer os dois

bebês da minha mãe. Chegou a passar pela minha cabeça que ele podia ter aparecido na nossa casa em segredo, feito os bebês e voltado depressa para a zona de guerra. Só que quanto mais eu pensava na ideia, mais ela parecia absurda. O exército jamais permitiria que um de seus homens desse um pulo em casa por esse motivo, principalmente alguém tão importante quanto o papai. Fiz um trabalho de detetive na minha cabeça — meio parecido com a ginástica cerebral, só que desta vez foi tipo uma ginástica de derreter cérebros — e cheguei à conclusão de que os novos bebês de mamãe não eram do papai, e que ele provavelmente não fazia a menor ideia de que ela ia ter dois bebês. Foi um momento uau! Assim que isso ficou claro feito cristal, eu alisei o Verde com toda a força. Gemi, lati, xinguei, tremi e balancei. Esvaziei meus olhos chorando no travesseiro, que ficou um pouco salgado e encharcado. Choraminguei porque ia ter irmãozinhos ou irmãzinhas que não eram do papai. Senti muita pena dele, porque sabia que ele ia ficar
furioso
furioso
**enfurecido**
porque não era o pai e sua voz ia ficar muito
alta
alta
**tão alta**
que ele poderia facilmente
bater
**bater**
**bater**

em algo ou alguém
e seria terrível, porque ele não poderia fazer as coisas divertidas que os pais fazem, como trocar fraldas, vigiar os bebês, dar comida ou ler histórias na hora de dormir. Também chorei porque se os bebês não eram do papai, isto significava que só eram meus irmãos pela metade. Eu seria como aqueles malucos que aparecem no *The Jerry Springer Show*. Eu não sabia o que fazer: escrever para o papai contando a bomba, ou esperar que mamãe falasse tudo na cara dele? Parecia que eu estava participando do *Countdown* da TV, tendo de formar uma palavra com as letras embaralhadas. Problemaço.

O maior dilema de Dylan Mint.

MAS eu não ia morrer, afinal, o que me fez chorar lágrimas de felicidade. O dr. Colm disse que eu teria "uma vida longa, maravilhosa e frutífera". Embora isso tenha tirado um peso imenso dos meus ombros, também significava que minha lista de *Coisas legais para fazer antes de morrer* era tão útil quanto um cinzeiro numa motocicleta. Era uma pena.

Eu não tinha conseguido fazer sexo com Michelle Malloy, mas ela chegara a dormir (e vomitar) na minha cama, e isso era quase como se fosse o ato. E eu realmente lutara com todas as forças possíveis e imagináveis para que meu amigo Amir deixasse de ser xingado por causa da cor da sua pele. Eu havia impedido que as pessoas ficassem sacaneando Amir o tempo todo na escola, porque o cheiro dele lembrava um grande caldeirão de curry. E tinha ajudado Amir a arranjar um novo melhor amigo. Ajudei, sim.

Quem?

EU.

O novo EU de-vida-longa-maravilhosa-e-frutífera.

O novo melhor amigo dele não podia ser aquela garota com quem ele tinha passado a noite toda dançando na festa de Halloween, simplesmente porque uma garota não pode ser o melhor amigo de um garoto.

Ponto.

A grande questão agora era a de número três: *Trazer papai de volta da guerra antes que... você-sabe-o-quê... aconteça*. Só que *você-sabe-o-quê* tinha deixado de ser *antes da minha morte* e passado a ser *antes do parto da mamãe*. Isso teria feito a cabeça de Einstein doer.

Para interromper os tremores e tudo o mais, enfiei na boca a nova lâmina lingual que o dr. Colm tinha me dado. Aquilo parecia as lixas que as mulheres usam quando têm unhas compridas. Era fácil. Eu só precisava morder o troço quando o estresse e os tiques apareciam. Sempre que eu mordia a lâmina lingual minha cabeça parava de balançar de um lado para o outro. Eu parava de grunhir, e no geral me sentia menos suado ou estressado. Funcionava. Era um Milagre com M maiúsculo. O Milagre dos Milagres. O dr. Colm me mandou usar a lâmina lingual até que o verdadeiro aparelho bucal ficasse pronto. Eu só podia usá-la dentro de casa, porque pareceria um candidato à camisa de força se fosse visto na rua com uma grande lixa de unha feminina enfiada na boca, mas o aparelho bucal poderia ser usado o tempo todo. A coisa mais maluca era que ninguém conseguiria ver o aparelho, nem ter a menor ideia de que eu vivia grunhindo, tremendo, xingando ou latindo. O dr. Colm tinha oitenta e cinco por cento de confiança de que o aparelho seria um sucesso estrondoso. Ele deveria ser indicado ao prêmio Nobel da Paz, a um Oscar, ao distintivo Blue Peter e ao Great Scot

Award, tudo junto. Ele era como Jesus, para quem acredita nessas coisas.

Eu já estava pensando que talvez ele pudesse fazer algo em relação à maluquice mental do valente Amir, e provavelmente mencionaria os problemas dele na minha próxima consulta. Ficava me perguntando se ele poderia consertar as pernas aleijadas de Michelle Malloy, além de fazer algo em relação a sua boca suja. Mal podia esperar para receber meu aparelho bucal: seria como ter uma vida nova.

Mamãe e eu não estávamos nos falando. Simplesmente parecia que a casa inteira era uma gigantesca casca de ovo; tínhamos medo de que, se falássemos, gritássemos ou corrêssemos pela escada feito um rebanho de cabras, a casca ia se romper e uma gosma vazaria e nos afogaria. Então sorríamos bastante, ficávamos muito em silêncio, e mamãe às vezes perguntava como eu estava me dando com minha nova lâmina lingual.

— Como você está se dando com sua nova lâmina lingual?
— Bem.
— Parece estar funcionando.
— Sim.
— Isso é bom, não?
— Deve ser.
— Fez uma diferença enorme, não acha?
— Deve ter feito.
— Bom, eu acho que fez.
— Que bom.
— O dr. Cunningham vai ficar feliz ao ver você novamente.
— Deve ficar.

Eu queria falar mais um monte de troços para mamãe e fazer a ela todas as perguntas que estavam chacoalhando na minha cabeça, mas tinha um pouco de medo de que ela me contasse coisas que eu não queria ouvir. Quando estava deitado na cama, com a lâmina lingual na boca, pensei em dez perguntas que queria fazer a mamãe:

1. Quem é o pai dos seus bebês?
2. Por que eles não têm o mesmo pai que eu?
3. Quando você fez os bebês?
4. Você fez os bebês aqui em casa ou foi a algum lugar especial?
5. Você está triste porque vai ter dois bebês?
6. Você não é velha demais para ter dois bebês?
7. Que nomes vai dar aos bebês?
8. Você acha que o papai vai ficar maluco quando descobrir que não é o pai dos bebês?
9. Você acha que o papai vai explodir e atacar outra vez?
10. Você vai amar os bebês mais do que me ama?

As perguntas de número um, dois, oito e nove ficavam girando pelo meu cérebro noite após noite após noite após noite após noite. Para a de número sete, eu já tinha dois nomes na cabeça: se fossem meninos, poderiam ser Mustafá e Samir; se fossem meninas, Maleeha e Dhivya. São os nomes dos primos e primas de Amir, que moram no Paquistão, de modo que nunca saberiam que roubamos os nomes deles, e eu gosto muito da ideia da aliteração com meu sobrenome, Mint. Só que essa ideia não fazia sentido, porque a resposta à pergunta número um significava que eles ou elas teriam um sobrenome diferente do meu.

Eu ia conversar com Amir, porque é isso que se faz quando temos um fardo sobre os ombros... Contamos tudo ao nosso melhor amigo. E quase fiz isso mesmo.

*e aí cara?*
*cacete, kd vc, amir?*
*curtindo c/ priya, e vc?*
*a merda bateu no ventilador aki em casa*
*vai contar o rolo p/ seu parceiro?*
*complicado d+*
*a merda parece mesmo ruim*
*soh explicando ao vivo*
*tô sabendo, mano,*
*qual eh o lance com a gata?*
*quem? priya?*
*sim*
*ela eh um barato*
*tah apaixonado?*
*cala boca maneh*
*vc q eh um maneh*
*VC q eh um maneh*
*VC q eh o zeh maneh das couves*
*quem?*
*deixa pra lah... kkkkk.*
*preciso ir cara*
*a gnt se vê*
*ctz*
*qual eh a boa de hoje?*
*vou sair com a priya*
*dê umazinha nela por mim*
*ela n eh desse tipo*

foi mal... kkkkk

*teh +*

a gnt se vê parceiro

Fiquei feliz por não ter contado tudo a Amir, já que aquilo era um assunto de família, e não um assunto de melhores amigos. Na realidade, era uma coisa até um pouco vergonhosa.

\*

Depois de mais um dia tentando não rachar a casca de ovo que segurava a casa, e de mais uma noite virando e revirando na cama, pensei: *Ok, Dylan, você tem umas perguntas que precisam de resposta, meu velho. Corra atrás.*

Ouvi a mamãe circulando lá embaixo, fazendo uma barulhada. Ela não tinha ido à aula de ginástica, embora tivesse ido três vezes em uma semana, coisa que achei perigosa pra diabo. Não sou um médico plenamente qualificado e, como estudo na Drumhill, acho que nunca conseguirei me tornar um, mas sei que abaixar, levantar, empurrar e puxar num parque fedorento qualquer não pode fazer bem a dois bebês dentro da barriga de uma mulher. Se pudessem falar, na hora em que sua mãe resolvesse sair correndo em lugares públicos com um bando de gordas, os bebês dentro da barriga provavelmente diriam: "Quer parar de me sacudir aqui dentro da sua barriga feito um saco de confeitos, mamãe? Que tal sentar e ver TV?" Aquilo não era legal. Acho que ela não deveria ir para a aula de ginástica com a barriga cheia de bebês. Então fui atingido por um raio duplo: talvez seja por isso que acabei parando na Drumhill todos esses anos, porque a mamãe vivia correndo feito uma cracuda com seus colegas de ginástica quando eu era apenas um bebezinho flutuando na sua barriga — talvez ela tivesse dado uma cambalhota a mais do que devia. Talvez eu tivesse caído de cabeça em uma parte dura da sua barriga e acabei ficando assim. Isso podia ter acontecido. Podia.

Mamãe estava bufando e ofegando muito, além de bater as portas do armário, quando entrei na cozinha. Quando me viu, ela parou de bater as portas. Havia dois saquinhos de chá usados sobre a mesa, mas nada de xícaras. Ela parecia infeliz. Eu amava minha mãe e queria que ela se sentisse bem, como eu tinha me sentido ao sair do hospital do dr. Colm naquele dia.

— Você está legal, mamãe?
— Sim, Dylan, estou bem.
— Andou chorando?
— Não.
— Tem certeza?
— Sim, tenho.
— Você está triste?
— Por que pergunta isso?
— Porque os saquinhos de chá estão aí e você só bota isso nos olhos quando está triste ou chorando.

Sentei ao lado dos saquinhos e apertei os dois entre os dedos, até o frio sumo de chá sair.

— Eles melhoram o inchaço e as bolsas nos olhos.

Achei que aquilo era engraçado para uma risadinha, mas não para uma gargalhada.

— Qual é a graça?

— Usar saquinhos de chá para melhorar as bolsas — disse eu, apontando para os olhos dela.

— Muito engraçado, Dylan.

— Você está triste por causa dos bebês na sua barriga?

Ela cruzou os braços e houve um silêncio pesado.

— Não... sim... não... bom, sim e não, mas na maior parte do tempo, não — disse ela, sentando na minha frente. Era a primeira vez, desde que voltamos da consulta com o dr. Colm, que sentávamos juntos para conversar. — Olhe, Dylan...

— Posso fazer uma pergunta, mamãe?

— O que é?

— Promete que não vai ficar zangada?

— Não vou ficar zangada.

— Promete?

— Prometo.

— Megapromessa?

— Megapromessa.

— O meu pai é o pai desses bebês na sua barriga?

Mamãe olhou para mim e depois desviou o olhar, como se estivesse pensando com tanta força que seu cérebro fosse explodir. Depois olhou de volta para mim.

— Não, Dylan, seu pai não é o pai dos gêmeos — disse ela, esfregando a barriga como se fosse a cabeça de um carequinha. Um lado meu ficou feliz, porque eu tinha já percebido isso desde o início, e significava que eu estava por dentro. Meu poder de dedução era forte.

— Eu sabia — falei. Não estava irritado ou aborrecido.

— Sabia o quê?

— Que o meu pai não era o pai deles.

Mamãe revirou os olhos como quem diz É mesmo, *Sherlock?*, mas eu sabia que ela estava sendo sarcástica, pois isso é uma das principais coisas que os adultos fazem para se diferenciar das crianças ou dos adolescentes da Drumhill.

— Bom, ele não é — disse eu. — Então quem é?

Essa era a grande questão.

Tirando papai, eu só conhecia quatro homens adultos que podiam fazer um bebê:

1. O professor Comeford. Só que ele era casado e sua esposa era muito legal. (Tínhamos visto os dois em um evento na Drumhill para angariar fundos para o fígado e o pulmão do pequeno Mark Gilmour.)
2. O professor Grant. Não tinha a menor chance de ele ser o pai, porque era gilete.
3. O professor McGrain. Também sem chance, porque ele tinha quase mil anos, além de um nariz imenso e pele ruim... Mamãe jamais acharia aquele homem nu atraente.
4. O sr. Manzoor, o pai de Amir. Só que papai ficaria megafurioso se descobrisse *isso*.

Na realidade, havia mais um, mas tentei bloquear o sujeito na minha cabeça.

— Quem é? — perguntei novamente.

— Vocês já se conhecem — disse mamãe.

— De onde?

— Bem aqui, sentado onde você está agora.

Balancei a cabeça.

— Quem?

— Tony — disse a mamãe, deixando o nome explodir na sua boca e no meu cérebro. — É o Tony, Dylan.

— O taxista? — questionei, tentando parecer embasbacado, mas no fundo eu meio que já sabia.

— Sim.

— Como?

— Como assim *como*?

— Como o Tony, o taxista, é o pai?

Mamãe olhou para mim como se pensasse que o meu "como" tivesse a ver com dúvidas sobre sexo. Não era. O meu "como" era um *como você pôde pegar um táxi, levar um papo com o taxista, oferecer uma xícara de chá na nossa casa e depois fazer um bebê com ele?*. Essa parte não fazia sentido.

— Nós nos encontramos faz algum tempo.

— Em um táxi?

— Não, não foi em um táxi, Dylan. Já falei para você que nós fomos colegas de escola.

— Tipo Amir e eu?

— Bom, quando estávamos na escola, provavelmente, éramos mais próximos do que você e Amir.

— Tipo namorados?

— Exatamente, éramos namorados quando estávamos na escola.

— E por que se separaram, então?

— Éramos adolescentes na época.

— E daí? O Amir é o meu melhor amigo e nós somos adolescentes agora, mas aposto que ainda seremos melhores amigos quando ficarmos bem velhos, feito você e o taxista — falei. Mamãe me deu um dos seus olhares

pare-de-falar-merda. — O taxista já sabe que você tem bebês aí dentro?
— Você pode me fazer um favor, Dylan?
— O quê?
— Pare de chamar o Tony de taxista, por favor. O nome dele é Tony, e eu gostaria que você começasse a chamá-lo assim.
— O Tony já sabe que tem bebês aí dentro? — perguntei, apontando para a barriga da mamãe.
— Claro que sabe.
— Então o que vai acontecer?
— Como assim, o que vai acontecer? Você sabe o que vai acontecer... Os bebês vão nascer em março.
— Nós só temos dois quartos, onde os bebês vão dormir?

Mamãe ficou em silêncio e depois bufou, um sinal claro de que estava com algo em mente. Enfiei a minha lâmina lingual na boca, porque já podia sentir a bola da pressão subindo.

— Vamos ter que discutir isso, Dylan, mas não agora.
— Então quando? — questionei, mas com a lâmina lingual na boca as palavras saíram como se fosse um longo *enfon uaaaannnno*.
— Não agora. No momento, já tenho preocupação demais para ainda discutir todos os detalhes práticos.

Tirei a lâmina lingual da boca.
— E o papai?
— Ah, pelo amor de Deus, Dylan — disse a mamãe, levantando-se como se tivesse sido ligada na tomada, ou tivesse um trem invisível, gigantesco e dormente enterrado no peito. Depois ficou respirando fundo várias vezes.
— Bom, e ele? Isto não é justo com o papai.

— Claro que não — disse mamãe com uma voz baixinha, como se ela não quisesse que eu ouvisse, mas que ouvi mesmo assim.

— Eu ia escrever uma carta a ele, explicando tudo — falei. Eu só estava brincando, porque uma notícia assim poderia afetar o juízo dele, e ter o juízo afetado em uma zona de guerra quase equivale a ser lançado em um canil cheio de pitbulls com o corpo coberto por carne crua. Mas então a mamãe olhou para mim e explodiu.

— JÁ NÃO TE FALEI PARA NÃO ESCREVER UM MONTE DE BESTEIRAS PARA O SEU PAI?

— Mas ele vai querer saber por que você fez isso com Tony, o taxista, enquanto ele estava lá na guerra.

— TONY! TONY! SÓ TONY! — berrou ela. Acho que a mamãe tinha um problema com a profissão escolhida por Tony.

— Mas o papai vai querer respostas para algumas perguntas importantes, mamãe.

Minha mãe olhou para mim e depois desviou os olhos para a janela.

— Tipo, se você ama o papai, por que faria dois bebês com outra pessoa?

Um grande suspiro de irritação. Inspiração e expiração. Bufos de raiva. Inspirando. Expirando. Eu acompanhava a sua respiração. Nós dois parecíamos estar usando capacetes de astronauta.

— Eu não amo mais o seu pai, Dylan — disse ela, em voz baixa. Toda calma e suave. Aquela era a sua voz assustadora.

— O quê?

A bomba explodiu.

— Não estou apaixonada pelo seu pai, Dylan.
— Por quê?
— São muitos os motivos.
— Mas vocês dormiam na mesma cama.
— Eu não era apaixonada por ele.
— Nunca foi?
— Nos últimos anos, não.
— Sério?
— Sim, sério.
Uau!
— Você ama o taxi... quer dizer, o Tony?
— Sim.
— Sério?
— Sim, Dylan. Eu estou apaixonada pelo Tony.
— E ele ama você também?
— Sim.
— Sério?
— Sim, sério.
Então minha mãe amava Tony, o taxista, e era amada por ele também? Que Deus nos ajude! Aquele era um daqueles momentos na vida em que acontece algo grande, feito o presidente americano ser baleado mil anos atrás, e você nunca mais esquece onde estava na situação. Eu sempre lembraria que estava sentado à mesa da nossa cozinha, esfregando um saquinho de chá usado com os dedos da mão esquerda e o Verde com os dedos da direita, quando a minha mãe me contou que não amava mais o papai e que agora amava Tony, o taxista. Caramba!
— Mãe?
— Que foi?

— Posso fazer outra pergunta?
— Por que não? Está aberta a temporada — disse ela. Eu não sabia direito o que isso significava. Adultos = malucos, às vezes. — O que é?
— O Tony me ama?
— Bom, você não tem sido muito legal com ele, tem?
— Tenho, sim. Até escutei o Pink Floyd — falei. Era Esquisito, com E maiúsculo, conversar sobre amor e outros troços com mamãe. Aquilo parecia uma conversa adulta, mas sem as grandes palavras importantes. — Então o Tony não me ama?

— Ele me ama, Dylan, e eu amo você, portanto, de um jeito meio indireto, suponho que ele também ame você, mas provavelmente vocês dois precisam passar mais tempo juntos para que o amor surja.

Eu entendi o que a mamãe queria dizer. Alerta importante! Tony, o taxista, amaria os bebês porque eles eram filhos dele, e eu amaria os bebês porque eram meus irmãos ou minhas irmãs, mesmo sendo apenas meios-irmãos ou meias-irmãs, ou até ambas as coisas. Eu estava pouco ligando, mesmo assim amaria os macaquinhos. Seria o melhor meio-irmão do mundo, mostraria a eles todas as paradas, a lei das ruas, as voltas e reviravoltas da vida. Isso significava que Tony, o taxista, e eu amaríamos as mesmas três coisas: mamãe e os macaquinhos. Ele precisaria me amar depois disso. Como poderia não amar?

— O papai ama *você*? — perguntei.

Se a cabeça de mamãe fosse transparente, daria para ver o cérebro dela girando lá dentro.

— Não tenho certeza — respondeu, com um sorriso no rosto.

— Por quê? O que você fez?

Mamãe deu uma risadinha. Foi bom vê-la feliz e um pouco risonha.

— O que eu fiz? — disse ela para o teto. — O que eu fiz? Ela continuou rindo. Comportamento estranho.

— Sim... O que você fez?

Eu realmente queria saber.

— Então vou contar o que eu fiz, está bem?

— Tá legal.

Eu mal podia esperar para descobrir o que a mamãe tinha feito. Até sentei reto na cadeira.

— Eu fui a pessoa que cuidou de você, quando *ele* não queria aborrecimentos, ou quando estava bêbado demais para notar que você existia. Fui a pessoa que te levava à escola, quando era pequeno, porque *ele* tinha vergonha de ser visto na frente dos portões da Drumhill. Fui eu que não questionei quando ele passava dias sem fim na casa da namoradinha vadia da semana. Fui eu que servi de saco de pancadas humano toda vez que *ele* se sentia amarrado ou preso aqui conosco. Eu é que precisava mentir para todo mundo, dizendo que *ele* estava em algum lugar numa missão do exército, quando não estava. Foi isso que eu fiz, Dylan. Pronto. Está feliz agora?

Um gigantesco momento
KABUM
CLANG
BANG
MÍSSIL SCUD

Épico, para superar todos os outros. Jesus H. Jones, como dizem os americanos. Fiquei pensando no que a mamãe disse. Eu realmente queria dar um abraço nela, falar que a amava e que nunca, nem em um mês só de segundas-feiras, eu a usaria como saco de pancadas humano. Nunca nunquinha. Nem que a vaca tussa.

— O papai me ama? — perguntei.

— Lá do jeito dele, acho que sim.

— Por que você não me falou que estava sendo usada como saco de pancadas humano por ele?

— Você era uma criança, Dylan. Precisava ser protegido de coisas assim. Eu tentei te proteger de toda aquela bosta — disse, virando-se de costas e fingindo estar ocupada limpando algo na cozinha. Eu sabia que era fingimento, mas fiquei calado. — De qualquer forma, você tinha os seus próprios problemas, como a Tourette. Não precisava saber dos problemas que seus pais enfrentavam.

— Eu poderia ter contado à srta. Flynn, ela é boa com coisas assim.

Mamãe parou de fingir e se virou.

— Bom, é exatamente por isso que eu não falei — disse ela. Depois despenteou o meu cabelo, o que eu realmente adorava. Quando ela fazia aquilo, eu me arrepiava por dentro.

— Mas o que você fez para ser tratada por ele feito um saco de pancadas humano?

Ela começou a rir bem alto, mas aquilo certamente não era uma risada kkkkk-ah-isso-é-tão-engraçado. Em seguida, disse:

— Com certeza, você é filho do seu pai.

Achei estranho, porque *aquela* informação eu já sabia.

— Eu não fiz nada, Dylan. Esse era o jeito dele de se divertir um pouco, quando não ia com seus amigos ou suas vagabundas a algum pub — continuou ela. Então o olhar no seu rosto mudou e ela apontou o dedo para mim. O dedo parecia furioso. — Nenhum homem tem o direito de levantar a mão para mulher alguma. Nenhum homem. Você entendeu?

— Sim — respondi. Eu concordava com ela. Mas se uma mulher atacasse um homem com um machado ou um martelo então, certamente, o homem poderia se defender. Só que não falei isto a mamãe para ela não pensar que eu era um porco chauvinista. — Mas por que o papai fazia isso?

— Você vai ter que perguntar para ele, Dylan.

— Ele socava você de verdade, com toda a força?

— Tapa, soco, chute, cabeçada, empurrão. O que você puder imaginar, ele fazia.

Minha cabeça chacoalhou e alguns URROS saíram voando. Enfiei novamente na boca a lâmina lingual e mordi com o máximo de força, quase furando o troço. Foi uma mordida do sr. Raivoso. Eu queria chorar por mamãe. Também queria que ela me desse um dos seus abraços especiais, ou queria dar um dos meus abraços especiais nela. Eu parecia a lava de um terremoto, com a fúria fluindo dentro de mim, porque tinha na cabeça a imagem da mamãe sendo jogada pela sala, enquanto era usada por papai como um saco de pancadas humano. Aquilo era impensável. A imagem me dava vontade de chorar ou berrar. Eu respirei fundo pelo nariz e depois tirei da boca a lâmina lingual.

— Mas eu não entendo, mãe. Por que ele fazia isso? Não é legal, nem um pouco legal. Por que ele faria isso?

— Me diga você. Eu realmente não sei por que ele fazia isso.

— Ele é um grandalhão covarde.

— É.

— Não gosto de quem bate nas pessoas.

— Nem eu, filho.

— Não é certo.

— Eu sei que não é.

— O Tony usa você como saco de pancadas humano?

— Não. Não, o Tony é gentil e carinhoso. — Eu tinha esperança de que mamãe falasse algo assim, porque não sabia o que faria caso Tony, o taxista, gostasse que suas mulheres fossem sacos de pancadas. Teria levado um papo com Amir, para que pudéssemos bolar um plano de ação decente. Felizmente, não foi preciso.

— É assim que eu quero ser quando crescer, carinhoso e gentil — comentei, porque é assim que todos os homens bons devem ser. Mesmo que não tenha dinheiro para pagar jantares caros em restaurantes badalados feito o Nando's ou o T.G.I. Friday's, usar roupas da moda e ter um carro bacana, você ainda pode ser gentil e carinhoso. Todas essas outras coisas, na verdade, não têm tanta importância. — Se soubesse o que o papai andava aprontando, talvez eu pudesse ter conseguido que ele parasse. Poderia ter feito alguma coisa.

— Ele era um animal, Dylan. Ninguém poderia ter parado o seu pai.

— Nem mesmo o exército?

Minha mãe sentou ao meu lado e pegou minha mão entre as suas. Minha cabeça suava em bicas, e a dela também estava pegajosa. Ela olhou diretamente para os meus olhos, muito séria, tal como Amir e eu fazíamos quando tínhamos nossas competições de quem piscava primeiro, que eu sempre ganhava. Amir falava que isso acontecia porque as pálpebras paquistanesas eram mais sensíveis do que as escocesas, de modo que ele precisava piscar mais, coisa que eu nunca tinha percebido. Os corpos das pessoas são máquinas malucas! Minha mãe ficou olhando para mim.

— Olha, amor... O seu pai saiu do exército há muito tempo.

— É, eu sei.

Mamãe pareceu se surpreender que eu soubesse de troços sérios, como se pensasse que eu tinha o menor cérebro do país, algo assim.

— Sabe mesmo?

— Sim, ele agora está em uma força especial. É meio que uma versão superior do SAS. É uma Unidade de Inteligência, acho eu.

Ela balançou a cabeça e seus olhos tinham uma expressão de pena.

— Não, não está, filho.

— Não?

Eu fiquei tão confuso ponto com quanto na aula de álgebra.

— Ele saiu do exército no ano passado.

— Ano passado, 2013?

— Em junho de 2013, para ser exata.

— Ele saiu em junho? Por quê?

— Quando falo saiu, não quero dizer *sair*, exatamente.

— Então ele não saiu?

Aquilo parecia uma dupla aula de álgebra, com uma detenção algébrica depois da escola, seguida de dever de casa algébrico e palavras cruzadas também algébricas na hora de dormir.

— Ele foi convidado a sair.

— Convidado a sair do exército?

— Sim.

— Por quê?

— Indisciplina.

— O que isso quer dizer?

— Ele ficava bêbado quando estava de serviço, brigava com os outros soldados... muitas e muitas coisas. Ele era imprevisível.

— Então pediram que ele saísse por ser imprevisível?

Na Drumhill também havia algumas pessoas assim; eram os candidatos a usar camisas de força.

— Pediram, sim.

— Isso é tipo... ser despedido do emprego, não é?

— Exatamente.

— Então o papai foi despedido do exército?

— Sim.

Como diabos alguém pode ser despedido do exército? O exército! Até o pessoal da Drumhill sabe que o exército é cheio de escrotos, burraldos e brigões vindos de escolas de todo o país. Como alguém pode ser despedido de um lugar já lotado de psicóticos? Era isso que eu não entendia.

— Mas isso é maluquice. Ninguém é despedido do exército, é?

— Ele era um homem mau, Dylan. Eles precisaram despedir o seu pai.

— Mas e aquelas minhas cartas?

— Ele recebeu todas, isso eu posso garantir.

— Mas eu escrevi Iraque em alguns dos envelopes.

— Elas não foram enviadas ao Iraque.

— Ele nem estava no Iraque?

— Não, ele não estava no Iraque.

— Então como recebeu as cartas?

— Eu mandei as cartas para ele, só trocando o endereço que você tinha escrito nos envelopes.

— Então ele recebeu tudo?

— Sim, suponho que sim.

— E por que nunca escreveu de volta?

— Só ele pode te responder isso.

— Para onde você mandou as cartas, se não foi para o Iraque?

Mamãe pegou um dos saquinhos de chá que estavam ali na mesa e espremeu com tanta força que o sumo escorreu sobre o tampo e fez uma poça. Foi uma burrice, porque ela simplesmente teria que limpar aquilo mais tarde; como não tinha sido eu que fizera a sujeira, eu é que não ia limpar coisa alguma.

— Para onde você mandou as minhas cartas?

— Para Barlinnie.

— Onde?

— Barlinnie — repetiu ela, o que não fazia sentido, porque eu não sabia onde aquilo ficava. Ela poderia ter passado o dia inteiro repetindo aquela palavra que não causaria a menor impressão na minha cabeça.

— Você pode continuar repetindo isso, mas eu ainda não sei onde fica.

— Barlinnie é uma prisão, filho. O seu pai está na cadeia.

PAUSA ENORME COM LETRAS MAIÚSCULAS

Senti como se meu cérebro estivesse descendo uma imensa escada rolante em direção a um profundo buraco negro. Levei um

longo

    longo

        longo

            longo

                tempo

para chegar à resposta correta, mas, mesmo com a agonia de pensar com tanta força, acabei chegando. Dylan Mint, um verdadeiro mestre da ginástica cerebral. Uma medalha de ouro para Dylan Mint.

# 27
# Ladrão

Mamãe disse que precisou me deixar com a cabeça na mesa da cozinha por meia hora antes de tomar coragem para me dar um dos seus abraços especiais e explicar o que realmente havia acontecido com o papai, por que ele tinha ido parar na cadeia. Quando ela me tascou um beijo na bochecha, dizendo que me "amava taaaaaaaaaanto" e que eu, ela, Tony, o taxista, e os dois macaquinhos seríamos uma família feliz, minhas lágrimas se uniram às dela e foram escorrendo juntas pelo nosso rosto como se fossem melhores amigas de mãos dadas. Só que, quando ela soltou aquela bomba do nada, aquele soco nocauteador, aquela martelada nas bolas, eu precisei apelar para umas perguntas de ginástica cerebral para suportar a explosão inicial. Somente a minha lâmina lingual não seria suficiente.

COISAS QUE A MAMÃE ME CONTOU:

Quando foi expulso do exército por ser um enorme e constrangedor pé no saco para eles, papai não conseguiu arrumar emprego em lugar algum, fosse por dinheiro ou amor. O idiota passava o tempo todo no pub, enchendo a cara, ou na casa de apostas, gastando toda a sua pequena poupança e o seguro-desemprego em maluquices como corridas ou esqui. De qualquer forma, ele logo perdeu toda a grana, porque o que sabia de corridas ou esqui cabia na pontinha da unha. Ficou apenas com o seguro-desemprego para não afundar de vez. O dinheiro do seguro-desemprego é uma boa bosta e os jornais dizem que só vagabundos, burraldos ou preguiçosos recebem seguro-desemprego e que é uma vergonha viver disso. Então pensei na cara de pau que meu pai tinha por falar que era uma vergonha eu estudar na Drumhill, enquanto *ele* vivia daquela porcaria. De qualquer forma, ainda conseguia ficar se embebedando no pub o tempo todo e, de vez em quando, fazia uns serviços estranhos para uns conhecidos, enchendo caçambas com tijolos e outras porcarias que ninguém queria. Ele começou a andar com uns marginais da pesada e foi então que começou a fazer umas coisas bem suspeitas. Minha mãe não sabia o que era, porque tinha medo de perguntar e ser usada de saco de pancadas humano novamente, mas seu instinto detetivesco lhe dizia que meu pai não estava andando na linha. Por volta dessa época, ela e Tony já estavam trocando oizinhos no Facebook. De repente, papai começou a usar roupas da moda, incrementou o carro, comprou um celular top de linha e começou a beber toneladas de birita superalcoólica, tipo champanhe, martíni e vinho Lambrusco. Ele andava pela casa pensando que era uma espécie de playboy figurão, tipo James Bond. Ou um fodão qualquer. Mamãe falou que eu não fazia ideia do que acontecia, porque papai não tinha o menor saco para mim e, de qualquer forma, ele passava dias fora de casa, de modo que era mais fácil me dizer que ele estava de serviço no exército, para que eu não fizesse perguntas de mais.

Então um dia, quando eu estava na escola, policiais com capacetes de moto invadiram a casa e arrancaram meu pai da cama enquanto ele tentava curar uma ressaca colossal. Levaram meu pai à força até a delegacia para ler os direitos dele, jogar a lei na sua cara e acusá-lo de "roubo à mão armada com agravante". Quando mamãe me contou o que "agravante" significava, fiquei imaginando se havia qualquer outra forma de roubo à mão armada. A polícia realmente tem uns nomes engraçados para os crimes. O mais engraçado era que o meu pai estava sem camisa, só de calça, quando foi arrastado para a delegacia. Mamãe riu, dizendo que torcia para que as calças estivessem limpas naquele dia. Quando ela chegou à delegacia, ele estava usando um uniforme alaranjado de ferroviário, com uma ressaca capaz de nocautear um camelo. Meu pai não quis falar com ela, e ela também não queria muito falar com ele, mas a polícia tinha umas perguntas sérias para a mamãe. Fizeram um interrogatório que durou cinco horas e quarenta e dois minutos. E eu me lembro desse dia muito bem, porque foi o dia em que precisei ficar na escola durante o que me pareceu serem séculos e séculos, sem saber a razão. Fiquei escutando Sigur Rós e Mogwai na sala da srta. Flynn.

O maluco do meu pai tinha simplesmente assaltado uma pequena agência dos correios em uma cidadezinha na fronteira, amarrando o homem e a mulher que atendiam por lá e arrebentando as pernas do coitado com um bastão de beisebol até o sujeito revelar onde guardavam toda a grana. Ele deu quatro socos no rosto do pobre homem e bateu duas vezes no queixo da coitada da mulher, DEPOIS que eles falaram onde estava a grana. Então se mandou com 763 libras (um uau não muito grande!) e correu de volta para Glasgow *no seu próprio carro*. Que burro! A polícia deu o bote nele no dia seguinte mesmo, porque viram o seu rosto descoberto pela câmera de segurança da agência. Um imbecil total! Ele ergueu as mãos, falou que aquilo fazia parte do jogo e se declarou culpado do ato covarde.

Por ser o pior ladrão à mão armada e o maior imbecil do mundo, papai pegou uma pena de quinze anos na notória penitenciária de Barlinnie. Quinze anos por 763 libras. Quanta burrice, sr. Mint!

Dos noventa e dois times das ligas inglesas, quais têm os nomes de uma só palavra mais curtos e mais compridos?

Uma provocação
provocadora
e
provocante,
principalmente porque as ligas inglesas não estavam em nenhuma das minhas listas de "assuntos especializados".
Um quebra-cabeça longo e difícil.
Olhar concentrado e boca fechada.

Bury
e
Middlesbrough.
Campeão Extraordinário de Ginástica Cerebral!
Fim de jogo!

# 28

# Compras

Quando contei ao valente Amir que eu afinal não ia virar presunto, porque os médicos do hospital tinham feito uma confusão danada, acho que ele teve vontade de me dar um abraço de urso de esmagar os ossos. (Fiquei com vergonha de contar a ele que, na verdade, fui eu que fiz a confusão danada. Não queria que meu melhor amigo pensasse que eu era um idiota completo. Então, calei o bico.) Ele acabou não me dando o tal abraço de urso de esmagar os ossos, em parte porque estávamos em público, e em parte porque é isso que os jóqueis de jiboia fazem uns com os outros antes da coisa propriamente dita, e nós não éramos chegados em jiboia. Não tinha essa de fazer a coisa propriamente dita.

— Mas isso ta-ta-também é chato, não é? — perguntou Amir. Ele começou a piscar muito, coisa que só fazia quando estava perturbado ou chocado, ou então quando não sabia as respostas de perguntas fáceis na aula, que nem quando o professor McGrain perguntou qual era a capital dos Estados Unidos. Amir levou a vida inteira de uma tartaruga e ainda respondeu Nova York. A turma riu e ele começou a piscar feito o início de um filme no cinema. — Você não acha que isso ta-ta-também é chato?

— Por quê?

— Porque agora você não vai fazer todas aquelas coisas legais da sua lista.

— Ainda posso fazer tudo aquilo, Amir.

— Como?

— Porque agora vou ter mais tempo para fazer tudo e, se você pensar bem, posso até acrescentar mais coisas bacanas à lista e fazer tudo por um período de tempo maior. Entende? É por isso que viver é legal.

— Você pensa em tudo, não?

— Aqui em cima é pra pensar, aqui embaixo é pra chupar — disse eu, apontando para a cabeça e depois para o pinto.

Amir deu uma risadinha.

— Você é ma-ma-maluco, Dylan.

— Quer saber de outra coisa?

— O quê?

— Ainda posso manter minha lista de *Coisas legais para fazer antes de morrer*, porque, na minha visão, todos nós vamos morrer mesmo. Isto é cento e oitenta e cinco por cento fato.

— Deve ser.

— Posso acrescentar você à lista, se quiser.

— Pode fazer isso?

— Regras especiais para melhores amigos.

Então Amir pôs na cabeça o seu chapéu pensante... Alerta de Perigo!

— Então — disse ele, ainda usando o chapéu pensante. Abortar! Abortar! — Você quer *me* fazer antes de morrer?

— Nunca, Amir. — Às vezes a cabeça de Amir funcionava de forma diferente da de outras pessoas. Aquela era uma dessas vezes.

— Então como eu poderia estar na sua lista?

— Quero dizer que eu posso simplesmente mudar a lista para *Coisas legais para Dylan e Amir fazerem antes de morrerem*.

Amir piscou e bateu quatro vezes na coxa. Era uma pena que não houvesse um aparelho que ele pudesse usar. O meu estava funcionando às mil maravilhas. Sem acesso de tiques havia cerca de uma semana. Eu meio que sentia falta do sr. Cachorro. Não muito, mas um pouco. Às vezes até fazia minha cabeça tremer de propósito, para que Amir não se sentisse tão solitário com os troços que tinha. Percebi que ele tinha gostado da ideia da lista nova.

— Gostei dessa ideia.

— Excelente, *capitano*.

— Mas podemos mudar um pouquinho?

— Foi o que acabamos de fazer.

— Não, quer dizer, mudar outra vez?

— Para o quê?

— Para *Coisas legais para Dylan, Amir e Priya fazerem antes de morrerem?* — disse ele, feito um menininho perdido.

Desde que haviam se conhecido na festa de Halloween, Amir e Priya tinham virado namorados. Para uma garota, ela

era até bem legal. E como era da Índia, e Amir do Paquistão, os dois viviam se provocando com brincadeiras tipo
*você é babaca*
*não, você é babaca*
*você é um pentelho idiota*
*não, você é uma pentelha idiota*
entre si. Só que os pais deles não sabiam que os dois viviam grudados. Se soubessem, a merda ia feder. Eu prometi nunca abrir o bico sobre o negócio do namoro. Eles eram um casal fantástico, e eu gostava de ter Priya andando com a gente; era bom ter a mente de outra pessoa e a opinião de uma mulher sobre as coisas. Eu só não gostava quando os dois falavam um com o outro naquela língua du-bi-du--bi-du deles, porque achava que estavam zoando comigo. Amir falou que não estavam, e eu acreditei. Afinal, ele era o meu melhor amigo, e confiança é tudo. O pior era quando Amir e Priya se davam boa noite: eu era obrigado a esperar na loja da esquina, no abrigo do ponto de ônibus, diante do centro comunitário, ou atrás de uma árvore, enquanto eles ficavam se beijando. O valente Amir sempre voltava como se tivesse acabado de sair da caverna de Papai Noel. Eu me perguntava como Priya aturava o bafo dele, mas como ela também tinha um pouco de cheiro de curry, suponho que todo mundo ali estava feliz.

Foi muito melhor quando Michelle Malloy começou a andar conosco, porque eu tinha alguém com quem conversar, e parei de me sentir um monstro verde peludo. Michelle Malloy e eu não nos beijávamos na frente das pessoas. Ainda não tínhamos nos beijado de verdade, embora às vezes nossas mãos se tocassem e nós deixássemos que ficassem um pouco assim. Conversávamos sem parar sobre coisas doidas, tipo as chatices dos pais, a merda que era a escola, as idiotices das pessoas normais que andavam feito uns burros, as bostas dos *reality shows* irritantes e as músicas que os velhos ouviam.

Michelle Malloy gostou de não ser mais chamada de PUTA por causa dos meus acessos. Às vezes, só de brincadeira, eu mandava para ela uma mensagem: *boa noite puta*. Ela devolvia tipo: *tu eh msm um pentelho dylan kkkkkk boa noite benzim*. Minha barriga formigava quando Michelle Malloy escrevia *benzim*, *gatinho* ou *oi, você* nas suas mensagens. Ela e Priya eram feito unha e carne, de modo que tudo estava uma beleza.

Recentemente, Michelle Malloy e eu tínhamos começado a trocar miniabraços. Ela ainda não recebera um dos meus abraços especiais, mas eu achava que isso não ia demorar muito. Dedos cruzados. Eu até mostrei o Verde para ela e deixei que desse uma esfregadinha na pedra. Comecei a beijar meu braço, como treino para o grande dia. Mal podia esperar! Dedos das mãos e dos pés cruzados, junto com braços e pernas. Falei que ela podia entrar na nossa lista, se quisesse, e Michelle ficou muito animada com a ideia. Então *Coisas legais para Dylan, Amir, Priya e Michelle fazerem antes de morrer* era decididamente o rumo a seguir e já estava tomando forma. Só precisávamos de umas coisas legais para botar na lista.

\*

Minha mãe e Tony iam ao cinema ver a chatura de uma comédia romântica de Natal; ela disse que precisava da droga de um chiclete cerebral para parar de pensar que estava engordando. Isso significava que eu teria a casa só para mim PELA PRIMEIRA VEZ NA VIDA! Tony falou para a minha mãe que eu ainda era o homem da casa e que eles podiam confiar que eu não fosse colocar fogo em tudo.

Beleza, mestre Tony!

Então fiz o seguinte: convidei Michelle Malloy para vir passar algumas horas legais com seu novo namorado: EU.

E enquanto fazíamos planos ao telefone, eu fiz uma coisa mega-anti-Dylan-Mint.

Pouco antes de chegar à parte de "Boa noite, benzins", eu disse: "Use aqueles Adidas vermelhos de cano alto, gatinha."

Doideeeeira.

Ela disse "Ok, benzim".

Doideeeeira dupla.

Então meu coração começou a bater mais depressa ainda do que no dia em que achei que ia morrer. Michelle Malloy, minha nova namorada, estava vindo para a minha casa.

Meu cafofo.

Meu cafofo vazio.

Para papear.

"Papear" era um *eufemismo* (minha palavra nova), e nós dois sabíamos disso.

Caraca!

Eu precisava contar aquilo para alguém, então contei ao Tony, que agora era tipo meu segundo melhor amigo, e é legal contar coisas ao seu segundo melhor amigo, desde que você também conte ao primeiro. Mas não falei coisa alguma sobre levar um papo. Piscadela! Piscadela! Só perguntei que roupa eu deveria usar (calça jeans e uma camisa bem passada, disse ele), o que nós deveríamos comer (qualquer coisa menos sopa, disse ele) e que música eu deveria botar para tocar. Tony sugeriu um cara chamado Marvin Gaye e me deu um CD chamado *Let's Get It On*, que é um eufemismo para "vamos trepar como loucos".

E Gaye me fez dar umas risadinhas, por ser um nome superirônico, já que eram um cara e uma gata que iriam papear. Piscadela! Piscadela!

Mas depois tive que contar tudo ao valente Amir, porque fiquei com os nervos em frangalhos só de pensar no meu cafofo vazio, em Michelle Malloy, naqueles Adidas vermelhos de cano alto e em papear. O primeiro item da minha lista original de *Coisas legais para fazer antes de morrer*, "*ter intercurso sexual real com uma garota (de preferência Michelle Malloy)*", ia acontecer de verdade e eu estava me cagando nas calças.

— A primeira coisa que você precisa fazer é arrumar umas ca-ca-camisinhas, Dylan — disse Amir.

— Deve ser.

— Deve ser nada. Você não quer que um dos óvulos dela seja fer-fer-fertilizado pelo seu esperma.

Amir curtia bastante a parte sobre reprodução do curso de biologia.

— Assino embaixo.

Aí Amir me arrastou até a drogaria em uma expedição em busca de camisinhas.

— Tem uma caralhada delas, Dylan.

— Cala a boca, Amir — disse eu, porque nós parecíamos uma dupla de demônios do sêmen pairando na seção de camisinhas. — Alguém vai ouvir e nos botar pra fora.

— Mas como você vai saber qual comprar?

— E eu lá sei? Nunca comprei camisinha antes, comprei? Tentei fingir que estava olhando para a seção de desodorante e creme de barbear, mas na verdade meus olhos se estreitavam em direção às fileiras infinitas de camisinhas. Aquilo fazia meus olhos doerem.

— Tem, tipo... quatro, cinco — disse Amir, começando a contar os diversos tipos de camisinhas que se podia comprar, todas em caixas de cores diferentes. — Oito, nove... Todas eram para coisas diferentes. Prometiam prazeres diferentes. Aquilo era um estresse total para a minha cabeça. O Verde já estava encharcado nas minhas mãos úmidas.

— Onze, doze... DOZE tipos diferentes. Caraca.

— Vambora, Amir. Isso aqui é maluquice.

— Maluquice, exatamente, Dylan. Olhe só estas daqui!

— Amir ergueu uma caixa amarela na frente do meu rosto.

— Têm gosto de ba-ba-banana.

— Eu não vou comer as camisinhas, Amir.

— Eu sei, mas...

Ele fez a brincadeira de me cutucar com o cotovelo que às vezes fazíamos.

— Mas nada — falei. — Vambora, esse lugar tá me deixando nervoso.

Amir tirou mais pacotes da prateleira.

— Estas aqui prometem arrepios...

— Cala a porra dessa boca. Vambora.
— Isso de arrepiar quer dizer o quê? Arrepia o seu pinto ou a florzinha da garota?
— Mas que porra...
Àquela altura, eu já sentia minhas costas molhadas.
— Ultraconfuso, Dylan. Ultraconfuso.
— Você pode passar o dia todo olhando essas camisinhas, se quiser, Amir, mas eu preciso sair daqui a jato.
Precisava, sim. Precisava sair depressa, porque já sentia a presença dele, como se ele estivesse sentado em um muro, pronto para
    dar o bote
    saltar
    ou
    pular
sobre a próxima pessoa que passasse ali.

Dava para vê-lo ali, com a saliva escorrendo dos dentes, língua molhada pingando.

RRRRROOOOOSSSSSNNNNNAAAAANNNNN-DDDDDOOOOO.

Eu não o encontrava já havia algum tempo, coisa que me deixava feliz, porque quando o sr. Cachorro morde é um presente desagradável para os olhos e ouvidos.

Por favor não deixe o sr. Cachorro sair, não aqui na loja.

**Por favor não deixe o sr. Cachorro sair**, não enquanto eu estiver na seção de camisinhas.

Por favor, não.

Por favor.

Adivinhe o que aconteceu?
O sr. Cachorro saiu.

*

— Tudo bem, Dylan, eu estou aqui. — Amir estava sentado ao meu lado na calçada, com o braço em volta dos meus ombros. Não de um jeito afrescalhado, mas de um jeito vou-cuidar-de-você-parceiro. Ele estendeu uma garrafa para mim. — Quer um pouco de água?
— Obrigado, Amir.
— É pra isso que servem os melhores amigos, não é?
— Pode apostar que sim.
— Você já tá legal?
— Tô. O que vou fazer, Amir?
— Beber um pouco de água.
— Não, com a Michelle Malloy.
— Conte umas pi-pi-piadas e ela vai ficar à vontade.
— Contar piadas idiotas não vai baixar as calcinhas dela.
— Bom, talvez isto aqui baixe — disse Amir, passando para mim uma sacolinha branca da drogaria. — Aí.
— O que é isso?
— Dá uma olhada aí dentro.
Eu olhei.
— Ah, Amir, você comprou camisinhas pra mim.
Foi, tipo, a coisa mais legal que alguém já fez por mim. Que cara mais sensacional. E que sujeito sortudo eu era por ter um cara tão sensacional como melhor amigo.
— Comprei. *Extrasseguras e extralubrificadas* — disse ele, apontando para o que estava escrito na caixa. — Agora você

pode comer a Michelle Malloy a noite toda e o seu pinto estará superseguro.

Eu queria dizer obrigado, mas o calombo na minha garganta não deixava.

Então só dei um abraço nele.

# 29
# Vazia

As camisinhas extrasseguras estão na gaveta de cima. Marvin Gaye está pronto para entrar em ação cantando *Let's Get It On*. Eu já tinha posto uma lâmpada de vinte watts no abajur da mesa de cabeceira. Os lençóis e as fronhas receberam um tratamento chique: agora cheiram a aloe vera e lavanda. Todas as minhas meias foram removidas, por razões de segurança. Todas as páginas da internet que eu consultei para fazer pesquisas de última-hora-ponto-com foram apagadas do meu histórico de navegação. No aparador tenho duas latas de Pringles sabores wonton picante e salsa de chile habanero, uma caixa de chocolate Maltesers e uma garrafa de Irn-Bru para a gente petiscar e relaxar depois. Por mais que prepare o cafofo, porém, sem esquecer de qualquer detalhe, ainda preciso de uma ginástica cerebral intensa para acalmar os velhos nervos tensionados. Então tento pensar nas seis piadas mais engraçadas que conheço para contar a Michelle, caso a conversa fique esquisita, ou ela tenha um dos seus acessos de TDO.

Quando a campainha toca, juro por Jesus, Alá, Buda, Sansão e o Doc Colm que quase me cago todo nas calças.

— Oi, Michelle. Que bom você ter conseguido pintar.

— Pintar o quê? Ah, meu Deus... Você não está tendo uma noite esquisita, está?

Minha língua entorta e já consigo sentir as baboseiras querendo sair.

— Você ouviu falar do sujeito disléxico que chutou uma loba por engano?

Michelle Malloy contorce o rosto e abana a cabeça.

— Sacou?

A piada número um é um desastre.

A roupa de Michelle Malloy é o máximo. Meia-calça preta (difícil de tirar, exigindo habilidade) sob um saiote xadrez em tons vermelhos (sem indicação de qual clã), uma camiseta que exibe uma banana e as palavras *The Velvet Underground* (sei que ela não está promovendo um meio de transporte confortável) E os Adidas vermelhos de cano alto. Que arraso! A rainha dos meus sonhos de adolescente.

— O Marvin Gaye está no meu quarto, se você quiser subir? BIMBAR. TREPAR. TRANSAR — digo. (Mas queria tantooooooooooooooooooooo dizer "Você parece a primeira coisa que eu vejo depois de vinte anos de cegueira, Michelle".)

— Ah, merda, desculpe, Michelle. Eu não queria dizer...

— Puta merda, quer se acalmar, Dylan? Eu ainda nem entrei no seu quarto. Venha cá, benzim.

Ela estende os braços e nós nos unimos em um abraço especial. Seu cabelo encosta no meu rosto. Fecho os olhos, inspiro o seu cheiro estonteante e penso: *Este momento é um zilhão de vezes melhor do que ficar sentado no Céu tomando sorvete com uma cereja em cima.*

Michelle Malloy não lida bem com escadas — ela mora em uma casa térrea —, então eu a ajudo a subir. É o que qualquer namorado decente faria por uma namorada que tivesse dificuldade para subir escadas. Se pudesse, eu jogaria a dama por cima do meu ombro e a carregaria escada acima.

No meu quarto, a lâmpada de vinte watts já está criando um clima. Michelle Malloy senta na minha cama. Eu me pergunto se aquela roupa não atrapalha.

— Quer um copo de Irn-Bru e umas batatas chips?

Isso é o que se chama agir de forma maneira antes do evento principal.

— Eca! Não.

— Chocolate?

— Não.

— Talvez depois.

— Depois de quê, Dylan?

— Nada. TRANSAR. Puta merda!

— Tem água aí?

— Água? ÁGUA É O CARALHO PORRA. Desculpe, Michelle.

— Tudo bem. Relaxa.

— Não pensei em água.

— Então pensou em quê?

— Vou descer e buscar água — digo, indo em direção à porta.

— Toma algum treco pra relaxar, está bem?
— Tá legal, um treco pra relaxar. Tô ligado.
— Senta aqui, Dylan.
— Onde?
Ah, céus! Ela só quer que eu sente ao seu lado na MINHA cama.
— Aqui — diz ela, batendo de leve na cama ao seu lado.
— Onde? Aí? — digo, apontando.
— É.
Eu sento ali. Graças a Deus faço isso, porque acho que minha bunda vai desabar.
— Tem certeza de que sua mãe e o namorado só vão voltar bem mais tarde?
— A tal comédia romântica tem uma hora e trinta e oito minutos de duração, mas há dezessete minutos de anúncios de bosta antes do filme, mais um tempo para bater papo depois e um tempo no carro a caminho de casa, então, acho que eles vão levar pelo menos duas horas e trinta e três minutos para voltar.
— Que bom — diz ela.
— Bom?
— Bom pra caralho, Dylan.
Cacete! Bang! Pow!
Acontece.
BEIJAÇO com toda a força nos lábios.
Michelle Malloy agarra minha camisa bem passada e me puxa. ALGUÉM PODE CHAMAR O MÉDICO QUE FAZ TRANSPLANTE DE CORAÇÃO... AGORA? Não estou brincando... Acho que alguém implantou um marca-passo no meu peito.

A princípio, nós trocamos beijinhos, como se fossem uns selinhos mais longos, tipo boa noite, mamãe. Na verdade, eu não sei o que fazer, então vou acompanhando Michelle Malloy, já que claramente ela é a mais experiente aqui. Então nossos lábios meio que se grudam, descrevendo um círculo pequeno, rápido, lento, rápido, lento. Eu gosto disso. Meu coração também gosta e já volta a um ritmo apenas veloz. Meu pinto também gosta e começa a acordar feito um jacaré na Flórida. Então a língua de Michelle Malloy penetra na minha boca, entrando e saindo rapidamente, como se ela estivesse brincando de esgrima lingual. Se esse é o jogo que ela quer jogar, eu sou o homem certo, penso, de modo que enfio minha língua na sua boca e nós ficamos brincando de esgrima lingual juntos. Quando a esgrima lingual termina, passamos à sugação boca-língua. E caramba, caramba, caramba, caramba... Como o meu pinto gosta dessa brincadeira! Quando nossas bocas se separam, eu nem tenho vontade de limpar a baba do meu rosto, para que Michelle Malloy não pense que estou rejeitando a sua saliva.

— Uau, Michelle.

— Gostou disso, Dylan?

— Ina-creeeemee-entável.

Ela ri. UEBA. Eu fiz Michelle Malloy rir.

— Você é maluco pra caralho, não é, Dylan?

Quero fazer Michelle rir novamente. Quero que ela passe a noite toda rindo.

— Um sanduíche entra num bar. O barman diz: "Desculpe, mas não servimos comida aqui."

Ela não ri.

Eu pulo da cama.

— Quer ouvir Marvin Gaye?

Só que é tarde demais — Michelle Malloy está olhando para ele. Seus olhos não estão encarando os meus. Não, não. Ela está olhando para a minha calça jeans desengonçada da Matalan. Eu esqueci do meu pinto.

— Uau, Dylan, estou impressionada.

— Não... Merda... Desculpe... Eu não queria... Não é o meu PAU... merda!

— Relaxe, Dylan, estou te elogiando.

— Está?

— Um elogio grande pra caralho.

O elogio grande pra caralho combina com o seu sorriso grande.

— Então, boto o Marvin Gaye pra tocar?

— Quanto mais depressa, melhor.

\*

Não vou falar do propriamente dito, nem de qualquer lance sacana, mas sei do seguinte: foi tudo em maiúsculas.

BELEZA

INA-CREEEEMEE-ENTÁVEL

MALUQUICE

CARAMBA

UAU

e

NEM QUE A VACA TUSSA

tudo junto.

Depois ficamos abraçados, olhando para as manchas no meu teto. Nem mesmo a lâmpada de vinte watts conseguia esconder aquilo. Debaixo das cobertas, fiquei esfregando o meu pé no pé aleijado de Michelle Malloy. O seu pé parecia ter sido feito de um grande pedaço de argila, com os dedos se projetando da ponta feito umas abobrinhas. Eu queria taaaaaaaaaanto que meu pé transmitisse ao pé dela que eu sempre estaria ali, sempre cuidaria dele e sempre tentaria protegê-lo dos escrotos do mundo. Eu queria beijar todo o pé aleijado de Michelle Malloy, brincar de esgrima lingual com aqueles dedinhos e dizer aos cinco que iria amá-los para sempre. Talvez até dizer a Michelle Malloy, MINHA namorada, que também a amaria para sempre.

— Gatinha?

— Sim, benzim.

— Já contei pra você que na semana passada uma garota de botas quase bateu em mim?

— Não.

— Depois eu até liguei, convidando a gata pra sair, mas ela já tinha batido as botas.

Minha namorada ficou rindo do meu lado.

Pulsação: normal.

Coração: feliz.

\*

Antigamente, éramos só Amir e eu. Uma dupla de melhores amigos. Mas agora somos um quarteto, como o de *Friends*, só que sem Phoebe e Ross. E sabemos que aquilo que não *nos* matar só nos fortalecerá.

E isso é o que eu chamo de Maluquice Maluca.
Hein?
O quê?
A vida!

# 30
# Adeus

Blair Road, 77
ML5 IQE
15 de dezembro

Sr. Mint

A mamãe já me contou tudo, por isso nem tente negar. Não estou escrevendo para te contar as coisas geniais que ando fazendo. Só vou dizer que já foram milhões, mas você nunca saberá quais são. Também não vou falar de futebol, da escola, de garotas ou dos meus planos futuros. Só queria escrever para tirar uma coisa do meu peito. Quero te dizer que você é o pior homem que eu já conheci, talvez pior até do que aquele médico louco da Inglaterra que matou todos os seus pacientes porque eles eram velhos demais e enchiam o seu saco. Mas o negócio é que aquele médico psicótico não usava sua esposa como saco de pancadas humano semana sim, semana não, deixando a mulher toda roxa, ensanguentada e chorando no tapete da sala. Usava? Não, não usava, porque eu fui conferir no Google e lá dizia que ele era um marido fiel e amoroso, o que decididamente você não era. Fiquei com muita pena da mamãe por ter que te aturar durante tantos anos. Se você, só por diversão, estivesse dando socos em mim no lugar da mamãe, eu iria reagir e dar queixa na delegacia mais próxima sem perder tempo. Nenhum homem tem o direito de erguer a mão para uma mulher. Nenhum. Mesmo que seja um pai frustrado, vivendo do seguro-desemprego, sem perspectivas de trabalho. Ok? Mamãe concorda com isso.

Também acho que você deve ser um dos ladrões mais burros, se não o mais burro, que a Escócia já conheceu. Quer dizer, quem vai assaltar uma agência dos correios com o próprio carro e sem máscara no rosto? Que otário! Se tivéssemos nascido em Ohio, Utah, Dakota do Norte ou do Sul, eu teria inscrito você naquele programa *Os criminosos mais idiotas da América*, mas você tem a sorte de não sermos de lá. Só que aquilo que você fez com o homem e a mulher dos correios, coitados, mostra que você é mais cruel do que a Cruela Cruel. Quando soube dessa história, fiquei com vergonha de estar associado ao nome Mint.

Amir falou que você é um covardão, porque nem teve peito para me escrever contando a verdade sobre o lugar onde está morando agora. Morando é uma piada! Eu me senti pior do que um covarde, porque pensava que você era um verdadeiro herói de guerra, lutando contra o mal, mas o tempo todo você estava em Barlinnie, cumprindo uma pena de quinze anos por roubo à mão armada porque VOCÊ é do mal. Você fez com que eu me sentisse um completo idiota. Amir tinha razão a seu respeito. Eu também contei para Amir que você é um porco racista safado, porque você vivia xingando aquele lojista ali da esquina, e sempre chamava de macaco qualquer pessoa de pele diferente que aparecesse na TV. Amir concordou comigo, e ele deve saber porque enfrenta porcos racistas safados todos os dias da sua vida. Portanto, é bom você tomar cuidado quando sair desse lugar aí, porque Amir e eu odiamos porcos racistas safados. Nosso objetivo é perseguir e expulsar todos eles da cidade. A srta. Flynn falou que a sociedade não tem lugar para racistas, e eu concordo com ela, mas é só isso que vou contar a você sobre a escola. Apenas para registrar, eu também acho que a sociedade não tem lugar para racistas, ladrões, homens que usam suas mulheres como saco de pancadas humanos e pais que não têm paciência para brincar com os filhos. Acho que você está no melhor lugar para pessoas como você.

Se realmente não tinha saco para ter um filho, deveria ter dito isto enquanto eu estava na barriga da minha mãe. Sinto muito se, por ter Tourette, virei um megaconstrangimento para você. Eu não pedi para ter Tourette. Não foi culpa minha. Não é uma coisa que a gente simplesmente pega, feito resfriado. Ninguém fica com Tourette porque é malvado, feio, ou coisa assim — a gente simplesmente nasce assim. É azar, mais nada! Eu era inocente, ao contrário de você, que é culpado. Era para mim que todo mundo olhava, era de mim que todo mundo ria, era eu que era sacaneado por todo mundo, não você. Em todo caso, as coisas agora mudaram: as traves da minha Tourette foram verdadeiramente deslocadas. Na verdade, eu nem deveria lhe contar isso, mas vou contar. Fui ver um médico novo incrível que desenvolveu um superaparelho bucal que impede todos os tiques, grunhidos e latidos. É impressionante. Aposto que você, se estivesse aqui e amasse seu filho, ficaria muito orgulhoso, porque ninguém consegue perceber a diferença entre mim e um cara normal andando pela rua, mas depois do que fez, você nunca mais conseguirá ver esse novo eu.

Eu agora tenho, tipo, um pai novo. Bom, sei que ele não é meu pai de sangue, mas nós fazemos coisas que os outros pais e filhos fazem, e isso significa que somos como pai e filho. Ninguém percebe a diferença. Ele também trabalha. Tem um emprego maneiro. Quando estamos vendo futebol na TV, ele me deixa gritar e dar minha opinião sobre a escalação ou a tática. Durante as partidas, a gente faz uma brincadeira genial chamada "Se eu fosse o técnico". Também escutamos um monte de músicas novas, tipo Pink Floyd, Bob Dylan, Creedence Clearwater Revival, Button Up e The Jam. É vinte e cinco vezes melhor do que aquela música de bate-estaca que você escutava o tempo todo. A gente lê livros maneiros sobre troços maneiros, tipo Friedrich Nietzsche – provavelmente você nunca ouviu falar dele. É um filósofo genial. Acho que eu mesmo talvez até faça alguma coisa assim, quando terminar a escola. Nós também damos longos passeios no carro maneiro que ele tem, subindo as Trossachs ou as Campsies, que até hoje eu nem sabia que existiam. Quem sabe o porquê? Ele também me leva ao distrito industrial, onde me ensina a dirigir de ré, fazer manobras complicadas e entrar em vagas apertadas. O carro dele está na sua vaga, que agora virou a vaga dele, e fica ótimo visto ali da janela da nossa sala. Não sentimos mais falta do seu carro. Nossa casa nova terá vagas para DOIS carros – o dele e o meu – quando eu passar na prova de direção. Provavelmente terei uma lata-velha feito o seu, para começar. Mas o melhor de tudo é que ele NÃO usa a mamãe como um saco de pancadas humano.

Vou parar por aqui porque tenho um milhão de coisas para fazer e não posso desperdiçar todo o meu tempo precioso escrevendo cartas para alguém que nunca pensou em me responder. Nem uma só vez. O valente Amir diz que talvez você nem saiba escrever. E quando reli aquela carta que você me escreveu em dezembro do ano passado, eu pensei: *Hummmmmmm, talvez Amir tenha razão.* Por falar nisso, eu já rasguei a carta. Agora não quero mais cartas suas. Esta será a minha última para você. Ontem à noite digitei no Google *100 coisas para fazer antes de morrer* e apareceram toneladas de coisas muito legais. Então eu, Amir, uma garota chamada Priya (você não ia gostar dela, porque é indiana) e Michelle Malloy (o anjo que é minha namorada) vamos tentar fazer o maior número possível delas. Mas a melhor coisa é que nenhum de nós vai realmente morrer. Bom, um dia vamos, mas não antes de um

    longo

    longo

    longo

    tempo.

Adeus e boa sorte.

Dylan Mint
(sem bjs desta vez)

# Agradecimentos

Você não estaria lendo este livro agora sem as seguintes pessoas. Meu agente maravilhoso e inimitável, Ben Illis, da The BIA, por seu olhar afiado, seu apoio e sua orientação contínua. Toda a equipe da Bloomsbury, que trabalhou diligentemente no romance, principalmente minha editora, Rebecca McNally, que pegou minha mão e me guiou pelas águas turvas do sr. Cachorro; suas sugestões foram geniais. Helen Garnons-Williams e Madeleine Stevens, cuja generosidade, disposição e astúcia fizeram Dylan e seus companheiros brilharem ainda mais.

Gostaria de agradecer a Sinéad Boyce por lançar seu olhar certeiro sobre os rascunhos iniciais do livro; seu trabalho continua a ser extremamente valioso para mim. E a Yvonne Kinsella, da Prizeman & Kinsella, por recomendar *Quando o sr. Cachorro morde* como um possível título... Eu bem que queria assumir o crédito por isso, mas não posso. Portanto, obrigado por me deixar usá-lo.

Também gostaria de agradecer a meus amigos e familiares.

Por fim, gostaria de agradecer a meu grande amigo Norrie Malloy, que sei que tinha um profundo orgulho da carreira literária do seu parceiro, embora tenha passado a me chamar de Jessica Fletcher, de *Murder, She Wrote*. Só lamento que você não teve a chance segurar um exemplar nas suas mãos. Este livro é dedicado a você.

Impressão e Acabamento:
BMF GRÁFICA E EDITORA